AUF AMEROOG IST ALLES ANDERS

OCKE AUKES

AUF AMEROOG IST ALLES ANDERS

URLAUBSKRIMI

emons:

Bibliografische Information der Deutschen Nationalbibliothek
Die Deutsche Nationalbibliothek verzeichnet diese Publikation in der Deutschen Nationalbibliografie; detaillierte bibliografische Daten sind im Internet über http://dnb.d-nb.de abrufbar.

MIX
Papier aus verantwortungsvollen Quellen
FSC® C083411
FSC
www.fsc.org

Umschlagmotiv vorn: photocase.com/C/L
Umschlagmotiv hinten: fotolia.com/dispicture
Umschlaggestaltung: Franziska Emons/Tobias Doetsch
Gestaltung Innenteil: César Satz & Grafik GmbH, Köln
Lektorat: Marit Obsen
Druck und Bindung: CPI – Clausen & Bosse, Leck
Printed in Germany 2015
ISBN 978-3-95451-541-7
Urlaubskrimi
Originalausgabe

Eins

»Zweiter Oktober« stand auf dem Kalenderblatt. Ein wunderschöner, sonniger Morgen. Der Tag hätte nicht besser beginnen können, doch für Johann Bakker sollte es einer dieser Tage werden, die ein Leben verändern.

Zum Dienstbeginn um acht Uhr öffnete er den Briefumschlag, der ihm soeben von einem Kollegen hereingereicht worden war. Er enthielt die frohe Botschaft, dass seine Gehaltserhöhung bewilligt worden war. Und nicht nur das! Einem weiteren Blatt konnte er entnehmen, dass man ihn zum Kriminalhauptkommissar beförderte. Skeptisch las er das Schreiben ein zweites Mal. Eine Beförderung aus heiterem Himmel? Daran war doch was faul. Bakker schaute noch mal in den Umschlag. Er enthielt ein drittes Stück Papier. Darauf gratulierte ihm sein Vorgesetzter Martin Dahl, der Leiter des Präsidiums, in einer kurzen Notiz handschriftlich zur Beförderung und bat ihn umgehend in sein Büro.

»Ameroog?«, blaffte der frischgebackene Kriminalhauptkommissar zehn Minuten später entrüstet. »Das liegt am Arsch der Welt! Ist Ihnen eigentlich klar, wie kalt es dort im Winter ist? Die Insel liegt mitten in der Nordsee!«

»Ich weiß, wo sie liegt.«

Bakker vergaß seine gute Erziehung. »›Nordsee ist Mordsee‹, heißt es, und das liegt bestimmt nicht nur an dem Scheißsalzwasser.«

Dahl bereute es bereits, dem Kriminalhauptkommissar mit der Versetzung eine Chance auf Rehabilitation gegeben zu haben. »Bakker, Sie vergessen, mit wem Sie sprechen!«

»Da oben gibt es nichts als Unwetter, ich werde mir den Hintern abfrieren«, überhörte Bakker den Einwand. »Ein Freund von mir war mal da. Nie wieder, meinte der, da gibt es …«

»… jede Menge Verbrecher, die Sie zur Strecke bringen werden«, sagte Dahl und umhüllte sich mit schwerem Zigarrenrauch.

Bakker blinzelte. »Nebel, so weit das Auge reicht, nichts als

Nebel«, nahm er den Hinweis dankbar auf. »Und natürlich andauerndes Möwengekreische. Außerdem soll dort im Winter der Hund begraben sein, wie mein Freund …«

»Stellen Sie sich nicht so an«, rügte Dahl und fügte eine Tonlage schärfer hinzu: »Als wenn Sie eine Wahl hätten.«

»Aber die Beförderung …« Ein schwacher Einwand.

»Bakker, ich bitte Sie.« Dahl schaute ihm fest in die Augen.

Der Kriminalhauptkommissar seufzte innerlich. Es musste wohl sein. Weggelobt durch Höhergruppierung. Zugegeben, in jüngster Vergangenheit hatte er sich wahrlich nicht mit Ruhm bekleckert. Dieser unangenehme Vorfall, der ihn in Misskredit gebracht hatte, war aber nicht allein seine Schuld gewesen. Trotzig erwiderte er den Blick. »Ich finde, ich habe wie jeder andere eine zweite Chance verdient.«

»Da gebe ich Ihnen recht. Ihre ist Ameroog.«

»Ameroog ist eine geteilte Insel.«

»Richtig. Eine Hälfte ist deutsch, die andere niederländisch. Wie auf Zypern, wo ein Teil den Türken und ein Teil den Griechen gehört.«

Bakkers Stimme bekam einen Anflug von Panik. »Vermutlich auch mit Stacheldrahtgrenze und Schussanlagen.«

»Nun übertreiben Sie aber. Anders als Zypern unterliegt Ameroog einer seit Jahrzehnten andauernden Gemeinschaftsverwaltung. Die Zusammenarbeit mit den holländischen Kollegen funktioniert hervorragend. Die Insel ist durch und durch zivilisiert.«

Wenn er sich da mal nicht täuscht, dachte Bakker.

»Mein lieber Hauptkommissar Bakker«, erklärte Dahl und wühlte in einer Akte. »Es erwarten Sie große Aufgaben.« Er tippte auf das Papier, als hätte er diesen Punkt eben erst entdeckt. »Hier zum Beispiel: das ›Piratennest‹.«

»Was für ein Piratennest?«, erkundigte sich Bakker lahm, sein Widerstand ließ nach.

»Das ist der Name eines Lokals, ich möchte fast sagen: einer kriminellen Hochburg. Sie haben die Aufgabe, mit den holländischen Kollegen zusammen die Machenschaften in diesem Etablissement aufzudecken.« Er machte eine kurze Pause, um das nun folgende Zauberwort angemessen wirken zu lassen. »Interpol …«

»Interpol?«, griff Bakker den rettenden Strohhalm auf. Vielleicht war Ameroog doch kein so verlorener Posten, wie er bisher angenommen hatte.

Dahl nickte. »Im ›Piratennest‹ wird Geld gewaschen, illegales Glückspiel betrieben, geschmuggelt oder die Kundschaft beraubt.«

»Was von den vieren?«

»Das herauszufinden, Bakker, ist Ihre Aufgabe. Ich erwarte von Ihnen, dass Sie ermitteln, wie und womit der Wirt sein Vermögen macht.« Dahl schob ihm einige Blätter über den Tisch. »Und finden Sie um Gottes willen heraus, warum die Amerooger andauernd Portemonnaies voller Geld finden und diese brav im Polizeirevier abgeben.«

»Möglicherweise spricht es einfach für die Ehrlichkeit der Menschen dort.«

Dahl nickte abwesend. »Dabei können Sie mir übrigens noch einen persönlichen Gefallen tun. Stellen Sie fest, warum die Insulaner nur an ungeraden Kalendertagen etwas ausfressen.«

»Ausfressen?«

»Kriminell aktiv werden.«

Bakker blätterte flüchtig die Seiten durch, die Dahl ihm zuschob. Es handelte sich um eine Auflistung verschiedener auf Ameroog begangener Delikte. Tatsächlich, alle Straftaten – vom Fahrraddiebstahl über wilde Handgemenge bis hin zu kleineren Drogendelikten – waren an ungeraden Kalendertagen zu Protokoll gebracht worden. Sein Blick wanderte über das Papier. »Geldwäsche?« Er zog eine Augenbraue hoch. »Das ist Angelegenheit der Steuerfahndung.«

Dahl zuckte unbeeindruckt mit den Schultern. »Man hat meines Wissens bereits einen verdeckten Ermittler auf die Insel geschickt. Sie werden mit ihm Kontakt aufnehmen und ihn unterstützen.«

»Wie erkenne ich ihn?«

»Sie sind der Ermittler, lassen Sie sich was einfallen.«

»Hier steht auch was von Zigarettenschmuggel. Dafür sind aber der Zoll und die Wasserschutzpolizei zuständig«, wandte Bakker ein. Ein letztes Aufbäumen.

»Der Wasserschutz hat nichts erreicht.«

»Entensheriffs«, flutschte es Bakker missmutig heraus. Er fing sich dafür einen warnenden Blick ein.

Es hatte keinen Zweck, sich weiter zu wehren.

»Werde ich in dem Revier das Sagen haben, oder sind die Kompetenzen mit den holländischen Kollegen zu teilen?«

»Sie sind der Dienststellenleiter, und das mit den Kompetenzen müssten Sie eigentlich wissen. Mein Gott, Bakker, haben Sie denn gar keine Allgemeinbildung? Laut Staatsvertrag wechselt die Polizeigewalt alle fünf Jahre. Sie haben die kommenden vier Jahre auf Ameroog das Sagen.« Dahl schaute aus dem Fenster und überlegte kurz, ob er Bakker darüber informieren sollte, dass dessen Vorgänger – innerhalb eines Jahres drei an der Zahl – nach Niederlegen ihres Amtes alle psychologische Hilfe in Anspruch nehmen mussten. Er entschied sich dagegen. »Ich erwarte Ergebnisse von Ihnen, Bakker.« Er fuchtelte mit den Händen in der Luft herum. »Und denken Sie an die ungeraden Kalendertage.«

Damit war Bakker entlassen.

Zurück an seinem Platz, konnte keiner seiner Kollegen Bakker in die Augen schauen. Sie alle wussten anscheinend längst, was er bis vor einer halben Stunde nicht einmal geahnt hatte. Gern hätte er ihnen entgegengeschleudert: »Das ist alles Kerstins Schuld«, doch auch das wussten sie. Kerstin, seine Noch-Ehefrau, die ihre Sucht nicht unter Kontrolle halten konnte und ihn damit ohne sein Zutun ruiniert hatte.

Einer seiner Kollegen tippte ihm auf die Schulter und reichte ihm einen großen Briefumschlag. »Der wurde eben für dich abgegeben.«

Bakker sah das Mitleid in seinen Augen, ehe sein Blick auf den Absender fiel. Irgendein Rechtsanwalt. Damit hatte er schon gerechnet. Er schaute sie kurz an, die Scheidungspapiere, und stopfte sie achtlos in eine Schreibtischschublade. Das war's dann.

Du hast eben kein Glück mit den Frauen, dachte er. Und mit Kerstin schon gar nicht. Er verfluchte den Tag, an dem sie ihn in die Grütze geritten hatte, und seufzte. Immer optimistisch bleiben, dachte er, sei froh, dass du sie los bist, viel schlimmer kann es jetzt kaum noch kommen.

Mit Schaudern erinnerte er sich an den verhängnisvollen Abend vor nicht allzu langer Zeit, an dem das Elend begonnen hatte. Dabei waren er und seine Frau so begeistert gewesen, als der Brief eintraf. Eine Einladung zu einem der begehrtesten Feste in Norddeutschland: ein kultureller Abend, den der Innenminister veranstaltete. Und er, Johann Bakker, ein kleiner Kriminalbeamter, war eingeladen. In dem Moment war er sicher gewesen, endlich einen Schritt auf der Karriereleiter nach oben machen zu können. Seine Frau hatte jedoch nur wenige Minuten gebraucht, um ihm diese Zukunft zu versauen. Manchmal fragte er sich, ob sie es absichtlich gemacht hatte. Wenn er ehrlich war, hatte ihre Ehe schon vor diesem schicksalsträchtigen Abend nur noch an einem dünnen Faden gehangen, den Kerstin dann endgültig gekappt hatte.

Kerstin war spielsüchtig, und wenn kein Automat in der Nähe stand, stillte sie ihre Sucht, indem sie auf alles und jeden wettete. Ausgerechnet an diesem Abend hatte sie einer Frau begegnen müssen, die dem gleichen Hobby verfallen war. Johann sah die beiden wieder vor sich stehen, wie sie miteinander tuschelten und kicherten, ab und an zum Innenminister hinüberschauten, um kurz darauf mit ihren Sektgläsern auf ihre Wette anzustoßen. Damals hatte er sich nichts bei dem Anblick gedacht. Heute wusste er, dass Kerstin diejenige gewesen war, die diese verwegene Wette vorgeschlagen hatte.

»Was lassen Sie springen«, hatte sie gefragt, »wenn ich es schaffe, dass alle hier im Saal mich für die Geliebte des Innenministers halten? Ich brauche dafür weniger als fünf Minuten.«

»Auf den Trick falle ich nicht rein. Sie kennen ihn privat.«

»Nein, tue ich nicht. Ich schwöre, bis vorhin habe ich ihn nie zuvor gesehen. Höchstens mal im Fernsehen.«

»Das kann jeder behaupten.« Natürlich wusste die Frau instinktiv, dass Kerstin nicht log. Zocker unter sich wissen so was. Also nickte sie zustimmend. »Der Saubermann der Nation auf Abwegen? Das könnte mir gefallen. Wie wollen Sie es machen?«

»Verrat ich nicht, dann wäre es ja keine Wette.«

Die Frau ließ ihren Blick durch den Saal wandern. Alles, was Rang und Namen hatte, war vertreten. »Und alle werden glauben, Sie seien seine Geliebte?«

»Die Zeitungen werden es morgen fett auf die erste Seite drucken.«

Die Frau lächelte, als hätte sie noch ein Hühnchen mit dem Innenminister zu rupfen. »Das wäre ein recht amüsanter Spaß. Aber darauf wette ich nicht. Es ist zu einfach, das kann jede. Sie gehen hin, drücken ihm einen Kuss auf die Lippen und fertig. Das kann sogar ich.«

»Ich schwöre, ich werde ihn nicht berühren. Weder mit den Händen noch mit dem Mund oder sonst wie.«

»Dann gehen Sie an ihm vorbei und streifen ihn kurz mit dem Arm. Das ist langweilig und für die Pressefritzen noch lange kein Beweis, dass Sie seine Geliebte sind.«

»Kein Streifen, kein Streicheln, höchstens …« Kerstin hob Daumen und Zeigefinger. »Vielleicht greife ich kurz mit zwei Fingern zu.«

Die Frau kicherte angenehm pikiert. »Sie kneifen ihn in den Hintern?«

»Kein Hintern.«

»Also gut. Kein Kneifen, kein Kuss, kein Streicheln, kein Kurz-durch-die-Haare-Kraulen«, bestimmte die Frau, und Kerstin versprach: »Ich fasse ihn nicht an.«

»Um was wetten wir?«

Sie handelten es aus, und Kerstin drückte der Frau ihr Sektglas in die Hand. »Die Wette haben Sie schon verloren. Sehen und staunen Sie.«

Der richtige Zeitpunkt war bald gekommen, der Minister stand für einen kurzen Augenblick allein.

»Guten Abend, Herr Minister«, gurrte Kerstin. Der Mann grüßte zurück.

»Darf ich Sie um einen Gefallen bitten, es ist für einen guten Zweck.«

»Ich weiß nicht …« Der Innenminister war es augenscheinlich leid, andauernd um Mithilfe für eine gute Sache beworben zu werden. Als wenn Politiker nichts anderes zu tun hätten.

»Es ist keine große Sache«, erklärte Kerstin. »Geht ganz schnell und kostet Sie so gut wie nichts. Sehen Sie die Dame im roten Kleid hinter mir? Nicht direkt hingucken. Ich habe mit ihr gewettet. Wenn ich gewinne, spendet sie tausend Euro – an Greenpeace oder eine andere Organisation Ihrer Wahl, was immer Sie wollen. Selbstverständlich in Ihrem Namen.«

»Und was muss ich dafür tun?«

»Im Grunde nichts«, sagte Kerstin und schenkte ihm ein zuckersüßes Lächeln. »Wenn Sie mir nur kurz Ihre Geldbörse geben würden, dann nehme ich mir einen Euro heraus. Keine Panik, ich laufe nicht mit Ihrem Portemonnaie davon.«

Der Minister grinste, griff in die Innenseite seines Jacketts, nahm sein Portemonnaie heraus und reichte es Kerstin. Sie öffnete die Geldbörse, nahm die Scheine halb heraus, stopfte sie wieder hinein und entnahm dann dem Kleingeldfach einen Euro.

Mit einem Lächeln gab sie dem Minister die Börse zurück. »Ich danke Ihnen«, flüsterte sie, trat näher an ihn heran, streckte die Wirbelsäule durch und rückte mit Daumen und Zeigefinger seinen Krawattenknoten gerade. »Sie gestatten, der ist etwas schief.« Dann ließ sie ihn stehen.

Gut dreißig Leute im Saal, darunter mehrere Journalisten, hatten gesehen, wie der Minister einer sexy aussehenden jungen Frau seine Brieftasche reichte – worauf die junge Frau dem Portemonnaie mit aller Selbstverständlichkeit, so, als würde sie das oft machen, Geld entnahm und dem Minister danach liebevoll die Krawatte zurechtrückte.

»Eine Geliebte«, titelten am nächsten Morgen die Zeitungen.

Eine Geliebte – das dachte beim Anblick der Szene auch des Ministers Ehefrau. Nur dass sie im Gegensatz zu Bakker nicht handgreiflich wurde, den Innenminister am Anzug packte und ihm Schläge androhte. Er war sich bis heute nicht sicher, ob er den Mann niedergeschlagen hätte, wenn das von den Umstehenden nicht verhindert worden wäre.

Dem darauffolgenden Drama hatte Bakker seine Versetzung nach Ameroog zu verdanken. Keine Frage, der Innenminister wollte ihn loswerden.

Kerstin war weitaus besser aus der Geschichte herausgekommen als er. Als sie den Minister aufgesucht hatte, um sich zu entschuldigen, war es geschehen: Die beiden hatten sich näher kennengelernt und waren ein Paar geworden. Was war da naheliegender, als den Ehemann der neuen Flamme ans Ende der Welt zu versetzen?

Bakker könnte ihr und ihm den Hals umdrehen.

***

Fast zwei Wochen später war Bakker auf dem Weg nach Ameroog. Er saß an Deck eines großen Motorbootes, das heftig schwankte und schon mehrere Male gewaltig übergeholt hatte.

»Auf die normale Fährverbindung brauchen Sie nicht zu warten, Sie werden von der Wasserschutzpolizei rübergefahren«, hatte Martin Dahl ihm zum Abschied mitgeteilt. Von einer zuvorkommenden, seinem Rang gerecht werdenden Behandlung konnte bei dieser Überfahrt jedoch keine Rede sein.

Die hatten bestimmt gehört, dass er sie »Entensheriffs« geschimpft hatte, und rächten sich jetzt. Zumindest fühlte es sich an, als würden sie extra jede einzelne Welle mitnehmen, um ihn zu quälen. *Hinterlistige* Entensheriffs, dachte Bakker.

Als hätte der Kollege am Steuer seine Gedanken gehört, machte das Motorboot einen Bogen und umrundete eine der Fahrwassertonnen, die den Schiffen anzeigten, wo sie gefahrlos fahren konnten, ohne auf Grund zu laufen. Hatte es für Bakker eben noch den Anschein gehabt, als würden sie an der Insel vorbeifahren, hielten sie nun direkt auf den Amerooger Leuchtturm zu. Wären die Haltegriffe an den Wänden nicht gewesen, er wäre wie ein Pingpongball hin und her geworfen worden.

Endlich befanden sie sich in ruhigeren Gewässern. Die Schifffahrrinne wurde an beiden Seiten von Land gesäumt, sodass es Bakker vorkam, als würden sie durch flache Wiesen und Äcker hindurch auf einem Kanal mitten in die Insel hineinfahren. Wenige Minuten später hatten sie die Hafeneinfahrt erreicht.

Von oben polterte jemand den Niedergang herunter. »Kommissar Bakker, wir sind jeden Moment da.«

Sie passierten den Leuchtturm auf dessen linker Seite, fuhren an mehreren von Häusern gesäumten Anlegestellen vorbei und bogen schließlich nach rechts ab, als wollte der Wasserschutz eine Hafenrundfahrt mit ihm machen.

»Wir machen gar nicht erst fest«, teilte ihm der Mann mit. »Wir haben einen Einsatz und müssen weiter.«

Das Schiff drehte bei und schob sich an die schwimmenden Pontons im Amerooger Jachthafen heran. Bakker sprang todesmutig vom schwankenden Boot auf die ebenso heftig wackelnde Kaianlage. Sein Koffer kam hinter ihm hergeflogen.

Der Skipper legte den Rückwärtsgang ein und war schon etliche Meter entfernt, als Bakker endlich seine innere Mitte wiedergefunden hatte und sich traute, einige Schritte auf dem wackeligen Untergrund zu machen.

Als das Schiff der Wasserschutzpolizei die Hafenausfahrt erreichte, zuckte Bakker unter dem Grollen des Hafenausfahrtsignals – dreimal kurz – zusammen. Dann schritt er vorsichtig über die hölzerne Steganlage, um endlich festen Boden unter die Füße zu bekommen. Am Kai stellte er seinen Koffer ab und betrachtete den etwa dreißig Meter hohen rot-weißen Leuchtturm, der des Nachts mit seinem Licht den Schiffen den Weg wies.

Ameroog ist die westlichste der acht ostfriesischen Inseln. Dass in jedem Heimatkundebuch oder Atlas nur sieben ostfriesische Inseln verzeichnet sind, liegt daran, dass Ameroog ebenso auch die östlichste der holländischen Inseln ist. Was dem Kommissar in diesem Augenblick aber piepegal war.

Ein Streifenwagen kam neben ihm zum Stehen. Eigentlich hätte Bakker die wenigen Schritte bis zur Polizeistation zu Fuß gehen können. Der Hafen liegt mitten im Ort, und das Polizeigebäude befand sich in Sichtweite. Dass er dennoch abgeholt wurde, deutete er als freundliche Geste.

»Willkommen auf Ameroog«, sagte der Fahrer des Dienstwagens, der sich als Hauptwachtmeister Lukas Storch vorstellte. Er wuchtete Bakkers Gepäck in den Kofferraum, ließ ihn auf dem Beifahrersitz Platz nehmen und hielt wenige Sekunden später vor dem Polizeirevier.

Die Fassaden der Häuser rund um den Hafen erinnerten Bakker an das ostfriesische Greetsiel, eines der schönsten Dörfer an der deutschen Nordseeküste. Er betrachtete interessiert die Vorderfront des Polizeireviers. Viel zu groß für das Gebäude, überragte sie das Dach des Hauses und sah aus, als wäre sie einfach davorgestellt worden. Nach oben hin verjüngte sie sich stufenweise, in der Mitte war sie abgerundet. Genau dort befand sich eine Kugel aus Beton. Darauf hatte es sich eine Möwe bequem gemacht. In der Backsteinfassade leuchteten weiß gestrichene Sprossenfenster, die nur einen Meter breit, aber dafür über zwei Meter hoch waren. Die Eingangstür stand einladend offen.

Hauptwachtmeister Lukas Storch schielte zur Möwe hinauf, ehe er Bakker höflich vorgehen ließ. Fehlte gerade noch, dass das Viech ausgerechnet in diesem Augenblick etwas fallen ließ. So etwas sollte ja angeblich Glück bringen, aber wer glaubte das schon?

Im Inneren des Gebäudes glänzte der bürokratische Charme der siebziger Jahre. Die abblätternde Farbe – ein helles Beige oder aber das Nikotin der vergangenen dreißig Jahre – sprang Bakker sofort ins Auge. Im Schalterraum standen vier Schreibtische, alle mit Blick zu den Fenstern und auf den Jachthafen. Bakker konnte schon von der Tür aus die fröhlich auf den Hafenwellen schwankenden Masten der Freizeitboote erkennen. Eben legte die regelmäßig zwischen der Insel und dem Festland verkehrende Fähre an. Am Eingangstresen stand in niederländischer Uniform der diensthabende Beamte über ein rot eingebundenes Buch gebeugt, in das er eifrig etwas eintrug.

»Das ist Wachtmeister Wim Heijen«, stellte Hauptwachtmeister Storch, selbst in eine alte Niedersachsenuniform gekleidet, seinen Kollegen vor. Er wies auf den zweiten Schreibtisch von rechts, an dem ein schmächtiger, etwa dreißigjähriger Mann saß und telefonierte. »Und das ist unser neuer Kollege Jan Dijkstra. Er ist erst seit wenigen Tagen auf Ameroog und soll unser Team ganzjährig verstärken.«

Dijkstra nickte Bakker grüßend zu. Ein dritter Kollege stand von dem Besucherstuhl neben Dijkstras Schreibtisch auf und reichte Bakker die Hand. »Herbert Klein«, sagte er. »Sommeraushilfspolizist von April bis Oktober. Ende des Monats bin ich hier weg.«

»Ach ja?« Bakker beneidete ihn darum.

»Ja. Dann ist hier nichts mehr los, die Saison ist vorbei.«

»Es gibt noch drei weitere Kollegen, die nur während der Saison hier stationiert sind. Sie werden sie kennenlernen«, sagte Storch und stellte den letzten anwesenden Kollegen vor, der schüchtern neben dem Drucker in einer der Zimmerecken stand. »Dieser junge Mann hier ist Wachtmeister Arno Taubert. Kommt gerade von der Polizeischule und ist auch erst eine Woche hier.«

Heijen klappte laut das Dienstbuch zu. »Im Moment sind wir also noch zu acht, aber nur Kollege Storch, Dijkstra, Taubert und ich sind das ganze Jahr hindurch hier stationiert.« Er reichte Bakker die Hand und schüttelte sie kräftig. »Willkommen auf unserer schönen Insel.«

Bakker blickte in fröhliche braune Augen, bar jeder Böswilligkeit. Heijens Gesichtszüge erinnerten ihn an die Bildnisse pausbäckiger Putten. Er schätzte ihn auf fünfundzwanzig Jahre. Sein Blick wanderte von Heijen zu Storch, dem zweiten alteingesessenen Polizisten in dieser vermaledeiten Einöde. Auf die Erfahrung und Ortskenntnis dieser beiden würde er sich in den nächsten Monaten verlassen müssen.

Unterschiedlicher hätten die beiden Männer kaum sein können. Storch hatte ein Gesicht, das jeden Polizisten oder Zöllner sofort veranlassen würde, ihn zu kontrollieren. Eine frisch rasierte Glatze, eine lange Nase, große abstehende Ohren und zwischen den beiden Schneidezähnen so eine breite Lücke, dass er ein Stück seiner Zungenspitze hindurchdrücken konnte. Selbst wenn er wie jetzt fröhlich grinste, wirkte er alles andere als unschuldig.

Engelchen und Bengelchen, dachte Bakker und wusste, dass er sie im Stillen ab jetzt immer so nennen würde.

Heijen öffnete die Holzklappe am Tresen, der der Kundschaft sagte: Bis hierher und nicht weiter, und ließ Bakker eintreten.

Der Kommissar stutzte einen winzigen Moment, als sein Blick auf den Fußboden fiel. Ein dicker, im Laufe der Jahrzehnte abgetretener und verblasster gelber Farbstreifen teilte den Raum in zwei Hälften. Die Blickverlängerung dieses Streifens, der auf das mittlere Fenster zuging, führte direkt zum rot-weißen Leuchtturm in der Hafeneinfahrt und schnitt auch diesen im übertragenen Sinn in zwei Hälften.

»Unsere Demarkationslinie«, sagte Engelchen, der Bakkers Zögern bemerkt hatte, und lächelte. »Teilt die Insel und unser Revier in die holländische«, seine Hand wies nach rechts, »und«, er zeigte nach links, »die deutsche Seite.« Er ließ sich auf einen ausgesessenen Drehstuhl an einem der Schreibtische auf der niederländischen Seite plumpsen. Vor ihm standen eine uralte Adler-Schreibmaschine und eine große Flasche Tipp-Ex.

Bakker hatte Mühe, seinen entsetzten Gesichtsausdruck zu verbergen. Die gehörte in ein Museum!

»Für die Formulare«, erklärte Wim Heijen. Er zupfte kurz an seinem Kinnbärtchen, ehe er seine Schreibtischschublade aufzog und auf einen Laptop deutete. »Nicht dass Sie glauben, wir leben am Arsch der Welt.«

»Obwohl man den von hier aus sehen kann«, murmelte Storch hinter Bakkers Rücken. »Der Laptop ist das Privateigentum vom Kollegen Heijen«, erklärte er laut. »Da ist er sehr eigen mit.«

»Das hat auch seinen Grund«, erwiderte Heijen und erinnerte seinen Kollegen an dessen Verschleiß an Computertastaturen.

»Herr Kriminalhauptkommissar, vielleicht können Sie ja mal auf die da oben einwirken, dass wir moderner ausgestattet werden«, bat Storch.

Johann Bakker bezweifelte das. Als Strafversetzter war er kaum in der Position, auf das Wohlwollen seiner Vorgesetzten zu hoffen.

Zurückgebombt in die siebziger Jahre, dachte er und stellte sich an eines der Fenster. Er schaute missmutig hinaus und war sich überhaupt nicht bewusst, dass Millionen von Nordseetouristen für diesen Ausblick ein Vermögen zahlen würden.

Hinter ihm flüsterte Engelchen Bengelchen zu: »Wäre es nicht vielleicht klüger gewesen, ein paar Tage zu warten, bevor du ihm damit kommst?«

Bengelchen grinste nur und zeigte seine Zahnlücke.

Bakker drehte sich um und blickte in unschuldige Polizistenaugen. Fehlte nur noch, dass sie zur Zimmerdecke schauten und leise pfiffen.

»Was ist oben?«, fragte Bakker und wies auf die Treppe zum Obergeschoss.

»Ein Aufenthaltsraum und die Schreibtische fürs Saisonpersonal. Soll ich Ihnen jetzt Ihr Büro zeigen?«, bot Storch an.

Doch dazu kam es nicht. An der Eingangstür klingelte es wie

früher beim Betreten eines Tante-Emma-Ladens. Ein Mann kam herein, schloss die Tür hinter sich und trat an den Tresen.

Wim Heijen sprang geschäftig von seinem altersschwachen Sessel auf. »Guten Tag. Was kann ich für Sie tun?«

»Ich habe meine Geldbörse verloren. Sie könnte allerdings auch gestohlen worden sein.«

»Das ist bestimmt schon länger her«, sagte Wachtmeister Heijen freundlich. Der vorsichtige Seitenblick, den er Bakker gleich darauf zuwarf, ließ diesen hellhörig werden. Der Kommissar hatte den Eindruck, dass Engelchen befürchtete, er habe sich verplappert.

»Mein Büro kann warten«, sagte er zu Storch, der etwas nervös von einem Fuß auf den anderen trat. Eine verlorene Geldbörse, das war doch eine der Fragen, deren Klärung ihm Dahl mit auf den Weg gegeben hatte.

»Stimmt genau«, erwiderte der Mann fröhlich. »Woher wissen Sie, dass es schon länger her ist?«

Das interessierte Bakker auch.

»Tja, äähm, nur so.« Wim Heijen begann unter dem argwöhnischen Blick des neuen Dienststellenleiters zu schwitzen. »Kommen Sie doch bitte mit«, forderte er den Mann auf und öffnete die hölzerne Klappe. Den Kollegen Storch traf dabei ein warnender Blick, der besagen sollte: »Sieh zu, dass du den Chef ablenkst«, doch Storch stand stocksteif da und reagierte nicht.

An seinem Schreibtisch bedeutete Heijen dem Mann, auf dem Besucherstuhl Platz zu nehmen, fischte umständlich ein Blatt Papier aus einer Schublade und spannte es in die Adler-Schreibmaschine. »Name?« Er tippte die Antwort mit den Zeigefingern. »Anschrift?«

Während Heijen weiter die Anzeige aufnahm, kam wieder Leben in seinen Kollegen. Storch erbarmte sich und drängte: »Jetzt müssen Sie sich aber endlich Ihr Büro ansehen, Chef.«

Bakker tat ihm den Gefallen.

»Danke, Kollege Storch, der kurze Blick reicht mir fürs Erste«, sagte er wenig später und kehrte zum Empfangstresen zurück. Heijen zog gerade eine große Kiste aus einem der Aktenschränke und stellte sie vor dem Mann ab.

»Wenn Sie Glück haben, ist Ihre Geldbörse dabei.«

Der Mann besah sich die wenigen Portemonnaies darin und fischte zielsicher eines heraus. »Das ist es.«

»Sind das Fundsachen?«, wollte Bakker wissen, und Heijen nickte stumm. Er strich sich nervös seine etwas zu langen Haare hinter die Ohren und griff nach der Geldbörse.

»War Geld drin?«, fragte er.

Der Mann nickte.

Heijen schaute ins Portemonnaie. »Es scheint nichts zu fehlen«, teilte er dem Mann mit.

Der machte ein enttäuschtes Gesicht. »Wie? Das Geld ist da?«

»Ja, Sie haben Glück, es ist alles da, Ausweispapiere, EC-Karte, Bargeld.«

»Wie viel war es denn?«, mischte sich Johann Bakker ein, der befürchtete, Engelchen könnte die Börse ohne weitere Kontrolle herausgeben.

»Etwa zweihundert Euro. Drei Fünfziger, zwei Zwanziger und jede Menge Kleingeld. Eine Kreditkarte auf meinen Namen müsste auch drin sein.«

»Wie heißen Sie denn?«, fragte Bakker.

»Stein, Sebastian Stein.«

Bakker streckte die Hand aus, und Heijen gab ihm die Börse. Er zählte die Scheine und sah sich die Kreditkarte an. »Stimmt.«

Heijen trat an den Tresen und blätterte eifrig im roten Diensttagebuch. »Abgegeben im August«, las er vor. »Der Finder hat angegeben, es auf einer Parkbank entdeckt zu haben.«

»Das ist mehrere Wochen her. Warum fragen Sie erst jetzt danach?«, wollte Bakker wissen.

Der Mann wand sich. »War im August nur zwei Tage auf der Insel«, nuschelte er und stammelte noch irgendwelche Ausflüchte, warum er sich weder schriftlich noch telefonisch gemeldet hatte. »Aber nun bin ich ja hier. Kann ich jetzt gehen?«

Bakker reichte ihm die Geldbörse und nickte. »Warum sind Sie denn um diese Jahreszeit noch mal auf der Insel, doch bestimmt nicht wegen der Geldbörse?«, wollte er wissen.

»Nein, nein«, erklärte der Mann, der sich jetzt wieder auf sicherem Territorium wusste. »Ich habe drei Wochen Urlaub. Ist das nicht wunderbar?«

Er wirkte begeistert, was Bakker nicht verstand. Wie konnte man im Oktober freiwillig drei Wochen auf einer Nordseeinsel verbringen?

»Na, da kommt Ihnen das Geld ja gut zupass«, bemerkte Heijen. »Bitte quittieren Sie hier den Erhalt.« Er drückte dem Mann einen Kugelschreiber in die Hand, ließ ihm kaum Zeit zum Unterschreiben und drängte ihn zur Tür hinaus.

Als das Klingeln der Türglöckchen verklungen war und das Schweigen im Revier unangenehm wurde, schlug Storch vor: »Was halten Sie davon, Chef, wenn wir Ihnen zunächst mal ein wenig von unserer schönen Insel zeigen?« Ohne eine Antwort abzuwarten, stand er auf und hatte im nächsten Moment seine Jacke in der Hand. »Da bekommen Sie gleich einen kleinen Überblick.«

Bakker hielt das für eine gute Idee.

Draußen zwängte sich Hauptwachtmeister Storch hinter das Steuerrad des niederländischen Streifenwagens.

»Über wie viele Dienstwagen verfügt unser Revier?«, wollte Bakker wissen, als er auf der Beifahrerseite einstieg.

Kollege Heijen ließ sich schwer hinter ihm auf den Rücksitz fallen. »Nur über diesen.«

»Wie, nur über diesen? Sie haben mich doch vorhin mit einem deutschen Polizeiwagen vom Hafen abgeholt.«

Die beiden Kollegen grinsten. »Unser Etat ist klein«, erklärte Storch. »Wir tricksen ein wenig. Dieser Wagen ist halb deutsch, halb holländisch.«

Bakker stieg wieder aus und umrundete den Wagen. Die Kollegen hatten recht. Eine Seite war im Stile deutscher Streifenwagen beklebt, die andere wie ein niederländisches Polizeiauto. Wo bin ich hier nur gelandet?, dachte er. Seufzend stieg er zurück in den Wagen, und Wachtmeister Lukas Storch gab Gas.

»An Feiertagen flattern demzufolge natürlich auch verschiedene Nationalwimpel an den Stoßstangen.« Bakker versuchte es mit Sarkasmus, doch der blieb ungehört.

Ernst nickten seine beiden neuen Kollegen. »Richtig! Wie es sich gehört. Wir repräsentieren auf dieser Insel beide Länder auf das Beste. Sie sollten mal sehen, was hier los ist, wenn die Königin kommt.«

Heijens weitere Ausführungen zu diesem Thema bekam Bakker nur halb mit. Engelchens Oranje-Schwärmerei interessierte ihn im Moment nicht. Er sah lieber aus dem Seitenfenster.

»Die Insel hat etwa tausend Einwohner und ist einundzwanzig Quadratkilometer groß«, sagte Storch.

»Bei Niedrigwasser noch etwas größer«, ergänzte Heijen, und beide lachten über den Witz.

Sie verließen den Ort, der sich um den Hafen der Insel erstreckte, in nördlicher Richtung und fuhren auf einer zu beiden Seiten bebauten Straße auf die andere Seite der Insel. Die Straße endete direkt am Strand, wo sich die Hotelfronten erhoben und man entweder nach rechts oder nach links abbiegen konnte.

Storch fuhr langsam auf die Promenade und stoppte. »Unser Strand ist fast zwölf Kilometer lang.«

Bakker sah einige Leute am Strand spazieren gehen. Viel war jetzt, in der Nachsaison, nicht mehr los. Die meisten der Hotels wirkten so, als ob sie bereits geschlossen hätten.

Storch wendete und lenkte den Wagen dieselbe Strecke zurück. An einer Straßenkreuzung machte er halt. »Rechts geht es zum Westland. Sind etwa fünf Kilometer von hier aus. Dort steht eine kleine Ansammlung von Häusern, die meisten sind Ferienhäuser, die anderen drei Bauernhöfe. Links ab, etwa sieben Kilometer entfernt, haben wir das Ostland.«

»Da sieht es ähnlich aus wie im Westen«, ergänzte Heijen. »Keine Ferienhäuser, aber vier Bauernhöfe und ein Ausflugslokal.«

Storch fuhr wieder an und immer weiter geradeaus bis zurück ins »Dorf«, wie er sich ausdrückte.

»Biegen Sie da vorne doch bitte mal rechts ab«, bat Bakker, nachdem sie weitere zehn Minuten durch den kleinen Ort gekurvt waren. Diese Straße, das hatte er wohl bemerkt, war von den Wachtmeistern bisher gemieden worden.

Heijens und Storchs Blicke trafen sich im Rückspiegel. Es war lange her, seit sie das letzte Mal im Streifenwagen hier entlanggefahren waren. Privat verkehrten sie öfter in dieser Straße, doch wenn sie Uniform trugen, näherten sie sich einem bestimmten

Gebäude nur ungern und hielten rundherum etwa zweihundert Meter Abstand. Dies hatte seinen guten Grund. Die Erfahrung hatte sie gelehrt, dass es besser war, Augen und Ohren zuzuklappen, sobald sie sich diesem speziellen Radius näherten.

Am Anfang ihrer Karriere bei der Inselpolizei war das mal anders gewesen. Doch Schnabeltassenzeiten, Krücken, zugeschwollene Augen und vor allem sich abenteuerlich anhörende Polizeiprotokolle waren gute Lehrmeister gewesen – und passé, seitdem sie die Gegend mieden, wenn sie im Dienst waren.

Das alles verschwiegen sie dem Neuen. Man konnte schließlich nicht wissen, was für ein scharfer Hund ihnen da womöglich vorgesetzt worden war.

»Apropos Hund«, griff Storch laut seinen letzten Gedanken auf. Er musste etwas sagen, um Bakker abzulenken. Schließlich wusste er nicht, dass dieser von Dahl bereits auf das »Piratennest« aufmerksam gemacht worden war.

»Hund?«

»Äh, heutzutage geht doch alles vor die Hunde«, stotterte Storch aufs Geratewohl.

Sie passierten den Eingang des »Piratennest«.

»Als wir Kinder waren, war alles anders«, beeilte sich Heijen zu sagen, nachdem er einen warnenden Blick von Storch im Rückspiegel aufgefangen hatte. Er sollte sich am Small Talk beteiligen, um den neuen Dienststellenleiter im Fall der Fälle abzulenken.

»Ganz recht. Damals war alles anders.«

»Die Menschen vertrauten einander.«

»Stimmt. Man begegnete sich mit mehr Vertrauen.«

»Nicht eine Haustür war auf der Insel nachts abgeschlossen.«

»Wir hatten gar keinen Schlüssel dafür.«

»Man half sich gegenseitig.«

»Ich erinnere mich noch, wie wir irgendwann mal tagelang danach gesucht haben.«

»Wonach gesucht?«

»Nach dem Hausschlüssel.«

»Wozu?«

»Zum Abschließen.«

»Das weiß ich auch. Warum wolltet ihr abschließen?«

»Ich glaube, wir wollten verreisen.«

»Genau das meine ich! Es war alles besser.«

»Geklaut wurde damals nicht«, schwärmte Storch und tat, als wären sie im Rentenalter und die guten alten Zeiten Jahrzehnte her. Dabei war er eben erst dreißig geworden und hatte diese Zeiten wie sein holländischer Kollege als Kleinkind erlebt. »Damals waren wir hier vollkommen unter uns. Selbst die Borkumer, die als Bewohner unserer Nachbarinsel auf der deutschen Seite am nächsten an uns dran sind, waren für uns so was wie Ausländer.«

»Das waren noch Zeiten!« Heijen sackte sichtlich erleichtert ins Polster der Rückbank zurück, als sie um die nächste, in diesem Fall rettende Ecke bogen. Über die Schulter hinweg sah er gerade noch, wie die Tür des »Piratennest« aufflog, der Türsteher zur Seite geschoben wurde und ein Mann auf das Straßenpflaster stürzte. Als der Türsteher sich zu dem Mann hinunterbeugte, verschwanden beide aus Heijens Sichtfeld.

Zum Glück schien Kommissar Bakker ihnen auf den Leim zu gehen. Er verzog keine Miene.

Tatsächlich hatte Bakker von den Ereignissen auf der Straße nichts bemerkt. Sein Blick hing am Rückspiegel, in dem er beobachtete, wie sich Heijens Gesichtsausdruck entspannte und der Holländer von einer Sekunde auf die andere wieder aussah wie ein Engel, der von allen teuflischen Machenschaften erlöst war.

Zwei

Johann Bakker fand keine Gelegenheit, sich über Heijen Gedanken zu machen. Er würde schon noch herausbekommen, warum der Holländer erst panisch dreingeblickt hatte und Sekunden später völlig entspannt gewesen war. Sie hatten eine Kirche und deren Vorplatz bereits das vierte Mal umfahren, immer aus einer anderen Richtung kommend, und verließen jetzt den Ort in südliche Richtung. Hinter den letzten Häusern schlossen sich Gemüsegärten an. In den meisten stand nur noch der Grünkohl, der erst nach dem ersten Frost geerntet wird. Die Vogelscheuchen zwischen dem Kohl erinnerten Bakker an den Gemüsegarten seines Vaters, in dem er als kleiner Junge gern mitgeholfen hatte. Ihm kam nicht zum ersten Mal der Gedanke, dass er auch gern einen Garten hätte, nur hatten ihn die Arbeit und seine Ex bisher davon abgehalten.

Nachdem sie das Ortsschild passiert hatten, durchquerten sie Wiesengelände und erreichten schließlich den Deich, der die Insel zur Wattseite hin vor den Sturmfluten schützte. Hier konnte man erneut nach beiden Seiten abbiegen.

»Nach links geht es zum Ostland«, sagte Storch.

»Und nach rechts zum Westland«, ergänzte Heijen.

Storch nickte. »Wir fahren nach links. Dort haben wir die höchsten Dünen. Der Blick auf die Nachbarinsel wird Ihnen gefallen«, sagte er zu Bakker und bog ab.

Bis zu den Dünen kamen sie nicht. Nach etwa zwei Kilometern stoppte Storch abrupt den Streifenwagen, mit dem sie auf einsamer Strecke unter dem Deich zu ihrer Rechten entlanggefahren waren. Links der Straße lagen Wiesen, so weit das Auge reichte. Kein Mensch war zu sehen, und dennoch schien etwas Storchs Aufmerksamkeit erregt zu haben. »Gib mir mal das Fernglas«, forderte er Heijen auf. Angestrengt schaute er hindurch in Richtung Osten. »Oh, oh«, erklärte er, doch da konnten es die beiden anderen schon mit bloßem Auge erkennen.

»Gänse?«

»Ausgerechnet jetzt.«

Ein riesiger Schwarm Gänse, wie man ihn nur aus Fernsehsendungen kennt und glaubt, die Kameraperspektive würde die eigentlich viel kleineren Dimensionen ins Unermessliche aufblasen, landete lärmend auf den Wiesen. Nach einem kurzen Schreckmoment, in dem sich die beiden Inselpolizisten hilflos anblickten, zeigte Heijen erleichtert auf ein paar Fahrradfahrer, die hektisch angeradelt kamen und die Gänse auf ihren Rädern über die Wiesen jagten, bis sich der Schwarm wieder erhob. Gut einen Kilometer weiter westlich ließen sich die Gänse erneut nieder, und die Radfahrer machten sich auf den Heimweg, nachdem sie den Polizisten zugewinkt hatten.

»Was war das?«, fragte Bakker.

»Unsere Vogelfreunde.«

»Und die scheuchen die Tiere herum?«

»Nur so lange, bis sie an der richtigen Stelle landen.« Storch fuhr weiter. Wenig später bremste er ein weiteres Mal, stieg aus und bedeutete Bakker, ihm zu folgen. »Genau hier«, sagte er und wies auf eine Stelle im Gras, »ist die Grenze. Dort«, er wies mit dem Arm nach Westen, »hat die Staatsbosbeheer erlaubt …«

»Staatsbosbeheer?«

»Die niederländische Nationalparkverwaltung.«

»Wieso denn nur die? Ich denke, hier ist überall Nationalpark.«

»Ja, schon, aber mit unterschiedlichen Gesetzen. Jedenfalls hat die Staatsbosbeheer beschlossen, dass dieses Jahr hundertachtzigtausend Gänse abgeschossen werden dürfen.«

»Und warum?«

»Die Vögel sind angeblich eine Plage und machen den Landwirten in den Provinzen Nord-Holland und Zeeland schwer zu schaffen.«

»Aber das ist weit weg.«

»Nicht für Vögel. Hier«, er hob wieder den Arm, »darf geschossen werden, da«, er zeigte in die andere Richtung, »nicht.«

Okay, dachte Bakker, knapp vorbei ist auch daneben.

Inzwischen war später Nachmittag, es wurde bereits dunkel. Vor ihnen auf der Straße nutzte ein Fahrradfahrer die gesamte Fahrbahnbreite.

»Er fährt ohne Licht«, sagte Bakker. »Nähern Sie sich vorsichtig.«

Storch bemühte sich gar nicht erst, den Schlangenlinienfahrer zu überholen. Er wäre mit Sicherheit in ihn hineingefahren.

Bakker kurbelte das Fenster herunter und rief: »Sofort absteigen.«

»Das geht nicht, dann komm ich da nie wieder rauf«, war die gelallte Antwort.

»Das stimmt«, erklärte Storch lapidar und fuhr langsam hinter dem Trunkenbold her, um ihm die Fahrbahn auszuleuchten. Als sie eine kleine Siedlung erreichten, bog der Radfahrer schwankend in eine Grundstückseinfahrt ein. Das Rad fiel um, und der Mann segelte in die Hecke. Storch stoppte den Wagen, stieg aber nicht aus.

»Wollen Sie ihn da liegen lassen?«

»Nein, nein.«

Die Haustür ging auf. Eine Frau kam heraus, half dem Mann aus der Hecke und winkte den Polizisten zu. »Danke, Jungs!«

»Was war das denn?«, fragte Bakker verstimmt, als Storch zurückgrüßend weiterfuhr.

»Norbert leidet unter Rheuma.«

»Und?«

»Wenn er vom Rad absteigt, kommt er ohne Hilfe nicht wieder rauf.«

»Er war betrunken. Sie hätten ihn stoppen müssen …«

»… um ihn nach Hause zu fahren, ich weiß. Aber wohin mit dem Fahrrad? In unserem Kofferraum liegt Ihr Gepäck. So ist es einfacher.«

»Ich erwarte einen Eintrag ins Diensttagebuch.«

Lukas Storch nickte. »Für den Blick von der Düne ist es jetzt zu dunkel geworden. Wir fahren lieber wieder ins Dorf«, sagte er.

Den Weg zurück verbrachten sie schweigend, bis Storch schwer auf die Bremse trat. Gut, dass Bakker sich angeschnallt hatte. Sie standen vor einem gemütlich wirkenden Insulanerhäuschen.

»Da wären wir.«

»Wo?«

»In Ihrem Quartier.«

»Aha«, erklärte Bakker. »Sehr schön.« Jetzt nur nichts anmerken lassen, dachte er. Natürlich hatte er vergessen, sich um eine

Unterkunft zu kümmern. Für ein Dach über dem Kopf und ein warmes Bett – ob Wohnung, Hotel oder Ferienunterkunft – hatte immer seine Ex gesorgt.

»Ich helfe Ihnen.« Kollege Heijen, froh, endlich dem Rücksitz zu entkommen, sprang aus dem Wagen, öffnete den Kofferraum und wuchtete Bakkers Gepäck die zwei Eingangsstufen hoch, noch ehe dieser aussteigen konnte. Er zog an einem Glockenschwengel, der irgendwo im hinteren Teil des Hauses dem Eigentümer mitteilte, dass vorne jemand vor der Tür stand. Ohne darauf zu warten, dass die Haustür von innen geöffnet wurde, trat er ein.

Heijen und Storch führten den Kommissar in eine Mischung aus Wohnzimmer und Empfangsraum.

»Frau Dolling kommt sicher gleich«, sagte Storch. »Wir haben Ihnen erst einmal ein Zimmer reserviert, nur so lange, bis Sie eine eigene Wohnung gefunden haben.« Er machte dabei ein Gesicht, als glaubte er, dieses Vorhaben sei schon von Anfang an zum Scheitern verurteilt. Und damit lag er gar nicht mal so falsch. Denn auf Ameroog sind Mietwohnungen Mangelware. Mit der Vermietung an Feriengäste ist weit mehr Geld zu verdienen als mit Festmietern. Daher wird der Wohnraum auf einer Ferieninsel für Touristen selten knapp. Einheimische dagegen finden nur schwer eine Bleibe, es sei denn, sie kaufen sie.

Bakker schaute sich um. Der Raum war überladen. Man sah sofort: Hier wohnte eine Frau, die in ihrem Leben viel gereist war und von jedem Ort ein kleines Andenken mitgebracht hatte.

Storch nahm einen kleinen Eiffelturm in die Hand. »Den habe ich ihr mitgebracht«, sagte er und stellte ihn auf die Fensterbank zurück.

»Viele Amerooger bringen Frau Dolling kleine Andenken mit«, ergänzte Heijen.

Am Tisch stand eine bunt zusammengewürfelte Schar Stühle, deren Stoffmuster sich unangenehm mit dem der Gardinen bissen. Bakker gefielen einfarbige Heimtextilien wesentlich besser. Auf dem Sofa lagen so viele unterschiedliche Kissen, dass man sich unwillkürlich fragte, welcher kleine Hintern dazwischen noch Platz finden sollte.

Gleich vorn an der Tür stand ein schnörkeliger Empfangstresen mit einem aufgeschlagenen Anmeldebuch und einem Telefon, das ins Museum gehörte. Bakker fragte sich eben, ob es wohl noch funktionierte, da klingelte es auch schon so laut, dass die ganze Nachbarschaft es hören musste. Eine kleine, rundliche ältere Dame kam wie ein Hüpfball ins Zimmer gelaufen, schob den Kommissar beiseite und nahm den Hörer ab. »Jetzt niehiecht!«, rief sie freundlich hinein und ließ ihn zurück auf die Gabel plumpsen. »Ah, da sind Sie ja endlich.« Sie strahlte Bakker an. »Ich gebe Ihnen mein schönstes Zimmer.« Sie zwinkerte dem Kommissar fröhlich zu und blätterte kurz in dem Anmeldebuch. »Hopp, hopp, Jungs«, befahl sie dann den Polizisten. »Bringt die Sachen des Kommissars auf Zimmer 5. Er muss sich noch ins Buch eintragen. Meldegesetz! Muss ja alles seine Richtigkeit haben, nicht wahr?« Sie scheuchte die Inselpolizisten davon und beobachtete genau, wie sich Bakker in das altertümliche Buch eintrug.

Nachdem er seine Unterschrift geleistet hatte, legte er den Stift beiseite und blätterte ein wenig zurück. Die Liste der hier verewigten Besucher war ausgesprochen kurz.

»Der erste Eintrag ist von 1965. Reginald Meier hieß er. Ich erinnere mich genau. Da war ich noch ein ganz junges Ding«, schwärmte sie. »Danach folgte eine etwas ältere Frau, sie blieb allerdings nicht lange. Hier, sehen Sie, ihr Eintrag.«

»Viele Gäste scheinen Sie aber nicht zu haben.«

»Ich bin seit über fünfzig Jahren ununterbrochen ausgebucht«, erklärte sie stolz und verkündete, das Meldegesetz frei für sich auslegend: »Bei mir trägt man sich nur einmal ein, das muss reichen. Nur wenige, wie diese Frau, kommen ein einziges Mal und bleiben nur wenige Tage. Alle anderen sind Stammkunden.«

Bakker nahm sich vor, der Zweite zu sein, der ebenso schnell wieder auszog wie die Dame im Jahr fünfundsechzig. Er gab ihr das Buch zurück, sie warf einen Blick hinein und nickte zufrieden. Anscheinend hatte er alles richtig eingetragen.

»Sie kommen aus Hannover?« Sie klang, als könnte sie es nicht glauben.

»Ursprünglich aus Frankfurt. Wieso?«

»Ich wundere mich nur. Bakker ist ein friesischer Name.«

Auch Frau Dolling nahm sich bei dieser ersten Begegnung mit dem Kommissar etwas vor. Ihre jahrzehntelange Erfahrung mit Vermietungen an Ferien- und Langzeitgäste hatte ihr Auge für den Charakter von Personen geschärft. Daher roch sie es meilenweit gegen den Wind, wenn einer zahlungsunfähig oder -unwillig war. Sie sah den Menschen an der Nasenspitze an, ob sie Ärger mit sich brachten, und hatte ein treffsicheres Gespür für Leute, denen sie vertrauen konnte. Diesem Polizisten konnte sie trauen. Das lag keineswegs an seinem Beruf; Amtspersonen traute sie generell nicht über den Weg. Aber von diesem Mann glaubte sie auf Anhieb alles zu wissen.

Ihr Blick ging über sein nach ihrem Geschmack etwas zu langes dunkles Haar, das sich in Locken bis über die Ohren kräuselte, dann blickte sie in seine braunen Augen. In diesem Alter sollte man noch keine Querfalten auf der Stirn haben, dachte sie bekümmert und spürte fast körperlich, dass sie diesen Mann liebte. Nicht, dass sie in ihn verliebt war, Gott bewahre, eher liebte sie ihn wie einen Sohn – oder besser: wie einen Enkelsohn. Elfriede Dolling wusste, in kurzer Zeit würde es ihm ähnlich gehen. Umgekehrt natürlich – er würde sie quasi als seine Oma betrachten. Und so lange bei ihr wohnen, bis er die Insel für immer wieder verließ oder eine Einheimische ihn sich angelte. Ihre alten Augen erkannten sofort, dass es ihre Christenpflicht war, ihn unter ihre Fittiche zu nehmen, weil er es in der Vergangenheit wohl nicht allzu leicht gehabt hatte. Liederliche Frauen vermutlich, dachte sie. Die sind immer an allem schuld.

***

Als Johann Bakker am kommenden Morgen in seinem Zimmer, das im Einrichtungsstil dem Eingangsbereich in nichts nachstand, erwachte, wusste er im ersten Augenblick nicht, wo er sich befand. Sein Rücken schmerzte von der weichen dreiteiligen Matratze, in der er regelrecht versank. Unter seinem Kinn klemmte die Bettdecke, deren obere Hälfte nur noch aus dem Bettbezug bestand. Das restliche Inlett türmte sich über seinen Füßen zu einem hohen Berg auf. Es bestand aus feinsten Entendaunen, die vermutlich vor hundert Jahren gerupft worden waren. Die Atmosphäre im Raum erinnerte Bakker an seine Kindheit. Wäre jetzt tiefster Winter, würden die Fensterscheiben von Eisblumen überzogen sein. Als wollte er sich davon überzeugen, dass noch immer Herbst war, flog sein Blick zum Fenster. Die Sonnenstrahlen, die ihn direkt ins Gesicht trafen, ließen ihn niesen.

»Gesundheit«, flötete eine Altweiberstimme. »Ich hoffe, Sie haben gut geschlafen.«

Er zuckte zusammen und sagte vor lauter Entsetzen erst einmal nichts. Eine Antwort schien die alte Dame aber auch nicht zu erwarten. Vorsichtig platzierte sie ein Tablett mit vier kurzen Beinen, auf dem sich ein üppiges Frühstück befand, über seinem Oberkörper. Derart wehrlos, musste er sich gefallen lassen, dass sie seinen Kopf anhob, »Schön hochhalten« befahl und sein Kopfkissen aufschüttelte. Dabei warf sie einen prüfenden Blick auf den Kleiderhaufen auf dem Fußboden.

»Wenn Sie aufgegessen haben, können Sie das Bad benutzen.«

Es klang, als würde sie einem Fünfjährigen befehlen, ja das Händewaschen und Zähneputzen nicht zu vergessen.

Sie hob seine Kleidung auf. »Das ist wohl mit einer Socke zusammen gewaschen worden«, sagte sie. Sein Unterhemd war grünlich verfärbt. »Keine Bange, das kriege ich wieder raus.« Ohne weiteren Kommentar verließ sie sein Zimmer.

Er musste zugeben, ihm gefiel es, dermaßen verwöhnt zu werden, und das Frühstück schmeckte hervorragend. Wie bei Muttern.

Satt und zufrieden spazierte Bakker eine halbe Stunde später auf Kopfsteinpflaster an hübschen, verschwenderisch aufwendig gestalteten Friesenhäusern vorbei in Richtung Hafen. Hier sieht es aus wie in einem Walt-Disney-Film, dachte er und betrachtete eingehend das Schaufenster eines Trödelladens. Er nahm sich vor, ausgiebig darin herumzustöbern, sobald er seinen ersten freien Tag hatte.

Sein Blick fiel auf eine Haustür, deren Klopfer ein goldener Seehund war. Am Haus gleich gegenüber trug die Eingangstür, versteckt zwischen Butzenscheiben, einen Türklopfer in Form einer Meerjungfrau. Anscheinend hegten die Insulaner eine Abneigung gegen elektrische Klingeln.

Neben der Tür hing ein Messingschild mit einem eingravierten Text. Bakker trat einen Schritt näher, um ihn zu lesen.

»Zum Glück ist jede Meerjungfrau vom Gürtel ab ein Kabeljau.«

Sofort hatte er die Melodie dieses Liedes im Kopf und ging, sie unbewusst fröhlich vor sich hin pfeifend, weiter durch die Zuckerbäckeridylle. Ein verwunschener Ort, in dem nur an ungeraden Tagen strafbare Handlungen geschahen.

Im Revier angekommen, wurde er von Heijen und Storch begrüßt, als wären sie schon lange gute Freunde und hätten ihn ewig nicht gesehen.

»Kaffee?«, fragte Storch, der mit einer winzigen Mokkatasse in der Hand am Tresen lehnte. »Ganz frisch gebrüht.«

Durch eine angelehnte Tür konnte Bakker einen Blick in die winzige Küche werfen, in der es aussah wie kurz nach einem Bombenangriff. Mit einer Ausnahme: Auf einer Fläche von gut einem Quadratmeter stand eine hochmoderne Espressomaschine wie ein einsamer Löwenzahn in einer Betonwüste.

»Obwohl er ein Deutscher ist, macht er den besten Kaffee«, bekräftigte Heijen das Angebot seines Kollegen.

Bakker winkte ab. Sein Gürtel kniff. Er würde in den kommenden Stunden weder etwas essen noch trinken können. Stattdessen bat er um die Fälle des laufenden Jahres und eilte in sein Büro.

Heijen warf Storch einen besorgten Blick zu.

Gestern hatte Bakker nur einen kurzen Moment in sein neues Büro geschaut, als würde er glauben, so den endgültigen Einzug verschieben zu können. Jetzt sah er sich genauer um. Wie im Hauptraum war auch hier der Ausblick auf Hafen, Leuchtturm und das dahinterliegende Meer kaum mit Geld zu bezahlen. Vielleicht war es das üppige Frühstück, das ihn gnädig stimmte. Für Sekunden jedenfalls konnte er die Aussicht genießen. Ein Riesenposter an der linken Wand zeigte den deutsch-niederländischen Küstenverlauf der Nordsee und die Inseln. Darüber prangte ein Spruch. »›Welcher Seemann …‹«

Er wurde von der sich in seinem Rücken öffnenden Tür

aufgeschreckt. »Wohin mit den Akten?«, fragte Storch und ließ, ohne eine Antwort abzuwarten, den ersten Stapel auf Bakkers Schreibtisch fallen, woraufhin Wim Heijen mit seinem Stapel das Gleiche tat. »›Welcher Seemann liegt bei Nanni im Bett?‹«, las Storch sodann laut vor, als würde er seinem Vorgesetzten nicht zutrauen, die Zeile an der Wand richtig zu entziffern.

»Was soll der Mist bedeuten?«

»Chef, das ist kein Mist. Das ist Historie«, entgegnete Storch pikiert.

»Den Spruch lernt jedes friesische Kind in der Schule«, mischte sich Heijen ein. »Hüben wie drüben.«

»Aha«, machte Bakker etwas ratlos.

»Um sich die Reihenfolge der deutschen Inseln zu merken«, erklärte Storch und deutete auf die fett gedruckten Anfangsbuchstaben der Worte. »›**W**elcher **S**eemann **L**iegt **B**ei **N**anni **I**m **B**ett?‹ – Wangerooge, Spiekeroog, Langeoog, Baltrum, Norderney, Juist, Borkum.«

»Eine fehlt.«

»Genau – nämlich die Antwort. Sie lautet: Ameroog.«

Wim Heijens Augenbrauen hoben sich spitzbübisch, und Storch wirkte, als wartete er auf Applaus.

»Was für ein Quatsch.«

Heijen zuckte mit den Schultern. »Da muss ich dem Chef recht geben. Auch ich hab noch nie einen Seemann kennengelernt, der sich ›Ameroog‹ nennt.«

»Das ist doch bloß ein Reim, du Blödmann, damit man sich das besser merken kann«, sagte Storch und begann, die Akten auf Bakkers Schreibtisch neu zu stapeln.

»Raus, alle beide.« Bakker scheuchte sie aus dem Büro, schloss die Tür hinter ihnen und lehnte sich dagegen. Als erste Amtshandlung würde er jetzt sofort das Poster entfernen. Aber dazu kam es nicht.

Erneut wurde die Tür aufgerissen. »Herr Kommissar, Sie werden gebraucht.«

***

Eins stand für Mariechen Bäumer fest: Mit dem deutschen Polizisten Lukas Storch würde sie sich nicht auseinandersetzen. Der tat immer so hochmütig. Und dann seine Zahnlücke – oben, zwischen den beiden Schneidezähnen! Solche Leute dürften ihrer Ansicht nach gar keine Staatsbeamten werden. Sein holländischer Kollege war nicht viel besser, nee, der tat immer so gelangweilt. Dazu das lange Haar, da verging einem richtig der Spaß, eine Straftat zu melden. Als sie die Tür zur Dienststelle aufzog und eintrat, musste sie jedoch feststellen, dass sich entgegen ihrer Hoffnung im Moment anscheinend nur der ungeliebte Hauptwachtmeister Storch im Dienst befand. Aber Pflicht ist Pflicht, sagte sie sich, straffte ihren schmalen Rücken, hob ihr zartes Kinn, dass sich die Falten am Hals in die Länge zogen, und klopfte energisch gegen die Theke.

Ameroogs Polizisten waren dankbar für diese hölzerne Barriere.

»Na, Frau Bäumer, hat Ihr Nachbar wieder Pott geraucht?«, fragte Storch mit unverhohlenem Sarkasmus in der Stimme. Mariechen Bäumers Nachbar liebte es, am gemeinsamen Gartenzaun zu stehen, um eine Haschischzigarette zu genießen. Auf seiner Seite des Zauns durfte er das, auf ihrer war es illegal. Sobald sich Frau Bäumers Gardinen bewegten, machte sich der Nachbar einen Spaß daraus, sich mit dem Oberkörper über die Grenze zu lehnen und genussvoll in ihre Richtung zu paffen. Storch verstand den Mann nur zu gut, und er konnte Anzeigen wegen überhängender Körperteile, die gegen das deutsche Drogengesetz verstießen, heute nicht ertragen.

»Nicht in diesem Tonfall, junger Mann.«

Storch schwieg. Er würde doch nur den Kürzeren ziehen.

»Es ist wie jedes Jahr um diese Zeit. Keiner von Ihnen überwacht die Einhaltung der Nationalparkverordnung.«

Nicht schon wieder, dachte Storch und sagte: »Oh nein.«

»Oh, doch. Ich erstatte Anzeige.«

»Gegen wen?«, fragte Storch, obwohl er es wusste. Wo blieb der Chef? Heijen hatte umgehend die Flucht nach hinten angetreten, um Bakker zu holen, als die Bäumer auf dem Bürgersteig vor der Dienststelle in Sichtweite gekommen war. So bekam ihr neuer Kollege gleich mal einen Vorgeschmack auf die internationalen Probleme der Insel, und sie waren die alte Bäumer für heute los.

Jeden Herbst die gleiche Leier. Hinter Frau Bäumers Grundstück begannen die Dünen. Dort standen die besten Sanddornsträucher weit und breit. Leider wuchsen sie teilweise in die falsche Richtung, nach Westen. Von der deutschen zur niederländischen Seite hinüber. Ihr Nachbar auf holländischer Seite erntete die Beeren von den stacheligen Büschen auf eine besonders einfache Art, die Frau Bäumer jedes Jahr aufs Neue neidisch machte: indem er die Zweige einfach mit einer Gartenschere abknipste. Sie wurden dann in eine Tiefkühltruhe gelegt. Nach einigen Tagen, wenn alles schön durchgefroren war, ließen sich die Beeren ganz einfach und schmerzfrei von den Ästen klopfen. Alles wunderbar, könnte man meinen – wenn Frau Bäumer es auch so machen dürfte. Aber da hat ihr die deutsche Nationalparkverordnung einen Strich durch die Rechnung gemacht. Sie verbietet diese Art der Ernte. Die Sammler auf deutscher Seite dürfen sich die Finger blutig stechen lassen, wenn sie an die begehrten Früchte herankommen wollen. Sie müssen den Strauch unversehrt lassen. Äste abknipsen verboten. Das wiederum veranlasste Mariechen Bäumer zu der irrigen Annahme, dass das Gleiche bei den aus deutschem Boden wachsenden Sträuchern auch für ihren niederländischen Nachbarn gelten sollte. Lukas Storch und Wim Heijen waren es leid, Anzeigen entgegenzunehmen, wenn eine Gartenschere, egal, wer sie nutzte, deutsches Gesträuch stutzte.

Hinter sich hörte Storch die Tür des Kommissars klappen und atmete auf. »Liebe Frau Bäumer, Ihnen wird geholfen werden. Einen Moment bitte.«

Drei

Biegt man von Norden kommend in die Strandstraße ein, so gelangt man in die schon erwähnte, tagsüber meist ruhige Straße, auf deren linker Seite das »Piratennest« liegt. Zur Mittagszeit ist es hier trügerisch still, doch sobald die Dunkelheit über die Insel zieht, strömen die Touristen wie an Marionettenstrippen gezogen in diese Stille hinein.

Während der beiden Weltkriege sind sämtliche Häuser in der Umgebung zerstört worden. Nur dieses alte Gemäuer, von dem sich ehrwürdige Insulaner seit Jahrzehnten fernhalten, war inmitten der Trümmer unversehrt stehen geblieben. Natürlich, ein paar Kratzer hatte es abbekommen, doch die Eigentümer hielten es stets gut in Schuss.

Das »Piratennest« wird seit seiner Errichtung als noble und verruchte Seemannsherberge geführt. Alte Schiffsmasten dienen als Deckenbalken, wertvolle Galionsfiguren, angestaubte goldene Kompasse, seepockenbesetzte Säbel und diverse antike Seemannsartefakte schmücken jeden Winkel des Hauses, vom Erdgeschoss bis hin zum Dachboden.

Natürlich hat so mancher Insulaner im Verlauf der vergangenen zwei Jahrhunderte versucht, den Stil des »Piratennest« für sein Heim oder sein Geschäft zu kopieren, doch niemals ist es einem von ihnen wirklich gelungen. Das äußere und innere Aussehen dieses Gebäudes macht nämlich nur einen Teil des Charmes und der kribbeligen Atmosphäre aus, die von ihm ausgeht. Das Besondere, das i-Tüpfelchen, weswegen die Menschen von nah und fern hierherkommen, liegt im Wesen der Eigentümer des »Piratennest«, die es seit vielen Generationen schrullig, originell, eigenwillig und immer hart an der Grenze zum Illegalen führen – wobei es niemand so genau nimmt, wenn diese Grenze hin und wieder doch einmal überschritten wird. Bis zum heutigen Tag befindet sich das »Piratennest« im Besitz der Familie Balo, deren letzter Nachkomme von einem weit entfernten Zweig, Knut Schröder, Vermögen und Tradition bewahrt und der Familienehre standhaft die Stange hält, auch wenn er nicht den Namen Balo trägt.

An der Treppe vor dem »Piratennest«, die wie eine Gangway aussieht, steht ab Einbruch der Dämmerung eine Gestalt, die man, auf den ersten Blick wenigstens, für einen britischen Admiral halten könnte. Goldtressen an den Armen und Ordensbänder schmücken die breite, männliche Brust. Der gewaltige rostbraune Rauschebart ist gerade so weit gestutzt, dass die blinkenden Orden noch zu sehen sind. Auch das Benehmen des Mannes entspricht auf den ersten Blick den Erwartungen. Formvollendet empfängt er jeden Gast mit Handschlag, bevor er ihm die Tür öffnet. Ehe der Gast jedoch endgültig eintreten kann, wird er mit gebieterischer Geste am Weitergehen gehindert. Würdevoll greift der bärtige Admiral sodann mit weißbehandschuhten Händen in seine Brusttasche, fördert eine Bootsmannpfeife zutage und führt sie an den Mund. Erst wenn von irgendwoher der lang gezogene Pfiff ertönt, der bei der Marine als »Kapitän geht an Bord« bekannt ist, darf der Gast das Haus betreten. Stammgästen ist allein dieses Ritual den Weg zum »Piratennest« wert.

Im Inneren hat der Gast – meist nur beim ersten Besuch – das beängstigende Gefühl, in eine alte, längst versunkene Welt der christlichen und unchristlichen Seefahrt versetzt zu werden. Man glaubt, man befinde sich im 17. bis 18. Jahrhundert. Erinnerungen an alte Filme wie »Käpt'n Blackbeards Spuk-Kaschemme« oder »Hornblower, des Königs Admiral« mit Gregory Peck in der Hauptrolle kommen einem in den Sinn. In den Monaten Oktober bis April prasselt im riesigen Kamin ein wärmendes Feuer, das den ersten Blick auf sich zieht. Das Mobiliar ist bei nachfolgender Betrachtung alt, wertvoll und mit Liebe zusammengestellt. Prachtvolle Sessel, mit edlem Brokat bezogen, kunstvoll geschwungene Schaukelstühle, schwere Eichentische mit Stühlen, in deren Lehnen wilde Szenen aus alten Walfangzeiten geschnitzt sind. Holzbänke mit schwarzen Lederpolstern lehnen überall an den Wänden. Der große Raum ist in mehrere Ebenen unterteilt und erstreckt sich über drei Stockwerke. Einen großen Teil der Nordseite nimmt die Brücke eines alten Segelschiffes ein, deren steile Holzstufen bei jedem Schritt verdächtig knarren. Ihr gegenüber liegt der traumhaft schön verzierte Heckspiegel eines anderen, ebenso alten Holzschiffes. Durch die weißen Sprossenfenster kann man an roten Samtvorhängen vorbei einen Blick ins Innere werfen. Der Schein von Fackeln an den Wänden zeigt die Brandspuren der vergangenen Jahrzehnte.

Ein raubeiniger Mann mit Bart, schwarzer Augenklappe und einem echten Holzbein nimmt jeden Gast an der Tür in Empfang und geleitet ihn nach einer ihm eigenen Einteilung – nicht nach Wunsch des Gastes – an einen Tisch oder an die Bar. Niemand widerspricht. Obwohl oder weil kein Gast behaupten kann, jemals schlecht von ihm behandelt worden zu sein, wagt keiner, sich diesem Mann zu widersetzen. Die Autorität, die er ausstrahlt, ist zu jeder Zeit regelrecht greifbar.

Mit einem kurzen Fingerschnipsen ruft der Einbeinige dann irgendeinen Kellner herbei, einer skurriler als der andere. Der älteste dieser Männer wirkt zart und zerbrechlich, jedoch gleichzeitig zäh und verschlagen. Sein Gesicht erinnert an ein Nagetier. Wenn er den Mund öffnet, kommt eine stark unterbrochene Zahnreihe zum Vorschein, deren Reste die Farbpalette von Rauchergelb über Braun bis Gammelschwarz abdecken. Sein ausgedünntes graues Haar trägt er stets zu einem schulterlangen dürren Zopf zusammengeflochten, dessen Enden aussehen, als wären sie in Pech getränkt worden. Einige Gäste behaupten, den feinen Teergeruch des Zopfendes riechen zu können. Wo bekommt das »Piratennest« nur sein Personal her?

Spätestens nach Einbruch der Dämmerung füllt sich das Lokal. Das heißt aber nicht, dass dieser Raum der einzige ist, in dem sich Gäste aufhalten können. Es gibt noch einen Salon, ausgestattet wie eine Kapitänskajüte aus dem 16. Jahrhundert, in dem geraucht werden kann. Rätselhafterweise wird dieser Raum ganz selbstverständlich nur von Männern aufgesucht. Er ist das Reich eines Barmixers und seiner Assistentin, die einem Film über karibische Piratenrasseweiber entsprungen sein könnte. Die Herzen der Männer schlagen jedes Mal einen Takt schneller, wenn sie, um die Hüften mit Messern und Säbeln bestückt, die Longdrinks serviert. Im Gegensatz zum allgemeinen Benehmen in den Lokalitäten auf der Hamburger Reeperbahn wagt hier keiner, der Dame zu nahe zu kommen, geschweige denn, ihr anzüglich in den Hintern zu kneifen. Man muss befürchten, wegen dieser Tat sein Leben zu verlieren – oder zumindest ein paar Finger.

Nicht, dass etwas Derartiges in diesem Haus jemals stattgefunden hätte, aber die Sagen, Mythen und Anekdoten, die bei den Touristen die Runde machen, überzeugen die meisten, Vorsicht walten zu lassen.

Zu den Geschichten, die erzählt werden, gehört auch die Mär, man könne in einem der hinteren Räume beim Glücksspiel sein Geld verwetten. Tatsächlich bestätigt hat diesen Umstand jedoch noch niemand.

Neben dem Salon befindet sich ein weiterer vom eigentlichen Lokal abgeschirmter Raum, in dem es hauptsächlich älteren Damen Spaß macht, hier einen Tee zu trinken. Da dieser nicht in reiner Form ausgeschenkt wird – ein ordentlicher Schuss Rum, Cognac oder Whiskey fehlt darin nie –, geht es in diesem Separee zu späterer Stunde oft recht lustig zu. »Mann« wäre entsetzt, welch anrüchige Gesprächsthemen dann die Runde machen und was für süffisante Bemerkungen die alten Damen einander zuflüstern, wenn der rassige Ober, das genaue Gegenstück zu seiner weiblichen Kollegin im Raucherzimmer, mit gefülltem Tablett an ihrem Tisch vorbeigeht.

Entgegen der Praxis im Rauchersalon der Herren sind die Ladys jedoch nicht so verschreckt, was das Anfassen der Bedienung betrifft. Wenn einer der Damen aus einer altenglischen silbernen Teekanne feinster Darjeeling, *first flush*, in eine hauchzarte chinesische Teetasse eingeschenkt und mit einem ordentlichen Schuss hellgelber alkoholischer Flüssigkeit aus einem sterlingsilbernen Sahnekännchen aufgefüllt wird, streichelt diese nicht selten mütterlich über den Oberarm des Kellners und gibt ihm so zu verstehen, dass er von der hellgelben Flüssigkeit ruhig noch ein wenig nachschenken soll, wenn sie erst einmal ein paar Schlückchen abgetrunken hat.

Faszinierend am Geschehen im »Piratennest« ist auch, dass nicht nur das Personal im Stile des 19. Jahrhunderts angezogen ist, sondern dass ebenso kein Gast es wagt, hier unverkleidet zu erscheinen. Dabei kann sich kein Mensch erinnern, dass vonseiten des »Piratennest« jemals eine entsprechende Hausregel erlassen wurde.

Ein ungeschriebenes Gesetz, von dem insbesondere ein Kostümverleiher profitiert, dessen Geschäft direkt am Hafen gelegen ist. Badegäste, die zum ersten Mal auf der Insel sind und noch nichts vom »Piratennest« gehört haben, wundern sich beim Anblick der Schaufensterdekoration jedes Mal lautstark darüber, wie solch ein saisonales Gewerbe auf der Insel einträglich sein kann. Tatsächlich ist der Inhaber dermaßen ausgelastet, dass er mehr als nur eine Näherin beschäftigen kann.

Jeden Abend gegen zwanzig Uhr ist das »Piratennest« gerammelt voll. Der Admiral an der Gangway muss weitere Gäste abweisen und auf eine spätere Stunde vertrösten, während in der Küche des Hauses Hochbetrieb herrscht. Riesige Silbertabletts mit gebratenen Fasanen, denen man ihr Federkleid teilweise wieder angelegt hat, werden im Minutentakt von den Kellnern hinausgetragen. Auf rechtzeitige Vorbestellung werden sogar komplette Spanferkel serviert. In den armen Tieren stecken neben dem obligatorischen Apfel im Maul zwei gefährlich aussehende lange Servier-Säbel, die am Tisch mit viel Tamtam aus den Rücken der Spanferkel herausgezogen werden. Hat man Glück oder den Kellnern vorab ein fürstliches Trinkgeld gegeben, erfolgt vor den Augen der staunenden Gäste ein Scheingefecht der jeweiligen Kellner, bei dem jedes Mal filmgerecht ein wenig Blut fließt. Der Ketchupverbrauch des Hauses ist dementsprechend hoch.

An diesem Abend, dem 14. Oktober, ein gerades Datum im Kalender, verzehrte Kommissar Bakker, nachdem er vom Admiral eingelassen und auf einen unbemerkten Wink des Einbeinigen hin ganz unüblich von der Tresenkraft zu einem der Tische geführt worden war, mit eisiger Miene eine Riesenportion Labskaus. Er hatte den ganzen Tag über Akten studiert. Immer wieder war er auf Protokolle und flüchtig hingekritzelte Niederschriften gestoßen, die dieses Haus betrafen. Tatsächlich schienen sich die illegalen Vorkommnisse auf der Insel zumeist im Dunstkreis des »Piratennest« zuzutragen. Nun wollte er sich selbst ein Bild von der Lage machen.

Müde und abgespannt stocherte er in seinem Essen herum. Die

Masse aus Pökelfleisch und Stampfkartoffeln schmeckte hausgemacht, nicht wie diese Pampe aus der Dose. Der dazu servierte Rollmops hatte den genau richtigen sauren Geschmack, Gurken und Rote Bete waren ebenfalls hervorragend, und das Schwarzbrot präsentierte sich grobkörnig, frisch gebacken und noch warm. Leider konnte das gute Essen seine Laune nicht heben. Eine Bemerkung seiner Ex war ihm in den Sinn gekommen. Beim Anblick von Labskaus sprach sie gern von »einem kulinarischen Abenteuer, das im Saustall stattfindet«. Sie hatte ja keine Ahnung.

Auch dieses alberne Kostüm, in das er sich gezwängt hatte, in der Hoffnung, unauffällig Beobachtungen machen zu können, trug nicht zur Besserung seiner Stimmung bei. Das hatte er Storch zu verdanken. Als er dem Hauptwachtmeister nach dem Studium der Akten mitgeteilt hatte, er würde heute Abend hier vorbeischauen, um sich einen ersten Überblick zu verschaffen, hatte ihn dieser dazu gedrängt, etwas von den Textilien anzuziehen, die in einem Kleiderschrank im Aufenthaltsraum hingen. »Glauben Sie mir, Chef, es ist besser so«, hatte er nachdrücklich versichert, und Bakker musste ihm im Stillen recht geben. In seinem normalen Straßenanzug wäre er aufgefallen wie ein bunter Hund, und er wollte sich doch wenigstens einmal inkognito umsehen, ehe jeder Mitarbeiter im Lokal von seiner Ankunft erfuhr und das Gesicht des neuen Polizeichefs kannte.

»Guten Abend, Herr Kommissar, was führt Sie in mein Etablissement?«

So viel zum Thema inkognito.

»Hunger«, antwortete Bakker mürrisch und undeutlich. Ein Gürkchen war ihm im Hals stecken geblieben. »Herr Schröder, wie ich vermute«, hustete er.

Der Mann verbeugte sich formvollendet. »Knut Schröder, zu Ihren Diensten. So, so, der Hunger treibt Sie her?«

»Der Mensch muss essen.« Dass ihm der Eigentümer des »Piratennest« seine Ausrede abnahm, glaubte Bakker nicht eine Sekunde.

»Und da Sie in der Nähe waren und zufällig den eleganten Gehrock mit Pinguinschößen anhatten, hielten Sie es für richtig, gleich hier einzukehren.«

Mist! Den Gehrock aus Polizeibeständen kennt bestimmt jeder hier im Lokal, dachte Bakker.

»Steht Ihnen aber gut«, kommentierte der Wirt in neutralem Tonfall, keine Spur von Sarkasmus war herauszuhören.

Bakker hob in Ermangelung einer schlauen Antwort die Schultern und nickte etwas verlegen.

»Darf ich Ihnen noch ein Bier bringen«, fragte Schröder mit einem leichten Kopfnicken in Richtung des leeren Glases, »oder sind Sie im Dienst?« Ohne eine Antwort abzuwarten, drehte er sich zur Seite, und der vorbeieilende Kellner drückte ihm eine volle Biertulpe in die ausgestreckte Hand.

Lächelnd stellte Schröder dem Kommissar das Glas vor den Teller. Bakker glaubte, im Mund des Wirtes einen Goldzahn aufblitzen zu sehen, den er vorher nicht bemerkt hatte. Sicherlich aufgeklebt, dachte er und erwog, bei Gelegenheit nach dem Ankleide- und Schminkzimmer dieses Hauses zu suchen, in dem eine ausgebildete Visagistin sicher schon Stunden vor der Eröffnung des Lokals mit dem Stylen des Personals begann.

»Kann ich sonst noch etwas für Sie tun?«

»Ich glaube schon«, gab Bakker unwillig zu. Da seine Tarnung aufgeflogen war, konnte er auch gleich zum Kern seines Besuches kommen. »Ich würde gern mit Ihrer Sängerin sprechen.«

Am Nachmittag so gegen fünf war Bakker nach Durchsicht der Polizeiakten zu dem Schluss gekommen, dass nur die Sängerin Klara die verdeckte Ermittlerin sein konnte, von der sein Vorgesetzter gesprochen hatte. Sie lebte als Einzige vom Personal erst seit Kurzem auf der Insel und war noch nicht lange im »Piratennest« beschäftigt, wie er von Storch erfahren hatte. Alle anderen, auch das bestätigte Storch, gehörten zum Stammpersonal. Er hatte beileibe nicht vor, schon heute durchblicken zu lassen, dass er von ihrem geheimen Auftrag wusste. Bevor er sich ihr gegenüber zu erkennen geben würde, wollte er sich erst einmal ganz vorsichtig an sie herantasten, schließlich lag es im Bereich des Möglichen, dass er sich irrte.

»Sie kennen Klara?«

»Äh, nein.« Bakker hätte sich am liebsten selbst geohrfeigt. Seine schlechte Laune musste daran schuld sein, dass er seine Vorsicht gegenüber Schröder vergaß. Schon in kürzester Zeit hatte er das Inkognito dieser Frau gefährdet, indem er wie ein Anfänger gleich nach ihr fragte. »Nein, ich kenne sie nicht persönlich. Aber ich habe schon viel von ihr gehört.«

Schröder wirkte nicht misstrauisch. »Ein geiles Weib. Herr Kommissar«, sagte er und schnalzte mit der Zunge, »ich sehe schon, Sie sind ein Schwerenöter.«

So hatte ihn noch keiner genannt. Ein leichter Hauch von Röte überzog Bakkers Gesicht. Nur gut, dass der Wirt es nicht bemerkte.

Knut Schröder nickte bedächtig, hob eine Hand, drehte sie hin und her, brummte etwas in seinen Bart und humpelte auf seinem Holzbein davon. Der lange, litzenbedeckte blaue Gehrock reichte ihm bis über die Knie, die Pluderhose darunter war sehr gebauscht.

Das musste sie auch sein. Bakker hatte zwei Stunden damit verbracht zu recherchieren, wie Schröder sein linkes Bein verloren hatte. Es gab keine Krankenhausaufzeichnungen, Krankenkassenabrechnungen, Amputationslisten oder Kuraufenthalte, die auf einen Unfall hindeuteten und das Fehlen erklärten. Sein PC – in seinem Büro gab es doch einen, sogar mit Internetanschluss – hatte ihm vieles sagen können, nur nicht den Grund für das Holzbein. Vielleicht ein Geburtsfehler, hatte Bakker noch gedacht, ehe ihm dämmerte: Der Mann simulierte. Danach hatte er keine drei Minuten gebraucht, um dem niederländischen Kollegen Heijen eine Bestätigung zu entlocken. Was für eine Zeitverschwendung, er hätte ja gleich fragen können. Jedenfalls wusste er es jetzt genau: Schröders Bein war weder ab noch kaputt, es war hochgebunden.

Der Kommissar beendete seine Mahlzeit. Er erhob sich von seinem Stuhl und ging langsam durch das Restaurant. Dabei ließ er seinen Blick über die reichlich gedeckten Tische und die neckisch verkleideten Gäste schweifen und stellte fest, dass zu dieser Stunde erstaunlich viele Menschen hier ihre Mahlzeiten einnahmen. Er wunderte sich wieder, was diese Leute dazu veranlasste, sich einer solch albernen Verkleidung zu unterziehen und teilweise stundenlang wegen eines freien Tisches anzustehen, nur um in verstaubter Umgebung eine Mahlzeit einzunehmen. Gut, gestand er sich, du selbst siehst auch aus wie ein Narr in deiner Kluft aus dem 19. Jahrhundert. Von wegen unauffällig. Sicherlich war seine Tarnung bereits draußen an der Gangway aufgeflogen, und das ganze Personal hatte sich heimlich über ihn und seinen Aufzug lustig gemacht.

Bakker erreichte den Ausgang. Was jetzt? Er würde sich etwas ausdenken müssen, um unbemerkt von allen anderen mit der Sängerin Kontakt aufzunehmen.

Am Ausgang stand Laura, eine hübsche Brünette, hinter einer Schatztruhe, an der die Zeche gezahlt wird, und lächelte ihm freundlich zu. Beim Nicken ihres Kopfes wippte die lange Feder an ihrem schwarzen Hut ebenso freundlich. »Hat es Ihnen geschmeckt, Herr Bakker?«, fragte sie höflich.

Laura kennt jeden Gast, sie vergisst niemals ein Gesicht und den dazu passenden Namen. Ihre schwarze seidene Bluse spannte sich über ihrem üppigen Busen und ließ viel Fleisch sehen, was den Kommissar wieder etwas versöhnte.

»Danke, hervorragend. Was bin ich schuldig?«

»Nichts, Herr Kommissar. Sie sind Gast des Hauses«, sagte Laura und reagierte sofort auf sein abweisendes Gesicht. »Tut mir leid, aber ich nehme kein Geld von Ihnen an. Anweisung vom Chef. Er lässt Sie übrigens zu sich bitten. Wenn ich vorausgehen darf?«

Laura verschloss den mit Metall beschlagenen Holzdeckel ihrer Schatzkiste, hängte den überdimensional großen Schlüssel an einen kleinen Haken an ihrem Gürtel, gleich neben den gefährlich spitz aussehenden Damendolch, und bahnte sich dann einen Weg durch das Restaurant, die Treppe hinauf, zum Heckspiegel. Sie umkurvte mit schwingenden Hüften die besetzten Stühle und schob geschickt einen Brokatvorhang zur Seite.

Bakkers Blick fiel in einen kurzen Hausflur mit nur einer Tür. »Danke. Von hier aus finde ich den Weg allein.«

»Das glaube ich kaum. Bitte folgen Sie mir.«

***

Klara setzte sich und knipste die hellen Lampen neben ihrem Schminkspiegel an. Dieser Moment war für sie jeden Tag der schönste Augenblick: zu sehen, wie sich unter ihren geschickten Händen ihr Gesicht innerhalb von zwanzig Minuten völlig veränderte. Einfache Kontaktlinsen verwandelten ihre wasserhellen blauen Augen in dunkelgrüne. Die blonden, normalerweise geraden Augenbrauen übermalte sie mit einem Braunton und veränderte ihre Form. Jetzt verliefen sie schräg von der Nasenwurzel zur Schläfe hinauf, was sie arabisch wirken ließ. Mit Puder legte sie Schatten an die Nasenflügel, wodurch die Nase optisch begradigt und verlängert wurde. Rouge, Puder und Lippenstift belebten ihren blassen Teint.

Ihre Haut war nun samtig und mit einem goldenen Schimmer überzogen, die Augen moosgrün, die Wimpern lang und glänzend. Eine schulterlange Perücke, schwarz, mit Pony, verdeckte die kurzen blonden Locken.

Klaras Haare, Augen und Mund waren jetzt Versuchung pur. Am meisten aber beeindruckte ihre Stimme, dunkel und ein wenig rauchig. Die erotischste Stimme, die je ein Mann vernommen hatte. Eine Tonlage, die alles versprach, was ein Mann sich erträumte. Ihr richtiger Name war Sibylle, aber alle hier kannten sie als Klara. Kaum einer wusste, wie sie wirklich hieß und weswegen sie hier war.

Sie unterbrach ihre Arbeit, ging in den nahe gelegenen Aufenthaltsraum und kam mit einer Tasse Kaffee wieder, die sie vor dem Spiegel genüsslich schlürfte.

Klara erzählte jedem, sie sei alleinstehend. Das stimmte nur zum Teil. Ihr Ehemann war nun schon seit vier Jahren Zigaretten holen. Sie stellte sich vor, wie er immer noch mit einer Hand in der Geldrückgabeklappe feststeckte, und musste lächeln. Ihr Blick wanderte zu der Tasse in ihren Händen. Das Porzellan war ziemlich abgewetzt und gehörte ihm. Klara konnte sich nicht aufraffen, sie wegzuwerfen.

»Soll ich dir etwas mitbringen?«, hatte er sie gefragt.

»Pommes mit Mayo«, war ihre Antwort gewesen.

Ein kurzes Kichern entglitt ihr bei dem Gedanken, er könnte die Portion in der einen Hand halten und die Finger der anderen im Zigarettenautomaten festgeklemmt haben. Dabei war die ganze Sache alles andere als lächerlich. Schon wenige Tage nach seinem Verschwinden hatten sich die Mahnungen und Androhungen von

Zwangsvollstreckungen in ihrem Postkasten gehäuft. Der Schweinesack hatte noch kurz vor seinem Verschwinden seine Zukunft auf ihre Kosten finanziert. Verschimmeln sollte er.

Sie schenkte sich selbst ein Lächeln im Spiegel. Die trüben Gedanken an ihren Ex bereiteten ihr von Mal zu Mal weniger Hass- und Rachegefühle, und heute glaubte sie zum ersten Mal zu spüren, dass ihre Verwünschungen ihr nur noch schwache Magenschmerzen bereiteten.

Gut gelaunt vollendete Klara ihre Maske und griff nach dem Parfüm. Ihr Finger lag schon auf dem Sprühknopf, als sie innehielt. Sie konnte nicht sagen, warum, aber sie stellte die Flasche unbenutzt zurück, machte ein paar Dehnübungen und zog sich ihr Kostüm an. Für eine Sängerin mit kleinen Tanzeinlagen ihres Formates war sie viel zu bieder gekleidet. Die Stoffmenge an den Kostümen ihrer beiden Tänzerinnen hätte eben für Klaras Seidenschal gereicht. Dennoch war sie der Star, ihr würde man zujubeln.

Ihre Arbeit begann.

***

Bakker wurde von Laura durch den kurzen Flur und die einzige andere Tür darin geleitet. Dahinter lagen verschlungene Gänge. Sie führte ihn treppauf und treppab, mal links und mal rechts, bis sich vor ihm eine schwere hölzerne Tür auftat.

»Ah, Herr Kommissar, kommen Sie herein!«

So weit abgelegen vom Hauptbetrieb des Hauses rechnete Bakker damit, in einem Büro oder Wohnzimmer empfangen zu werden, da hier von dem geschäftigen Treiben nichts mehr zu hören war. Er versuchte, sich seine Überraschung nicht anmerken zu lassen, als Knut Schröder ihn in einen länglichen Raum eintreten ließ, der mit Parkett ausgelegt war und in dem mittig ein langer roter Teppich lag. Links und rechts an den Wänden hingen großformatige Gemälde. Eine Ahnengalerie.

»Darf ich vorstellen: meine Ahnen.«

Nicht alle der hier in Öl verewigten Vorfahren waren auch tatsächlich seine eigenen, doch das vergaß Knut Schröder gern zu erwähnen. Wenn er einmal genauer darüber nachdachte, konnte er mittlerweile gar nicht mehr zwischen echten und geliehenen Ahnen unterscheiden. Im Laufe der Jahre hatten sich die wahren und erfundenen Geschichten seiner Vorfahren so ineinander verstrickt, dass er sie nicht mehr auseinanderhalten konnte. Also glaubte er sie einfach alle. Wenn er sie anderen erzählte, würden die unwahren Geschichten nicht einmal von einem Lügendetektor als Lüge identifiziert werden.

»Das ist die adelige Seite meiner Familie«, begann er und wies auf das erste Gemälde zu seiner Linken wie stets bei seinen Führungen. Seine Ahnenverehrung konnte man unschwer heraushören. »Dieser so finster Dreinschauende hier ist mein Ur-ur-ur-urgroßvater. Er lebte zu Napoleons Zeiten und hatte ein wahrhaft glorreiches Talent, die Franzmänner an der Nase herumzuführen, wenn es darum ging, Schmuggelware übers Meer zu bringen. Aber am Ende erwischten sie ihn doch. Er starb in Frankreich. Man sagt, ein französischer Degen habe sein Herz durchbohrt. Da war er schon neunundachtzig Jahre alt. Die Franzmänner machten anscheinend auch vor Greisen nicht halt.« Er schnaubte verächtlich. »Ihm hier, seinem Sohn«, er wies auf einen albern wirkenden jungen Kerl drei Gemälde weiter, »verdankt meine Familie sehr viel. Er übernahm das Schmuggelgeschäft, erweiterte es auf legale Weise und beteiligte sich am Walfang. ›Knochenbrecher-Klaas‹ haben ihn alle genannt.«

Kommissar Bakker schaute auf das kümmerliche Kerlchen auf der Ölleinwand und machte sich so seine eigenen Gedanken.

»Sie glauben gar nicht, wie viele Tote Knochenbrecher-Klaas auf dem Kerbholz hatte.« Mit erhobenem Haupt schritt Knut Schröder seine Ahnengalerie ab und blieb vor dem Porträt einer weiblichen Vorfahrin stehen. Seine Gesichtszüge änderten sich, er schien eine innige Liebe zu empfinden.

Er holte tief Luft und meinte mit leicht veränderter Stimme: »Seeräuberei und Strandräuberei. ›Schwarze Flotte‹ hat man sie genannt. Nicht wegen ihres schwarzen Haars, eher wegen ihrer schwarzen Seele. Ein tolles Weib! Machte Feuerchen am Strand und lockte arme Seefahrer auf die Sandbänke, damit ihre Schiffe zerschlugen. Kamen die armen Kerle dann an Land geschwommen, wurde ihnen hier der Schädel eingeschlagen. Eine starke Frau mit einer rauen Bande. Sonntags predigte sie dann immer in der Kirche und warnte die Kindlein. Scheinheiliges Pack.« Er kicherte fröhlich in sich hinein.

Wieder ging er ein paar Schritte. »Nun kommen wir zum Begründer dieses schönen Hauses, Onkel Titus.«

Onkel Titus' Ölkonterfei hatte starrende Augen, die einen immer direkt anblickten, egal, von welcher Seite aus man dieses Bild auch betrachtete. Bakker lief ein leichter Schauer über den Rücken.

Schröder bemerkte offenbar, dass er sich unwohl fühlte, und legte freundschaftlich einen Arm um seine Schultern. »Keine Bange, Onkel Titus war der friedlichste meiner Vorfahren. Harmlos, wenn man von den gelegentlichen Kneipenprügeleien absieht. Er machte sein Geld mit einer Spielhölle. Glücksspiel brachte damals noch einen Haufen Geld.«

Heute auch noch, du scheinheiliger Typ, dachte Bakker. Ich werde sie schon finden, deine Spielhölle.

Er würde ein Monatsgehalt darauf verwetten, dass sie irgendwo hier in den unendlichen Katakomben dieses Hauses zu finden war.

»Mir ist aufgefallen, dass in Ihrem Lokal sehr viele Geldbörsen gefunden werden.«

Schröder grinste süffisant. »Die Menschen verlieren so viel.«

»Und alle bei Ihnen.«

»Wir sind ehrliche Leute, Herr Hauptkommissar. Nie würden wir einen Fund unterschlagen.« Schröders Unschuldsmiene war echt. In diesem winzigen Teilstück seines umfangreichen Betätigungsfeldes war er eine ehrliche Haut.

Noch vor zwei Tagen, bevor er einen Blick in die mit spärlichen Informationen versehenen Akten geworfen hatte, hätte Bakker dem Mann geglaubt, zumal in vielen abgegebenen Geldbörsen sämtliches Geld noch vorhanden war. Auf diese Beute war er nicht aus. Aber irgendwie hing er trotzdem mit drin.

»Und Finderlohn lehnen wir strikt ab.« Knut Schröder machte ein Gesicht, als wäre er päpstlicher als der Papst. »Taschendiebstahl ist in meinem Haus verpönt.«

»Zugegeben, es wurde niemals Anzeige erstattet.«

»Sag ich doch, Herr Kommissar. Aber wegen dieser Geldtaschen sind Sie nicht hergekommen, habe ich recht?«

Er hatte recht, doch warum fragte er ihn das? Er selbst hatte ihn doch hierher in die privaten Räume gebeten. Er hält mich hin, dachte Bakker.

»Meine Vorfahren interessieren Sie vermutlich auch nicht wirklich«, stellte Schröder mit einem Blick auf seine Armbanduhr fest. »Sie wollen einfach nur mit Klara sprechen. Richtig, Herr Kommissar?« Er grinste frech. »Nicht dass Sie glauben, ich wolle Sie hinhalten.«

Konnte der Kerl Gedanken lesen?

»Ach, ehe ich es vergesse: Dies ist meine Urgroßmutter mütterlicherseits.« Er wies auf eine alte Schwarz-Weiß-Fotografie. Eine schaurig aussehende Dame blickte Bakker entgegen, verwegen und linkisch. Vom Typ her erinnerte sie ihn an eine alte Zigeunerin. »Sie konnte wahrsagen, in die Zukunft schauen und Gedanken lesen.«

Anscheinend hat sie dir diese Gene vererbt, dachte Bakker.

»Diese Gabe hat sie leider niemandem vererbt«, flüsterte Knut Schröder, und dem Kommissar jagte ein weiterer Schauder über den Rücken. Er glaubte dem Mann kein Wort. Angestrengt versuchte er, an ein Kochrezept zu denken, damit der Wirt keinen Zugang zu seinen Gedanken fand. Man konnte nicht vorsichtig genug sein.

Die Ahnengalerie macht dich verrückt, schalt sich Bakker in Gedanken, und Schröder grinste. »Verrückt, nicht wahr?« Erheitert über das entsetzte Polizistengesicht befahl er: »Kommen Sie«, und eilte, so schnell es das hochgeschnallte Bein und die simple Holzprothese zuließen, die verworrenen Gänge entlang, bis sie hinter der Bühne eintrafen. »Die Show beginnt in diesem Moment.«

Im selben Augenblick erloschen alle Lichter.

Als Bakker wieder etwas sehen konnte, war Schröder verschwunden und er wieder sich selbst überlassen. Da konnte er sich auch ebenso gut die Show ansehen.

Er ging die wenigen Stufen neben der Bühne hinab und bahnte sich den Weg durch das Lokal. Sein Tisch war noch frei. Als er saß, wanderte sein Blick zum Nachbartisch, an dem jetzt mehrere

Geistliche saßen. Drei von ihnen waren um die fünfzig und trugen Soutanen. Die anderen, wesentlich jüngeren Männer steckten in schwarzen Anzügen. Zwischen den Zipfeln ihrer ebenfalls schwarzen Hemdkragen blitzten Plastik-Kollare hervor. Die schienen ihm nicht kostümiert zu sein. Die Herren waren echt.

»Was sind das für Leute?«, fragte er leise einen vorbeieilenden Kellner und nickte zur Priestergruppe hinüber.

»Die Erfinder der Erbsünde«, erklärte der Kellner.

»Sind die echt?«

»Worauf Sie einen lassen können.«

»Was machen die hier?«

»Betriebsausflug.«

Skeptisch schaute Bakker zwischen den augenscheinlich betrunkenen Gottessoldaten und dem scheinheilig dreinschauenden Kellner hin und her. »Betriebsausflug?«

»Betriebsausflug, Weiterbildung, Fortbildungsseminar, nennen Sie es, wie Sie wollen, Herr Kommissar.«

»Erzählen Sie keine Märchen. Ich frage Sie noch einmal: Was macht diese Gruppe Pastoren hier?«

»Priester, Herr Kommissar. Die Herren sind von der päpstlichen Garde, sie …«

»Ich weiß, was Priester sind«, warnte Bakker.

»Vielleicht sind die drei Alten mit den anderen hergekommen, um ihren Schützlingen die Abgründe sexueller Ausschweifungen begreiflich zu machen. Sie wissen schon, die jungen Mönchlein sollen lernen, was es heißt …«

Der Kommissar hob Einhalt gebietend die Hand. Er wollte gar nicht wissen, was die unverdorbenen jungen Geistlichen hier alles lernen konnten.

»Jedenfalls haben sie sich erst einmal Mut antrinken müssen«, fuhr der Kellner unbeirrt fort. »Jeder von ihnen hat auf Anraten meines Kollegen die Getränkekarte von oben nach unten, schön einen nach dem anderen bestellt.« Er konnte seine innere Belustigung nicht ganz verbergen. »Bisher haben sie nach Bier, Sekt, Wein und Whiskey auch Branntwein, Sherry, Doppelkorn und Gin probiert. Der Kleine dort«, er zeigte auf einen pickligen, unter dem Tisch hockenden Jüngling, der ununterbrochen auf seine

Nasenspitze schielte und diese immer wieder mit dem Zeigefinger antippte, »hat eben eine Runde Sanddornschnaps für alle bestellt.«

Sanddornschnaps kannte Bakker nicht, und innerlich nagten mittlerweile Zweifel an der Echtheit der geistlichen Herren an ihm. Doch die Trunkenheit der Tischnachbarn sollte nicht seine Sorge sein. Er hatte etwas anderes zu erledigen.

Vier

Keine zehn Meter entfernt vom Tisch des Kommissars tat Barmixer Fred seinen Dienst. Unter den zahlreichen positiven Eigenschaften, die der Barmann des »Piratennest« hat, gibt es zwei, die ihn für seinen Job eigentlich ungeeignet machen. Kritische Momente, zum Beispiel, wenn mehr als acht Gäste gleichzeitig einen Longdrink bestellen, bringen ihn völlig aus der Fassung. Dass er gut mixen kann, steht außer Frage, nur bringt er bei einer erhöhten Anzahl Bestellungen gern die Mischungsverhältnisse durcheinander. Zwar lässt sich über Geschmack bekanntlich nicht streiten, in gewissen Situationen jedoch schon. Treten diese ein, kennt Fred keine Kompromisse. Das ist sein zweiter Fehler. Sollte ein Gast die Verfrorenheit besitzen und sich über den Geschmack des Drinks beschweren, kommen schwere Zeiten auf ihn zu.

Auf den Gast, nicht auf Fred, den Barmann.

Fred ist zart besaitet. Schon bei der kleinsten Kritik rollt er stampfend hinter seiner Theke hervor. Ein gefragtes Ereignis allererster Güte, das sogar das Geschehen auf der Bühne in den Hintergrund rückt und seine Unzulänglichkeit ins Positive verkehrt. Stammgäste warten darauf, diesem Schauspiel beizuwohnen; man munkelt, einige kämen nur deswegen.

Ausgerechnet in diesem Augenblick war es wieder so weit.

Traditionsgemäß fliegt als Erstes mit aller Macht das Geschirrhandtuch gegen die Wand, meistens mit einem Glas darin, und leitet mit einem aufmerksamkeitsstarken Knall das Ereignis ein. Danach stapft der Barmixer wie erwähnt – mit einer fast sichtbaren Brandung vor dem Bug – dem unzufriedenen Gast entgegen. Viel Freude bereitet es den zuschauenden Besuchern, wenn der Beschwerdegänger die Ankunft des Thekenchefs nicht mitbekommt, weil er mit dem Rücken zur Bar am Tisch sitzt und seine Beschwerde vom Kellner übermittelt wurde. Dann baut sich Fred drohend hinter dem Delinquenten auf und schaut mit finsterer Henkersmiene auf dessen Haupt hinunter.

Dank der spätestens jetzt eintretenden Grabesstille – die

Bühnenstars unterbrechen ihre Vorstellung, und die Kapelle schweigt – wird endlich auch der nörgelnde Gast auf die drohende Gefahr hinter sich aufmerksam. Dreht er sich um, fällt sein Blick auf eine gewaltige, massige Gestalt. Er muss den Kopf in den Nacken legen und die Augen nach oben wandern lassen, um Freds drohend zusammengezogene Augenbrauen und das riesige Hackebeil zu sehen. Eingeweihte wissen, es ist aus Plastik. Sieht aber täuschend echt aus. Spätestens jetzt verstummt selbst der mutigste Nörgler.

Kommt es dennoch zum Disput über das gereichte Getränk – etwa wenn der Beschwerdegänger körperlich der Statur des Barmannes entspricht, keine Angst zeigt und sich seinerseits drohend von seinem Stuhl erhebt –, glaubt man, im Lokal eine Stecknadel auf den Boden fallen hören zu können. Jeder, wirklich jeder hält den Atem an.

Und genauso ein Szenario bahnte sich gerade an.

***

Nebenan im Damensalon war noch alles friedlich. Noch!

Eben wurde einer vornehmen älteren Dame Tee nachgeschenkt. Helena kam vor über fünfzig Jahren auf die Insel, nachdem sie ihren Ehemann im Urlaub, beim Skilaufen, kennengelernt hatte. Als der Insulaner aus besagtem Urlaub zurückkehrte, begleitete ihn Helena. Ein paar Wochen danach heirateten die beiden. Böse Zungen warnen seit dieser Zeit alle Insulaner, sich nicht in den Bergen herumzutreiben, es käme nichts Gutes dabei heraus.

In der Sekunde, als auf der Bühne die Show begann, schlürfte diese kämpferische alte Lady also ihren Tee. Der diensthabende Ober neben ihr, ein schnuckeliges Kerlchen, spitzte die Ohren. Er glaubte, die Wörter »Drogen«, »Alkohol« und »Sex« aufgeschnappt zu haben, als er an den Tisch getreten war. Neugierig schenkte er der nächsten Dame Tee nach.

»Über Sex ist früher nie so viel geredet worden, aber gegeben hat es ihn zuhauf«, behauptete die fünfundsiebzigjährige Frau Oldorp gerade und warf dabei einen Blick auf den knackigen Hintern des Kellners.

»Jede Menge davon!«, bestätigte Frau Linden, eine weitere Dame am Tisch.

»Man sprach auf keinen Fall darüber, doch jedermann fand genauso viel Gefallen daran wie die jungen Leute heutzutage auch. Ich wage sogar zu behaupten, dass der Sex früher schöner und interessanter war. Nicht zuletzt deswegen, weil er als Sünde galt«, behauptete die Oldorp. Ein wissender Blick aus alten Augen traf den blutjungen Kellner. Mit einem Augenzwinkern bestätigte er die Meinung seiner Stammkundin.

»Ich dachte immer, früher seien alle jungen Frauen ohne Erfahrung in die Ehe gegangen«, widersprach eine weitere alte Dame, die sich ihre naive Art bewahrt hatte.

»Und nur die Männer hatten das Vorrecht, sexuelle Erfahrungen zu sammeln.« Eine fünfte Dame am Tisch lächelte wissend.

»Doch mit wem, bitte schön, hätten sie diese Erfahrungen sammeln sollen? Hast du dir darüber auch einmal Gedanken gemacht?« Frau Oldorp ließ ihr dünnes Lachen hören und schüttelte den Kopf. Aus dem Augenwinkel überprüfte sie Helenas Reaktion.

Frau Oldorp liebt es, bei derartigen Gesprächen die »Eiserne Lady«, wie Helena auf der Insel unter vorgehaltener Hand genannt wird, bis aufs Äußerste zu reizen und zu provozieren. Bis heute lässt sie keine Gelegenheit ungenutzt, der Erzfeindin mit ihren altmodischen Ansichten eins auszuwischen.

Doch Helena schwieg, ihr starres Gesicht zeigte keinerlei Regung. Abwesend schlürfte sie ihren Tee.

Die Eiserne Lady hörte die anderen gar nicht, sie war tief in Gedanken versunken und beschäftigte sich mit einem gewaltigen Problem. Ihre Umgebung jedoch hatte den Eindruck, sie sei voll da und höre und sehe alles, was um sie herum geschah. Diese Pokermiene ist ein Überbleibsel aus ihren Jahren in der Politik und eine ihrer wenigen Angewohnheiten, die Frau Oldorp bisher nicht durchschaut hatte. Hätte die Oldorp geahnt, dass all ihr Spott heute wie Perlen vor die Säue war und ungehört im Raum verhallte, sie hätte sich doch sehr geärgert.

Auch Helena verachtet ihr Gegenüber, in deren Adern das Blut der Familie Oldorp fließt. Sie verachtet diese ganze ehrgeizige und bösartige Bande von alteingesessenen Insulanern, die garantiert von den allerschlimmsten Piraten abstammen und nichts unversucht lassen, um andere zu quälen.

Die Oldorp hatte schon immer eine nachtragende Natur und ein Gedächtnis wie ein Elefant. Sie vergisst nichts und macht sich eine Freude daraus, den Leuten Vergangenes aus grauer Vorzeit unter die Nase zu schmieren. Das macht sie zu einer ebenbürtigen Gegnerin für die Eiserne Lady Helena. Diese Ebenbürtigkeit mag auch der Grund dafür sein, dass sich die beiden seit Jahren regelmäßig zu zweit in einem biederen Café mit Blick auf den Hafen treffen. Von einer Freundschaft kann dabei allerdings keine Rede sein.

Dass die Eiserne Lady heute mit der Oldorp und weiteren Damen ihres Alters im Damenzimmer des »Piratennest« saß, kam einem Wunder gleich, hatte sie sich doch bis zum heutigen Tage stets geweigert, dieses Etablissement zu betreten. Dass sie dennoch mit ihnen Tee trank und sich ihre Gespräche über Sex anhörte, hatte einen Grund.

Dieser Grund saß wenige Meter weiter im Hauptschankraum und bestand aus einer Gruppe von Priestern.

Nach Aufgabe ihrer politischen Karriere hat die Eiserne Lady sich mit Eifer verschiedenen Ämtern in mildtätigen und kirchlichen Vereinigungen verschrieben. Hier konnte sie über die Jahre große Erfolge verzeichnen, und das auf beiden Seiten der Insel. Sie hat für ein neues Kirchendach gesorgt, kümmerte sich um verwahrloste und verwaiste Seehundbabys und sammelte Spenden für mildtätige Zwecke in gigantischen Höhen.

In ihrem altmodischen Denken, was die Wertvorstellungen in Gemeinde, Familie und Ehe anbelangt, wird sie von der neuen Zeit jedoch oft vollkommen überrollt.

Wie eben jetzt durch die Priester, die gleich nebenan in diesem verruchten Etablissement hockten und die sie unbedingt für ein geplantes Projekt verpflichten wollte. Bisher war es den Geistlichen gelungen, ihr aus dem Weg zu gehen. Doch Helena war nicht gewillt, von ihrem Vorhaben abzulassen. Allein deshalb hatte sie ihnen bis hierher folgen müssen.

***

Davon ahnten die geistlichen Herren natürlich nichts.

Es hatte eine rundum gelungene Abschlussfeier werden sollen, die Pfarrer Müller, der oberste Hirte der »Kirche zum Heiligen Geiste« in Bieleburg, seinen Zöglingen spendierte, um die wunderschönen Tage der seelischen Erbauung auf der Insel angemessen ausklingen zu lassen. Pfarrer Meierpiek, einer der beiden Inselgeistlichen – er teilt sich die Kirche mit dem holländischen Kollegen Kool –, begleitete die Gruppe seit ihrer Ankunft als eine Art Touristenführer. Sie hatten den Abend mit einem Bierchen begonnen, waren später bei der Fasanenbrause gelandet, einem insularen Gebräu aus vitaminhaltigen Sanddornsäften mit Alkohol, und leerten gerade ein weiteres kleines Schnapsgläschen, als das Licht ausging und Müller die ersten Zweifel kamen, mit den ihm anvertrauten Priesteramtskandidaten im richtigen Etablissement gelandet zu sein.

Schon als sie angekommen waren, hatte ihn beim Anblick des sie empfangenden Admirals eine Ahnung von Verbotenem gestreift, die er kurzerhand abschüttelte. Die verkleideten Leute im Lokal hatten ihn ebenfalls kurz irritiert, doch der Akkordeonspieler auf der Bühne machte einen biederen Eindruck. Stellenweise hatte er sogar geglaubt, die Melodie eines Chorals herauszuhören. Allerdings konnte er »Auf der Reeperbahn nachts um halb eins« nicht von einem Kirchenlied unterscheiden, wenn nicht dazu gesungen wurde. Die züchtig verhüllte Dame mit herber Stimme jedoch, die jetzt auf die Bühne stolzierte und vor Sexualität nur so strotzte, machte ihn etwas stutzig.

Nicht, dass er von Sexualität irgendeine Ahnung gehabt hätte, doch auch Müller war nur ein Mann, vor dessen klerikalem Kragen die Natur keinen haltmachte.

Zwei weitere, sehr spärlich bekleidete Damen gesellten sich zu der Sängerin auf die Bühne und begannen, sich im Rhythmus der Musik zu bewegen.

»Wir sollten gehen«, meinte Müller salbungsvoll und fromm zu seinem Sitznachbarn und Bieleburger Kollegen, Pfarrer Fricke.

»Ach, lassen Sie doch«, murmelte dieser, vom Anblick der Darbietung fasziniert.

»In meiner Jugend wäre so etwas nicht vorgekommen.«

»Die jungen Leute von heute sind eben anders. Es wird zur Hebung der Stimmung und Moral …« Fricke verstummte beim Anblick üppiger Busen, die geschüttelt wurden.

»Hier wird gleich was ganz anderes gehoben«, kommentierte einer der angetrunkenen Zöglinge mit schwerer Zunge und grinste breit. Seine jüngeren Kollegen taten es ihm gleich. Einem bleichgesichtigen Jüngling mit beginnendem Bartwuchs kam kurz eine Ermahnung seines Erziehers in den Sinn, die etwas mit loderndem Feuer, Höllenqualen und ewiger Verdammnis zu tun hatte. Der Augenblick währte nur kurz.

»Allmächtiger Gott«, hauchte Fricke, als eine der Tänzerinnen von der Bühne herabschwebte, in seine Richtung tanzte und sich weit vorbeugte, um ihm einen Blick auf den üppigen Inhalt ihres Büstenhalters zu gewähren.

Das Rascheln einer Kutte war zu hören und gleich darauf das Klimpern von Rosenkranzperlen. Müller war ein ehrwürdiger Vater, der Vertrauen, Zuversicht und Nächstenliebe ausstrahlte. Er hob die Hand und bekreuzigte sich.

»Vater unser, steh uns bei im Kampf gegen das Böse«, flüsterte Meierpiek beschwipst.

»Und führe uns nicht in Versuchung«, fügte Müller hinzu, doch es war schon zu spät. Die junge Dame kam näher, ließ sich auf seinem linken Bein nieder und drückte für einen Moment seine Wange an ihren Busen.

Neid war in dieser christlichen Gruppe angeblich abgeschafft, doch auch Priesteramtskandidaten sind nur Menschen.

Die Tänzerin erfreute sich an ihrer Wirkung, kräuselte jedoch kurz ihr süßes Näschen. Roch es hier nach Terpentin? Sie rutschte mit ihrem Popochen ein wenig auf des himmlischen Hirten Bein herum, ehe ihr Blick auf ein sonderbares Augenpaar fiel, das unter dem Tisch zu ihr hinaufstarrte. Die zu eng beieinanderliegenden Augen und der Geruch verursachten bei ihr ein unangenehmes Magenkribbeln. Sie ließ sich nichts anmerken, erhob sich, lächelte keck und drückte dem Geistlichen einen Kuss auf die Glatze, wobei sie einen knallroten Lippenstiftkussmund hinterließ.

Rauschender Beifall setzte ein und lenkte das Augenmerk der Geistlichen zurück auf die Bühne. Klara begann ein weiteres Liedchen, dabei knöpfte sie ihr schwarzes hochgeschlossenes Sakko auf und warf es fort. Dann folgte sie ihren beiden Vortänzerinnen die wenigen Stufen hinab ins Publikum, und erneut brandete Applaus auf, während auf der anderen Seite des Saales Fred seine Bar verließ.

***

Der ahnungslose Kommissar folgte dem Bühnengeschehen mit großer Faszination. Sobald die Show zu Ende war, wollte er einen weiteren Versuch starten, mit Klara zu sprechen. Seine innere Stimme sagte ihm, dass diese Göttin der Schlüssel zu allem war. Und die eindeutige Favoritin, was die Person des verdeckt ermittelnden Beamten im »Piratennest« anging. Sie allein hatte die perfekte Tarnung. Beeindruckend! Denn wer um alles in der Welt außer einem gewieften Kriminalhauptkommissar würde auf die Idee kommen, dass sich hinter dieser rassigen, jetzt lasziv auf der Bühne agierenden Frau mit ihrer atemberaubend schönen Stimme eine trockene Staatsbeamtin verbarg? Er ahnte, sie würde ihm mehr über die kriminellen Machenschaften im »Piratennest« erzählen können, als den Unterlagen im Büro jemals zu entnehmen wäre.

Er betrachtete Klara wohlwollend. Nicht eine Sekunde traute er der Geschichte, die Storch über sie erzählt hatte. Danach sollte sie mit einem in Amsterdam und ganz Europa als Schwerverbrecher gesuchten Mann verheiratet sein und gute Kontakte zu verschiedenen kriminellen Gruppierungen unterhalten. Auf seine Frage, warum davon dann nichts in polizeilichen Akten zu finden sei, hatte Storch nur mit den Schultern gezuckt und »Alles nur Gerüchte« gemurmelt.

So viel war Bakker jedenfalls klar: Er würde vorsichtig zu Werke gehen müssen. Zum einen, um seine Annahme möglichst unauffällig zu überprüfen. Zum anderen, um Klara die Gelegenheit zu geben, das Gleiche zu tun. Er war nur ein einfacher Dienststellenleiter, und so eine internationale Spitzenagentin musste von seinen kriminalistischen Fähigkeiten und seiner Integrität natürlich erst einmal überzeugt werden, ehe sie mit ihm zusammenarbeiten würde.

Endlich mit sich zufrieden, genoss Johann Bakker die Vorstellung, die Klara darbot. Doch seine Freude währte nicht lange, da nur Sekundenbruchteile später die Stille um Barmann Fred und seinen Delinquenten eintrat und das Schauspiel begann.

Fünf

Die Tänzerin, die den Terpentingeruch unter dem Tisch der Priester wahrgenommen hatte, konnte stolz auf ihre feine Nase sein. Urheber des Geruchs waren zwei Männer. Obwohl nicht sie es waren, die da unter dem Tisch hockten.

Auf der Insel Ameroog sind die beiden jedem bekannt. Otto, weil er ein Hüne von einem Mann mit Händen wie Bratpfannen ist, was ihm den Spitznamen »Otto der Große« eingebracht hat. Und weil er freundlich, hilfsbereit, gutmütig und großzügig ist. Karl hingegen ist ein Geizhals, oft schlecht gelaunt, ruppig und hat einen Hang zum Sadistischen, den er angeblich gern an Tieren auslässt. Obwohl er nie ein entsprechendes Haustier besessen hat, nennt man ihn auch »Katzen-Karl«. Einige vermuten, es habe etwas mit seinem schleichenden Gang zu tun.

Karl ist der Geschäftsstellenleiter der niederländischen Inselbank. Vor der Euroumstellung hatte er deutsche Konkurrenz und zwei Mitarbeiter mehr, die während der Sommermonate fast ausschließlich damit beschäftigt waren, holländische Währung gegen deutsche und umgekehrt zu tauschen. Aufgrund der Währungsschwankung rechneten die Insulaner früher mal mit Gulden, mal mit D-Mark ab, je nachdem, was für sie von Vorteil war. Als Gulden und D-Mark verschwanden, gingen mit ihnen nicht nur Karls Mitarbeiter, sondern auch die deutsche Sparkasse, deren Kunden er übernahm.

Otto ist bei der Kommunalverwaltung beschäftigt und gibt gelegentlich, wenn von irgendeinem Amtsgericht eine Forderung kommt, den örtlichen Gerichtsvollzieher, dem seine wuchtige Gestalt zum Erfolg verhilft – aber nur bei denjenigen, die seine zarte Seele nicht kennen. Die Gemeindeverwaltungen Deutschlands und der Niederlande auf Ameroog befinden sich in einem Haus, und auch die Aufgaben werden von den Mitarbeitern länderübergreifend bearbeitet. Das trifft jedenfalls auf das Einwohnermeldeamt, das Bauamt und die Sozialverwaltung zu. Nur eine Stelle bleibt davon unberührt, man ahnt es schon: Es sind die Steuern. Bei Geld hört die Freundschaft bekanntlich auf.

Otto und Karl sind gemeinsam zur Schule gegangen und haben sich schon damals nicht ausstehen können. Gleich nach ihrer Berufsausbildung auf dem Festland waren sie in die Heimat zurückgekehrt und nach wenigen Tagen beruflich aufeinandergetroffen: Otto hatte vom Sector Kanton van de Rechtsbank, einem niederländischen Amtsgericht, den Auftrag erhalten, bei einem armen Familienvater alles zu pfänden, was möglich war, um den Ansprüchen von Karls Bank zu genügen. Dem bereitete es sadistische Freude, dem armen Schlucker auch noch den Dreck unter den Nägeln wegpfänden zu lassen, was Otto fast das Herz brach. Auf Ameroog geht die Mär, er habe die Schulden aus eigener Tasche beglichen.

Seit jener Zeit stehen Otto und Karl unausgesprochen in einem ständigen und bisher punktgleichen Kampf miteinander. Ihre Rivalität ist ihren Mitmenschen natürlich nicht entgangen, und beide haben Befürworter um sich geschart, wobei die Fangemeinde aufseiten Ottos weitaus größer ist. Er ist halt ein beliebter Mensch.

Es gibt jedoch Momente, in denen die beiden Kampfhähne ihren Zwist vergessen, um gemeinsam einen über den Durst zu trinken. Diese Momente sind selten, kommen aber vor. So wie just an jenem Abend, als im »Piratennest« der Kommissar seinen Einstand hatte.

Als Bakker noch in seinem Labskaus herumstocherte, torkelten die beiden Trunkenbolde mit weichen Knien durch die bereits dunklen Straßen der kleinen Inselgemeinde. Immer wieder begannen sie ohne Grund zu lachen, was stellenweise in lautes Gekicher umschlug. Es war ein fröhlicher Abend.

Plötzlich stutzte der eine und hielt den anderen am Ärmel zurück. Vor ihnen bewegte sich etwas und gab komische Geräusche von sich. Gemeinsam schlichen sie näher und erkannten ein junges, schwarzhäutiges, fettes Hängebauchschwein, das einsam und allein durch die Straßen tapste.

Sofort überkam Otto ein Gefühl inniglicher Tierliebe. »Man muss es nach Hause bringen«, lallte er.

»Weißt du, wo es wohnt?«, fragte Karl.

»Ne.« Er ging auf die Knie und schnalzte mit der Zunge. Das schwarze Schwein, in der Dunkelheit kaum zu erkennen, kam zutraulich näher. »Siehst du, es mag mich«, säuselte Otto beglückt, als es anfing, mit seiner rosa schimmernden Schnauze das Gesicht des neuen Freundes zu beschnüffeln.

»Man sollte es hier irgendwo anbinden«, sagte Karl, der auch gern auf die Knie gegangen wäre, es jedoch nicht wagte, da er genau wusste, er würde danach nicht mehr auf die Beine kommen.

Otto, der auf halber Höhe in ein freundliches Saugesicht schielte, schüttelte heftig den Kopf. »Anbinden kommt nicht in Frage. Tierquäler!«

»Dann nehmen wir es eben mit«, sagte Karl, und alle drei kicherten vergnügt.

Otto rappelte sich wieder hoch und gab seinem Kumpel und der schwarzen Sau ein Zeichen, ihm zu folgen. Gemeinsam liefen sie durch die Straßen und durch den Kurpark in Richtung »Piratennest«. »Gehen wir noch auf einen Abschiedsschluck, ehe wir nach Hause müssen«, bestimmte er. Seine Begleiter grunzten zustimmend.

Wenige Minuten später erreichten sie ihr Ziel.

»Glaubst du, dass sie Kasimir mit reinlassen?«, wollte Otto von Karl wissen.

»Wer ist Kasimir?«

»Na, unser Schwein.«

»Woher weißt du, wie es heißt?«

»Innere Eingebung«, meinte Otto, und seine verklärte Miene strahlte im Licht der Leuchtreklame des »Piratennest«. »Also, glaubst du's nun oder nicht?«

»Was denn?«

»Dass sie uns reinlassen.«

Karl runzelte angestrengt die Stirn, starrte das Schwein an und dachte nach. »Der Wirt mag sicher keine Schwarzen«, gab er zu bedenken.

»Knut Schröder?«

»Genau der.«

»Stimmt. Den netten Neger vor ein paar Tagen hat er einfach so rausgeschmissen«, ereiferte sich Otto. »Aber Kasimir ist kein Neger, er ist ein Schwein.«

»Jedoch ein schwarzes.«

»Halt!« Otto hob den Finger. »Ich habe eine Idee. Folgt mir.«

Im Gleichschritt trotteten sie zurück in die andere Richtung.

»Meine Enkeltochter hat letztens ein Barbiepuppenhaus von mir bekommen«, verkündete Otto stolz, als sein Haus in Sichtweite kam. »Selbst gebaut. Ist noch ein wenig Spray da.«

Auf Zehenspitzen schlichen sie zum Garagentor. Otto stöberte in seinen Hosentaschen und fand den Schlüssel.

»Wieso schließt du ab?«, lallte Karl.

Grinsend legte Otto seinen dicken Zeigefinger auf die Lippen. »Verrat ich nicht.«

Leise schlüpften sie durch das Tor und erschienen, farblich umorientiert, wenig später wieder auf der Straße. Kasimir folgte seinen neuen Freunden jetzt in Rosa und einen angenehmen Farbgeruch verbreitend.

Als sie die Kneipe erreichten, war die Stimmung drinnen bereits heftig aufgeheizt und der Türsteher in Admiralsuniform nirgends zu sehen. Unauffällig huschten die drei Gesellen hinein, gerade rechtzeitig, um ihre Plätze im Getümmel einzunehmen.

***

»Heute geht mir alles zu glatt«, murmelte Piratenwirt Knut Schröder vor sich hin, als Fred vor den Tresen trat. Der Kommissar hatte sich zu einfach abwimmeln lassen, und die alte Meckerziege von Tisch sieben, die seit gut vierzehn Tagen fast jeden Abend zum Essen kam und immer etwas zu beanstanden fand, sah ausnahmsweise äußerst zufrieden aus. Die Kapelle auf der Bühne spielte wie die jungen Götter, kein schiefer Ton war zu hören. Eben war sogar beim Lied »Salambo« mit der Textpassage »Aus der ganzen Welt beziehen wir die Nutten, doch die wenigsten davon sind eine Frau« alles verhältnismäßig ruhig geblieben.

Es war Tradition, bei den Worten »doch die wenigsten davon sind eine Frau« den Scheinwerfer auf eine der Tänzerinnen zu richten. Heute Abend auf diejenige, die gerade noch rechtzeitig beim Pfarrer auf dem Knie gesessen hatte. Doch vermutlich verstanden die Geistlichen den Hinweis des Beleuchters überhaupt nicht. Ihnen dürfte Travestie genauso fremd sein wie dem Wirt vom »Piratennest« der Rosenkranz.

»Es geht zu glatt«, wiederholte er.

Doch irgendetwas würde noch passieren, da war er sicher.

***

»Schauen wir doch nur mal auf die Ereignisse in ›Sex and the City‹«, sagte Minna, die älteste der Damen im Teesalon, in katastrophalem Englisch. Ihr Gebiss klapperte dabei. »Das wird heute tagtäglich im Fernsehen gesendet. Totaler Quatsch, sage ich euch. Ich war da, ich weiß, wovon ich rede.«

Frau Oldorp nickte. Sie kannte die Geschichten von Minna, hatte sie schon Hunderte Male gehört. Lediglich die Einleitung wechselte.

»Dann sind die New Yorkerinnen gar nicht so wie im Fernsehen?«, wollte eine der anwesenden Damen wissen und outete sich dadurch ebenfalls als Fan dieser Serie.

Lady Helena hatte das Sexgequatsche bisher stoisch über sich ergehen lassen, während sie insgeheim darüber nachgrübelte, wie sie es schaffen konnte, von diesem Frauentisch unbemerkt in den Hauptsaal zu den Priestern zu gelangen. Sie musste den Herren vor ihrer morgigen Abreise unbedingt die Zusage entlocken, eine ihrer karitativen Unternehmungen zu unterstützen. Mit Märtyrermiene ertrug sie daher den verbalen Schlagabtausch und war doch zu noch keiner Lösung gekommen. Lange würde sie die schlüpfrigen Geschichten aber nicht mehr ohne irgendeine Regung überhören können.

Und tatsächlich, kaum dass die Lasterhaftigkeit der New Yorker Frauen einem anderen anzüglichen Interesse wich, verlor Helena ihr Pokergesicht. »Könnt ihr wohl endlich mit euren schlüpfrigen Geschichten aufhören?«, fauchte sie.

»Bist dir wohl zu fein für so etwas«, schnappte Minna zurück.

Helena rümpfte verächtlich die Nase und murmelte leise: »Abschaum, Pack«, doch Minna war nicht so schwerhörig, wie allgemein angenommen wird.

»So, so. Die Dame meint also, nur weil sie eine gewisse Ähnlichkeit mit Königin Beatrix hat, sei sie etwas Besseres!« Im Sitzen kamen ihre aggressiv in die Hüften gestemmten Hände nicht sehr gut zur Geltung. Also erhob sie sich.

»Nun, was ihr da redet, kommt in *unseren* Kreisen jedenfalls niemandem über die Lippen«, erwiderte Helena. Würdevoll unterstrich sie diese Feststellung mit einer königlich anmutenden Geste.

»In *unseren* Kreisen …«, ätzte Minna mit klapperndem Gebiss und holte zum Tiefschlag aus: »Ich wollte es ja verschweigen, aber ihr lasst mir keine andere Wahl.« Triumphierend sah sie in die Runde. »Gestern haben sie meinen Nachbarn, einen verheirateten Mann und Familienvater, zusammen mit Inka de Fries auf dem Friedhof erwischt.«

Entsetzte Gesichter blickten ihr entgegen, denn Inka de Fries ist die Enkeltochter der Eisernen Lady Helena!

»Wie, erwischt?«

»Die beiden sind vom Pfarrer und der alten Frau Peters erwischt worden, wie sie auf dem Friedhof … na, ihr wisst schon was gemacht haben.«

»Bei *den* Temperaturen?«, wollte Frau Linden mit weit aufgerissenen Augen wissen.

»Den beiden war sicher nicht kalt.« Minnas süffisantes Lächeln reichte von einem Ohr zum anderen. Eine schlüpfrige, wenig damenhafte Fingerbewegung unterstrich ihre Worte.

»Und? Was ist dann passiert?«, fragte Frau Oldorp erwartungsvoll.

»Frau Peters ist ja jeden Tag auf dem Friedhof«, erklärte Frau Linden, »um ihren Anton in seinem Urnengrab zu besuchen.«

»Es hat eben nicht jeder das Glück, seine lieben Verstorbenen zu Hause auf den Kaminsims stellen zu dürfen«, beeilte sich Helena zu sagen. Sie war froh, auf dieses strittige Thema umschwenken zu können. Der Amerooger Inselfriedhof beherbergt nämlich traditionell mehr Deutsche als Niederländer, da diese mit der Asche ihrer Verstorbenen machen können, was sie wollen. Doch die anderen Damen interessierten sich gar nicht für ihren Einwand.

»Was ist denn nun mit Inka?«, kam Frau Oldorp auf das Wesentliche zurück.

»Der Pfarrer hat sich fürchterlich aufgeregt, und Frau Peters stand angeblich kurz vor dem Herzinfarkt. Er musste ihr hilfreich unter die Arme greifen, damit die Alte nicht ins nächste Grab kippt.«

Frau Oldorp lächelte bei dem Gedanken. Die alte Frau Peters wäre sicher nicht ins Grab gekippt. Diese Dame hatte es ebenso faustdick hinter den Ohren wie Minna, wenn man den Geschichten Glauben schenken durfte, die man sich über sie erzählte und die sich vor mehr als einem halben Jahrhundert zugetragen haben mussten. »Gibt es eine Möglichkeit, deswegen rechtlich gegen Inka vorzugehen?«, fragte sie. Dabei nahm sie nicht eine Sekunde ihren Blick vom Gesicht der Eisernen Lady. Gleich platzt die vornehme Dame, dachte sie und schob gespielt entrüstet nach: »Pornografie auf einem Friedhof!«

Die Spritzigkeit dieser Nachricht veranlasste eine weitere Dame am Tisch zum Schlichtungsversuch. »Na, so schlimm wird es wohl nicht gewesen sein«, sagte sie im Wunsch, die Situation zu retten. »Vermutlich haben sie sich nur geküsst.«

»Verführung Minderjähriger, sage ich nur«, frohlockte Minna.

»Aber Inka ist volljährig.«

»Volljährig hin oder her. Ein Sakrileg wurde sicherlich begangen, das meint auch der Pfarrer.«

»Erregung öffentlichen Ärgernisses«, schlug Frau Oldorp vor.

Minna nickte begeistert.

»Oder vielleicht eher obszöne Handlung in der Öffentlichkeit?«

»Und ob's szön war«, lispelte Minna.

Helena, die sich wohl bewusst war, wie diese offensichtliche Lüge über ihre Enkeltochter auf die Geistlichkeit im vorderen Raum wirken würde, wenn sie sie erreichte, reagierte entsprechend. Schneller, als ihre alten Beine es vermuten ließen, schoss die Eiserne Lady von ihrem Stuhl hoch und schüttete Minna den Rest aus ihrer Teetasse ins Gesicht.

»Schade um den schönen Schnaps«, sagte Frau Oldorp, ehe sie die Gelegenheit ergriff, sich, gefolgt von Frau Linden, in das nun entstehende Handgemenge einzumischen.

Wer hätte gedacht, dass die angegrauten Insulanerinnen zu solch akrobatischen Leistungen fähig sein können! Unfein zerrten sie sich gegenseitig an Kleidern und Haaren, ehe sich das Damenknäuel in den Hauptsaal ergoss.

Dort stand Fred mit seinem Plastikbeil, umgeben von plötzlicher Stille, Nase an Nase mit dem sich über seinen Longdrink beschwerenden Gast. Der hochgewachsene Körper des jungen Mannes entsprach auch in der Breite Freds Statur, und er zeigte keine Angst. Hätte er aber besser tun sollen. Im Verlauf der folgenden Minuten bekam er am eigenen Leib zu spüren, dass so ein Plastikding ordentlich wehtun kann.

Kaum dass die Damen aus dem Teesalon durchgebrochen waren und Fred seinem ungeliebten Gast den ersten Schlag versetzt hatte, stürzte sich ein junger Mann, der an einem der Tische neben Kommissar Bakker gesessen hatte – von Eifersucht getrieben, da er die Tänzerin mit der feinen Nase liebte –, auf den jetzt mit Lippenstift befleckt dasitzenden Pfarrer. »Dafür wirst du bezahlen. Auf die Knie, du Sau!«, schrie er und riss Hochwürden vom Stuhl.

Otto und Karl, die an der Theke lehnten, sowie Kasimir, die Sau unter dem Tisch der Seelsorger, fühlten sich sofort angesprochen und machten ein harmloses Gesicht.

»Gott sei Dank«, flüsterte Knut Schröder erleichtert. Er hob seinen rechten Arm, schnipste mit den Fingern und nahm Blickkontakt zu einigen seiner Mitarbeiter auf. Eine Reaktion, die ihm in Fleisch und Blut übergegangen war, obgleich sie unnötig gewesen wäre. Seine Angestellten brauchten in dieser Phase einer Schlägerei schon lange keinen Wink mehr. Sie wussten auch so, was sie zu tun hatten.

Schröder drückte sich zwischen Karl und Otto an die Bar und nickte ihnen erwartungsvoll zu. »Na, los. Worauf wartet ihr noch?«, forderte er sie auf.

Dermaßen ermuntert, stürzten sich die beiden bis dahin harmlos blöd vor sich hin grinsenden Suffköppe ebenfalls ins Gewühl.

Zufrieden fingerte Knut Schröder in seiner Weste nach einem Zigarillo. In seinem Eifer, seine Arbeit zu erledigen und einem betrunkenen Thekengast mit dem Plastikkrummschwert eins überzuziehen, kurz innehaltend, gab einer seiner Mitarbeiter ihm Feuer. Genussvoll inhalierte Schröder und sah den aufsteigenden Rauchwölkchen nach, denn natürlich gehörte das »Piratennest«

zu den wenigen Lokalen in Europa, die sich dem Rauchverbot widersetzten.

Durch die Menschenknäuel hindurch und über sie hinweg beobachtete Schröder jeden einzelnen seiner Mitarbeiter. Was er sah, ließ ihn erfreut mit der Zunge schnalzen. Sie alle waren nicht nur exzellente Kellner, Barmixer, Tänzerinnen oder Köche. Sie verfügten auch über eine Ausbildung ganz besonderer Art und eine Fingerfertigkeit, mit der es nur wenige aufnehmen konnten. Sein Blick wanderte durchs Lokal und traf auf den des Kommissars.

Bakker hatte nur den Bruchteil einer Sekunde seiner Aufmerksamkeit an den Mann verschwendet, der vom Nachbartisch her an ihm vorübergestürzt war, um den armen Pfarrer zu attackieren, der eben erst die halb nackte Tänzerin von seinem Knie losgeworden war. Direkt vor seinen Augen war schon im nächsten Moment das Chaos ausgebrochen. Egal, wohin er blickte, überall stiegen Bedienstete und Gäste gleichermaßen enthusiastisch in die Keilerei ein, fast schien es, als würden sie sich beim Austeilen und Einstecken der Schläge bestens amüsieren. Zuerst hatte er gemeint, sich verguckt zu haben, als der Wirt die beiden etwa fünfzigjährigen Männer an der Theke aufforderte, sich an der beginnenden Schlägerei zu beteiligen, und sich danach ganz entspannt einen Zigarillo ansteckte. Doch das seltsam wissende, zufriedene und geradezu triumphierende Lächeln des Wirtes machte Bakker stutzig.

Obwohl er als höchste polizeiliche Instanz dieser Insel sofort alle erforderlichen Schritte zur Unterbindung der Keilerei einzuleiten hätte, verharrte er daher, so gut es im Getümmel eben ging, auf seinem Stuhl und beobachtete den zufrieden rauchenden Mann, der nichts unternahm, um sein Lokal vor etwaiger Zerstörung zu retten. Das alles war für Bakkers Geschmack zu inszeniert, zu aufgesetzt.

Kurz kam ihm der Gedanke, dass der Wirt die Massenschlägerei arrangiert haben könnte, um sein Gespräch mit Klara zu verhindern, doch sein gesunder Menschenverstand sagte ihm, dass eine solche Inszenierung doch etwas viel Aufwand wäre, um ihn davon abzuhalten, nach der Vorstellung mit der Sängerin zu sprechen. Nur warum grinste Schröder so zufrieden, anstatt angst und bange um seine Lokaleinrichtung, die Gesundheit seiner Gäste und Mitarbeiter und seinen guten Ruf zu sein?

Es sollte nur noch wenige Stunden dauern, bis der Kommissar erfahren würde, was Schröder unter dem Begriff »guter Ruf« verstand. Nicht dasselbe wie Bakker selbst, so viel kann bereits gesagt werden. Doch vorerst ahnte er nichts davon, sondern überlegte verwundert, warum der Mann so zufrieden war, wo in seinem Lokal doch gerade alles den Bach hinunterging. Außerdem fragte sich Bakker, welche innere Eingebung ihn dazu veranlasste, weiter tatenlos auf seinem Stuhl rumzusitzen, statt Alarm zu schlagen und die Kollegen anzufordern.

Ganz langsam, Stück für Stück, begann das Durcheinander um ihn herum an seinen Nerven zu zerren, und ein kleines Teufelchen in seinem Kopf flüsterte immerzu, dass dieser Abend im Allgemeinen und die Einheimischen dieser Insel im Besonderen die Sargnägel zum Tod seiner Karriere sein würden.

Knut Schröders Grinsen wäre noch eine Spur breiter ausgefallen, hätte er den Gedanken des Kommissars lauschen können. Für ihn bedeutete eine Schlägerei in seinem Lokal bares Geld. Zugegebenermaßen Einnahmen, die er schwerlich dem Finanzamt anzeigen konnte. Doch auch nach Abzug der Kosten für entstandene Schäden wie zerbrochenes Glas, kaputte Stühle und einen zerrissenen Vorhang hier und dort rentierte sich so eine Keilerei unter Freunden, wie er es immer nannte.

Vor zwei Jahren – zu einer Zeit, in der seine beiden Tischler mit dem Reparieren und Erneuern der antiken Einrichtung kaum mehr hinterherkamen – war er bereit gewesen, auf diese Einnahmequelle zu verzichten. Doch man ließ ihn einfach nicht. Er hätte nie vermutet, dass es so schwer sein würde, auf den Pfad der Tugend und Ehrlichkeit zurückzufinden. Ihm wurden Unmengen von Steinen in den Weg gelegt. Zunächst von seinen Mitarbeitern, denen es Spaß bereitete, ihre Fingerfertigkeit zu trainieren, und die ungern auf das zusätzliche Geld verzichteten. Dann von seinen Gästen, die vom »Piratennest« einfach erwarteten, dass dort ab und an die Fetzen flogen, und damit drohten, in Zukunft eben anderswo essen zu gehen. Langweilen konnte man sich überall. Und nicht zuletzt von den beiden Inselpolizisten Wim Heijen und Lukas Storch, die sich durch die Blume bei ihm darüber beschwerten, dass sich ihr Diensttagebuch, in das sie die gemeldeten Delikte eintrugen, nicht mehr ausreichend füllte. Schließlich richtete sich die Anzahl der Polizeiarbeitsplätze auf der Insel nach der Menge der zu untersuchenden Straftaten.

Schröder fand damals den Gedanken, für den Lebensunterhalt der hiesigen Polizei Sorge zu tragen, im Grunde ganz angenehm und überdachte seine Entscheidung. Langer Rede kurzer Sinn: Die Zeit, in der es keine Schlägereien im »Piratennest« gab, währte nur drei Monate. Dann war wieder alles beim Alten.

Er musste kurz seinen Zigarillo ablegen, um mit beiden Händen einen Mann ins Getümmel zurückzuschubsen, ehe er sich dem angenehmen Gedanken widmen konnte, heute Nacht wieder das Vergnügen zu haben, die von seinen Angestellten gestohlenen Brieftaschen zu sortieren. Herrenbörsen nach links, Damengeldtaschen nach rechts, hieß es dann. Den Portemonnaies derjenigen Gäste, die es seiner Beurteilung nach wert waren, in den exklusiven »Piratennest«-Kundenkreis aufgenommen zu werden, entnahm Knut Schröder das gesamte Bargeld. Es war quasi der Eintrittspreis, um zu einem später stattfindenden Glücksspiel zugelassen zu werden. Dieses Geld teilten sich seine Mitarbeiter. Allen anderen Gästen ließ er ihr Barvermögen, sei es, weil ihm ihr Name oder ihr Gesicht nicht passte oder er die Person einfach nicht leiden mochte – oder besser noch: sie durch die Ablehnung in Rage bringen wollte.

Es kam vor, dass ihn schon allein bei der Betrachtung der Geldbörse eine Vorahnung beschlich, die Ärger und Verdruss versprach. Das Portemonnaie flog dann unangetastet sofort in den Karton, der von einem seiner Mitarbeiter am kommenden Morgen als Fundsache zur Polizeistation gebracht wurde.

Der Diebstahl ihrer Börsen war bei seinen Kunden beliebt. Einige Leute versuchten seit Jahren, in den erlauchten Kreis der Spieler aufgenommen zu werden. Aber er ließ nicht jeden Zocker in sein Casino.

Schröder grinste schadenfroh, wusste er doch jetzt schon, welche Geldtaschen er heute Abend zum x-ten Mal ungeplündert lassen würde. Zwei seiner Stammkunden, die er einfach nicht leiden konnte, waren zwar ausgesprochen verbittert deswegen, kamen aber treu und brav immer wieder in sein Lokal, in der Hoffnung, er würde eines Tages endlich Gnade vor Recht ergehen lassen.

Eines tat er bei etwa neunzig Prozent aller Portemonnaies, was nicht einmal seine Angestellten wussten: Schröder entnahm ihnen alle Karten, scannte die Daten und speicherte sie auf seinem Computer. Vom Krankenkassenausweis über Visa-Karte und MasterCard bis zu den Personalausweisen. Man weiß ja nie, wofür man so etwas noch mal brauchen kann.

Er drehte seinen Kopf, um nach dem Kommissar zu schauen. Der saß noch immer wie versteinert und von der Schlägerei unangetastet an seinem Tisch. Schröder machte sich nichts vor. Johann Bakker war nicht so leicht auszuschalten wie seine Vorgänger. Ihn würde er nicht einlullen und verwirren können, bis er ihm glaubte, wenn er behauptete, seine Oma sei ein Pavian und Regionalmeisterin im Vierer-Skat. Spätestens morgen Vormittag, wenn alles Lederne und Kunstlederne aus dem »Piratennest«-Karton als reguläre Fundsache auf seinem Tresen landete, würde der Kommissar misstrauisch werden, so viel war sicher. Lukas Storch zufolge hatte er sich schon an seinem ersten Tag seltsam misstrauisch benommen, als der penetrante Feriengast Sebastian Stein seine gut gefüllte Geldbörse in der Dienststelle abgeholt hatte.

Schröder schmunzelte in sich hinein. Es war alles nur eine Frage der Zeit. Irgendwann wäre der Neue ohnehin damit konfrontiert worden, warum also nicht gleich?

Er war gespannt, wie lange es dauern würde, bis Kommissar Bakker herausfand, warum es nur ehrliche Finder auf der Insel gab und wieso keiner der »Verlierer« jemals Anzeige erstattete. Bis es so weit war, diente ihm dieses Zusatzgeschäft noch als Ablenkungsmanöver vor dem bevorstehenden wirklich großen Coup.

Für Bakkers Vorgänger war die Sache mit den Portemonnaies einer von vielen Gründen gewesen, die sie in den Wahnsinn getrieben hatten. Schade eigentlich, dachte Schröder. Bei denen war es leicht gewesen, den üblichen illegalen Tätigkeiten nachzugehen. Leicht und langweilig.

Es gab für ihn einfach keinen ernst zu nehmenden Gegenspieler mehr.

***

Karl und Otto hatten sich nicht zweimal auffordern lassen, sich an der Schlägerei zu beteiligen. Beide waren ganz in ihrem Element, steckten ein und teilten aus. »Auf die Knie, du Sau«, hörte Karl jemanden hinter sich rufen, und schon hatte er den Verursacher dieses Satzes ausgemacht. Ein Einheimischer von gedrungener Statur versuchte eben, den armen Pfarrer Meierpiek in die Keilerei zu verwickeln. Karl, der Respekt vor Männern mit klerikalen Kragen hatte, machte ein paar Schritte auf den Frevler zu, senkte tief den Kopf und stürmte los. Mit seinem harten Schädel traf er den pöbelnden Amerooger in Gürtelhöhe. Der Gerammte schrie auf, und gemeinsam rutschten die beiden zu Boden, wo sie sich weiterschlugen.

Im Getümmel blieben die Soldaten Gottes leider dennoch nicht verschont. Pfarrer Fricke, bisher vom Tohuwabohu um ihn herum wie gelähmt, sprang von seinem Stuhl auf. Ein Faustschlag in seine Magengrube ließ ihn wieder zurücksinken. Er krümmte sich vor Schmerz und fragte sich wie sicherlich alle anderen, warum eine alte grauhaarige Dame ihn ohne erkennbaren Grund niederstreckte.

Helena grinste breit, durch die Sticheleien ihrer Freundinnen ganz von Sinnen. Ihre guten Manieren hatte sie vergessen, nicht zuletzt wegen des vielen Alkohols im Tee. Sie sah sich geprellt, hintergangen und lächerlich gemacht. Jetzt wusste sie, warum diese scheinheilige Meute sich seit Tagen vor einer Zusammenkunft mit ihr drückte: Sie verschwendeten Kirchenvermögen für Alkohol und sexuelle Ausschweifungen! Ihre Wut hatte einen in ihrem Leben nie erreichten Siedepunkt erklommen. Sie ließ Hochwürden keine Zeit, sich zu erholen, und schlug ein weiteres Mal zu.

»So geht man nicht mit mir um«, teilte sie dem hilflosen Mann mit.

»Ich weiß nicht, was Sie meinen.«

Ihr Handrücken klatschte in sein Gesicht. »Bringt das die Erinnerung zurück?«

»Welche Erinnerung?« Ehe die Eiserne Lady zu einem weiteren Schlag ausholen konnte, jammerte Pfarrer Fricke: »Das muss ein Irrtum sein. Sicher verwechseln Sie mich mit jemandem.«

»Wo ist Ihr Terminkalender?«, schrie Helena. »Ich will auf der

Stelle einen Termin eintragen, um die Höhe der Spende festzulegen!«

Ohne auf seine Versicherungen zu hören, es müsse sich um eine Verwechslung handeln, er wisse von keiner Spende, begann sie, in seinen Taschen zu kramen, und forderte eine der Nackttänzerinnen auf, ihr zu helfen.

Die schaute irritiert in das Gesicht der alten Dame und wunderte sich darüber, dass man es offenbar wieder einmal versäumt hatte, ihr mitzuteilen, dass die Taschendiebstahlgruppe des »Piratennest« Zuwachs erhalten hatte. Und ziemlich unerfahrenen noch dazu.

Drei Sekunden lang betrachtete sie die dilettantische Vorgehensweise der Alten, dann schritt sie helfend ein und plünderte die Taschen des Mannes. Sie legte einen Rosenkranz auf den Tisch. Helena starrte stumm darauf, sagte aber nichts.

Die Tänzerin förderte noch ein Streichholzheftchen mit pikantem Werbeaufdruck zutage, das auf den ersten Blick wirkte wie ein verpacktes Kondom. Außerdem ein paar lose Streichhölzer und Tabak.

Helena blickte Fricke böse an. Der rieb sich abwechselnd seine Magengrube und die Wange und glotzte fragend. Seine Glaubensgenossen standen und saßen starr daneben und konnten ebenfalls nur gaffen.

»Ich weiß wirklich nicht, was Sie meinen«, jammerte Fricke. »Bitte glauben Sie mir …«

»Glauben?«, schrie sie ihn an. »Glauben gibt es in der Kirche. Ich will wissen! Wissen, wo Ihr Terminkalender ist.«

»Weiß ich doch nicht«, sagte Fricke mutig.

Die Eiserne Lady griff nach den Hölzchen. Wie viele junge Frauen, die als Krankenschwester ihren Dienst am Vaterland versahen, hatte auch Helena als junges Mädchen im Krieg gedient. Ihr Aufgabengebiet war allerdings ein ganz anderes gewesen. »Streichhölzer kann man ganz wunderbar unter Fingernägel schieben und anzünden«, drohte sie. »Also? Wo?«

Die Tänzerin betrachtete fasziniert Helenas Arbeit. Gefoltert wurde in diesem Haus bisher nicht. Ein interessantes neues Aufgabengebiet.

Hochwürden heulte gellend auf, als Helena seine Hand nahm.

Das Streichholz hatte seine Finger, geschweige denn einen Fingernagel noch längst nicht erreicht, als Gottes irdischer Stellvertreter schrie: »Ich sage alles, alles was Sie wissen wollen.«

Doch dazu kam es nicht. Eine Welle sich balgender Menschen wogte über sie hinweg und spülte Helena und die Tänzerin mit sich fort. Pfarrer Meierpiek, gänzlich unerwartet am Boden liegend, wurde dabei ein Fußtritt in die Magengrube verpasst sowie auf die Finger getreten. Sein Schmerzensschrei unter dem Tisch blieb von seinen Kollegen ungehört.

Der Fuß auf seiner Hand war klein und hart, drückte sich in sein Fleisch und machte keine Anstalten, von ihm abzulassen. Hochwürden meinte, den Vorhof zur Hölle betreten zu haben. Sturzbetrunken und halbtot vor Angst, glaubte er sich für alle Ewigkeit verdammt. Als der Huf des Teufels seine Hand endlich wieder freigab und des Pfarrers Hoffnung auf den Himmel zurückkehrte, öffnete Meierpiek die Augen und stierte in ein rosa Gesicht mit langer Nase, großen Nasenlöchern und winzigen runden Augen. Ein Gesicht, das zufrieden grunzte, ehe es sich unter satanischem Quieken davonmachte.

Luzifer höchstpersönlich, glaubte Hochwürden und wurde ohnmächtig.

***

Das Geräusch eines umstürzenden Flaschenregals erlöste den Kommissar aus seiner Handlungsstarre. Das Klirren der Flaschen, die zu Boden fielen und zerbrachen, klang wie von einem leiernden Tonband und dauerte viel zu lange. Er sprang von seinem Stuhl auf und zog seine Pistole aus dem Halfter. »Sofort aufhören, oder ich schieße!«

Für den Bruchteil einer Sekunde verharrte die Schlägergemeinde. Viele warfen einen schnellen Blick auf den Kommissar und wägten ab: Würde er seine Drohung wahrmachen? Nein, sicher nicht. Sie nahmen ihn nicht für voll. Er hatte bisher keine polizeiliche Präsenz gezeigt, warum jetzt? Außerdem hatten sie ihn verschont.

Doch diesmal verrechneten sie sich.

Bakker hatte geschrien, er werde schießen, und er schoss. Er hatte die Nase voll von diesen durchgedrehten Einheimischen.

Laut krachte der Revolverschuss durch das Lokal. Als der Nachhall verklungen und der Unglaube der Leute verschwunden war, galt das auch für die Mitarbeiter des »Piratennest«. Nur die Touristen und Einheimischen standen, lagen oder saßen noch mit jetzt ängstlich erhobenen Armen da.

Bakker hatte ihre volle Aufmerksamkeit.

Abwechselnd den einen oder anderen mit der Pistole bedrohend, erklomm der Kommissar die Bühne. Nervös fingerte er nach seinem Handy und forderte Verstärkung an.

Als seine Kollegen das Lokal schließlich stürmten, trat der Wirt hinter dem Vorhang hervor und packte den von der Bühne herabsteigenden Bakker von hinten am Kragen. »Ich glaube, es ist besser, wenn Sie durch die Hintertür verschwinden«, schrie er gegen den nun wieder einsetzenden Lärm an.

»Kommt gar nicht in Frage«, wehrte der Kommissar ab.

»Sie wollen doch sicher nicht von Ihren eigenen Leuten verhaftet werden?« Schröder deutete auf drei Polizisten, von denen der Kommissar keinen kannte.

Verflixt, das mussten die Saisonkollegen sein, die Ende des Monats die Insel verließen. Er hatte versäumt, sich ihnen vorzustellen. Wie hatte Knut Schröder das wissen können? Aber er hatte recht. Es wäre peinlich, in Handschellen von den eigenen Untergebenen abgeführt zu werden. Widerwillig folgte er dem Wirt. Er hasste es, jemandem, den er nicht mochte, einen Gefallen zu schulden.

Und erst recht einem Kriminellen wie Schröder.

Während das Einsatzkommando der Polizei sich vorn im Lokal den Verhaftungen widmete, zerrte Letzterer den Kommissar hinter sich her und zur Hintertür hinaus.

***

Fast wären die beiden mit Klara, deren wahren Namen und Geburtstag nur ihre Mutter, Gott und das Standesamt kannten, in einem der Flure zusammengestoßen. Zu ihrem Glück konnte sie sich aber noch rechtzeitig hinter einer großen Seemannskiste verstecken. Wenn Schröder den Kommissar nicht laut aufgefordert hätte, sich zu beeilen, wäre sie erwischt worden.

Klara nutzte die im Lokal tobenden Schlägereien seit einigen Wochen für ihre eigenen Zwecke. Normalerweise dauerte so eine Keilerei zwischen fünfzehn und zwanzig Minuten. Genug Zeit, um durch die Kellergewölbe des Hauses zu eilen und nach dem zu suchen, weswegen sie Abend für Abend auf der Bühne stand. Sie hatte nicht vor, noch lange diesem Gewerbe nachzugehen, auch wenn sie in Sachen Bewegung und Stimme ein besonderes Talent besaß. Bühnenauftritte waren einfach nicht ihr Ding. Ihre Fans sind da selbstverständlich ganz anderer Meinung. Doch Klaras Beruf, ja, ihre Berufung ist eine ganz andere.

Als im Saal die erste Faust in einem vorbildlichen rechten Haken gegen das erste Kinn gerammt worden war, hatte sie die Bühne verlassen, aus ihrer Garderobe eine Strickjacke geholt, um in der spärlichen Bekleidung nicht zu frieren, und sich auf den Weg gemacht. Sie war auf einer der im Haus verteilten Treppen gerade wieder aus dem Kellergewölbe nach oben gekommen, als sie Knut Schröders Stimme gehört hatte. In ihrem Versteck hockend, gratulierte sie sich nun im Stillen, heute kein Parfüm aufgelegt zu haben. Der Duft hätte sie selbst im schummrigen Licht des Flures verraten.

Sie ließ die beiden vorbeigehen, blickte ihnen hinterher und fragte sich, warum Schröder den Kommissar mit sich zerrte beziehungsweise warum der sich das gefallen ließ.

Als die Hintertür hinter den beiden zufiel, verschwand sie ungesehen in ihrer Garderobe.

Sie hatte wieder nicht gefunden, wonach sie suchte.

Sechs

Pfarrer Meierpiek erwachte in einer halbdunklen Gefängniszelle. Seine geschwollenen Augen ließen sich nicht öffnen, weshalb er seinen Ohren vertrauen musste. Ein leises Husten neben ihm, ein Räuspern von der anderen Seite und scharrende Geräusche auf dem Boden sagten ihm, dass er nicht allein war. Sein Kopf tat fürchterlich weh, ihm war übel, und er konnte seine Glieder kaum bewegen, ohne dass sie schmerzten.

Ehe er sich fragen konnte, welcher seiner gestrigen Sünden er dieses grauenhafte Schicksal des Vorhofes zur Hölle zu verdanken hatte, trübten unangenehme Gerüche seine empfindliche Nase. Kalter Zigarettenrauch, verdunstender Restalkohol und sonstige Körpergerüche verstärkten sein flaues Gefühl im Magen. Wenn er wenigstens ein wenig bequemer liegen könnte. Vorsichtig tastete er mit einer Hand um sich herum und erstarrte. Seine Finger befühlten ein Gesicht, kalt und wächsern wie ein Leichnam. Eine weitere verdammte Seele?

***

Während Meierpiek in der Zelle mit seinem Schicksal haderte, gelang es Lukas Storch nach Aufnahme aller Personalien endlich, mit dem Verhör der Verhafteten zu beginnen. Nicht ganz einfach bei dem Durcheinander, das auf dem Revier herrschte. Dermaßen überbelegt waren sie noch nie gewesen. Nicht nur, dass die Zellen alle besetzt waren, auch im Empfangsbereich und auf den Fluren stapelten sich die vorläufig Festgenommenen.

Storch hätte sie am liebsten alle gleich wieder auf die Straße gesetzt und wäre nach Hause gegangen, doch vor dem neuen Vorgesetzten musste man erst einmal Einsatzbereitschaft zeigen. Das bedeutete jede Menge Protokolle. Anhand der Höhe eines Papierstapels konnte die Arbeitseffizienz eines Mitarbeiters schließlich am besten bewertet werden. Storch fragte sich, wo der Kommissar stecken mochte. Und was er im Einzelnen alles mitbekommen hatte. Vielleicht, so hoffte er, lag der Chef schon schlummernd und größtenteils ahnungslos in seinen Federkissen.

Er öffnete die Klappe am Empfangstresen und schnappte sich den, der am ramponiertesten aussah. »Verraten Sie mir, warum Sie sich an der Schlägerei beteiligt haben?«, fragte er den Mann, dessen Augen zugeschwollen und dessen Lippe blutig war.

»Da war so ein Typ, der hat ›Blödmann‹ gerufen und mich einen beschissenen Insulaner genannt«, lispelte der Amerooger.

»Und das konnten Sie bei dem Radau um Sie herum hören?«, zweifelte Storch.

»›Beschissener Insulaner‹ kann ich von den Lippen ablesen.«

»Woher wussten Sie, dass Sie gemeint waren?«

»Weil er dabei zu mir rübersah. Er beschimpfte mich auch als ›Robbekloot‹. Und so etwas lasse ich mir nicht gefallen. Eh der mir noch mehr an den Kopf schmeißen und womöglich meine Mutter beleidigen konnte – denn«, er hob mahnend den Zeigefinger, »seine Mutter soll man immer ehren –, hab ich ihm eine auf die Nuss gegeben.« Mit einem schwungvollen Aufwärtshaken in die Luft zeigte er, wie er sich gerächt hatte. »Tja, hat ihm nicht gefallen. ›Blödmann‹, schrie er wieder, schlug zurück, und schon lag ich am Boden. Konnte mich aber schnell aufrappeln und ihm vors Schienbein treten.« Er lächelte schief. »Das hätten Sie auch getan.«

Lukas Storch wackelte mit seinen abstehenden Ohren und nickte bedächtig. Er konnte ein gewisses Verständnis aufbringen. Wer ließ sich schon gern als männliches Geschlechtsteil eines Seehundes betiteln?

Während Storch sich weiter die Unschuldsbeteuerungen des Mannes anhörte, trat sein Kollege Wim Heijen zu ihnen. Der Delinquent erklärte gerade: »Na, auf jeden Fall ist er dann rückwärts in die Herrschaften am Nebentisch gefallen, die das als Aufforderung zum Mitmachen betrachteten.« Mit Unschuldsmiene ergänzte er: »Ich kann nichts dafür, das können Sie mir glauben.«

Für Glaubensfragen, dachte Wim Heijen, sind die Herren in der Arrestzelle zuständig. Ob irgendeiner von ihnen heute noch zur Sache Stellung nehmen konnte, war jedoch fraglich. Er hoffte, dass die in Sachen Alkoholgenuss untrainierten Glaubensmänner morgen früh wenigstens halbwegs ausgenüchtert wären und einem Verhör standhalten konnten.

»Otto der Große brachte den riesigen Mann vom Nachbartisch dann endgültig zur Strecke«, plauderte der Insulaner weiter.

»Otto der Große?«

»Der Gerichtsvollzieher. Ich kann mich glücklich schätzen, Otto ist ein besonders kräftiger Kämpfer. Da hatte der andere nicht mit gerechnet, das können Sie mir glauben.«

Sie schickten den Insulaner zurück in die Zelle und knöpften sich daraus einen der Nachwuchs-Geistlichen vor, den Einzigen, der halbwegs nüchtern wirkte.

»Sind Sie auch auf einem Betriebsausflug?«, wollte der junge Mann wissen, als er von Storch ins Büro geschoben wurde.

»Mitnichten. Sie sind bei der Polizei. Setzen Sie sich.«

Der Priesteramtskandidat schaute, als habe er nicht verstanden, und ließ sich ohne Widerstand auf einen Stuhl drücken. »Schön ist es hier aber nicht.«

Storch überhörte die Feststellung. Er musste sich konzentrieren, um beim Verhör angemessen streng aufzutreten. »Sie wissen, warum Sie hier sind?«

Er erntete ein eifriges Nicken. »Unser Herr Pfarrer ist ein weiser Mann«, erklärte der Priesteramtskandidat lallend. »Er kennt sich aus in der Erotik.«

Diese Feststellung verblüffte die beiden Polizisten, da sie nicht das Geringste mit der Schlägerei zu tun hatte. Sie sahen sich an und dachten instinktiv dasselbe: Alkohol löst die Zunge.

»Mögen Sie einen Cognac?«, fragte Heijen scheinheilig und zwinkerte Storch zu. Sie würden dem jungen Geistlichen noch einen einschenken, um seinen Redefluss etwas anzukurbeln.

»Sie sind viel netter als der da.« Der angehende Priester zeigte auf Storch. Dann kicherte er. »Ihr Weltlichen seid so unkompliziert. Wer hätte gedacht, dass es bei der Polizei was zu trinken gibt? Ich nehme einen Doppelten.«

Wie ein Profi kippte der Jüngling das Getränk hinunter und hustete leicht, ehe er Lukas Storch aus glasigen Augen anstierte. »Dumbo«, nuschelte er und: »Himmlisches Gesöff!«

Er hielt Wim Heijen das leere Glas hin, das dieser bedenkenlos ein weiteres Mal bis zum Rand füllte. Ein Blick auf die Flasche ließ ihn hoffen, dass der Inhalt bis zum Ende des Verhörs reichen würde. Wenn der Junge ihnen nur nicht aus den Latschen kippte, ehe er verraten hatte, was die Priestergruppe wirklich in der Spelunke getrieben hatte. Dem Märchen vom Betriebsausflug glaubte er nicht eine Sekunde.

»Herrliches Gesöff«, wiederholte der angehende Priester, nachdem er auch den zweiten Cognac gekippt hatte, starrte sie einen Moment lang schielend an, kippte rücklings vom Stuhl und blieb reglos liegen.

Mist, da hatten sie sich wohl verschätzt.

Das war der Augenblick, in dem Kommissar Bakker die Dienststelle betrat. Er eilte an Storch und Heijen vorbei in den Pausenraum, um sich umzuziehen. »Wir sprechen uns später«, sagte er drohend, nachdem die beiden die Schnapsflasche nicht schnell genug in einer Schublade verschwinden lassen konnten.

Als er wieder nach vorne kam, hatten Storch und Heijen den bewusstlosen jungen Mann in eine sitzende Position gebracht und versuchten, ihn aufzuwecken.

»Ab in die Zelle mit ihm«, befahl Kommissar Bakker einem vorbeihastenden jungen Polizisten, der sich ihm eilig vorstellte, dessen Namen er Sekunden später aber wieder vergaß. An Storch und Heijen gewandt, fragte er: »Wer ist noch alles inhaftiert?«

Sie sagten es ihm.

»Holt mir die alte Dame.«

***

Hocherhobenen Hauptes schritt Helena an Storchs Seite in Bakkers Büro. Noch ehe der Kommissar sie bitten konnte, auf dem Stuhl vor seinem Schreibtisch Platz zu nehmen, verkündete die Eiserne Lady in salbungsvollem Tonfall: »Ich gehe davon aus, dass Ihnen meine Stellung in der Gemeinde bewusst ist.«

Das war sie aber vermutlich nicht, denn der Kommissar schwieg. Stattdessen starrte er Helena weitaus länger, als anständig gewesen wäre, an. Sie wusste, sie sah der niederländischen Königin Beatrix zum Verwechseln ähnlich und strahlte deren königliche Würde aus. Doch wenn Bakker glaubte, sie sei ihm nicht gewachsen und er könne sie im Handumdrehen um den kleinen Finger wickeln, hatte er sich getäuscht.

»Es gibt nicht eine karitative Stelle auf dieser Insel, die ich nicht ins Leben gerufen habe und finanziell versorge, merken Sie sich das, junger Mann.«

»Darf ich fragen, was eine Frau wie Sie veranlasst, ins ›Piratennest‹ zu gehen?«

Das kam unerwartet. Bakkers schmeichelnder Tonfall ließ Helena ihren Zorn auf ihre Verhaftung mitsamt dem ordinären Plebs vergessen. Sie hatte vorgehabt, sich ordentlich zu beschweren und zu verlangen, umgehend auf freien Fuß gesetzt zu werden. Dieses Ansinnen trat nun in den Hintergrund. Der neue Kommissar schien ihr zwar nicht ganz helle, aber trotzdem ein vernünftiger Mann zu sein. Wenigstens erkannte er sofort, wer zu den oberen Zehntausend gehörte und wer nicht.

Gegen ihren festen Vorsatz vertraute sie Bakker an, wie sie sich hatte erniedrigen müssen, nur um in dieses verruchte Lokal zu gelangen. Wie sie sich mit den alten Weibern, die so ganz und gar nicht ihrem Stand entsprachen, hatte abgeben müssen, um endlich mit dem Pfarrer aus Bieleburg sprechen zu können. Sie erklärte Bakker, dass sie die Kirche auf dem Festland finanziell anzapfen wollte, drückte sich allerdings vornehmer aus.

»Wir benötigen unbedingt eine neue Orgel.«

Dass sie beim Hervorbringen ihres Anliegens im »Piratennest« ausgesprochen tatkräftig aufgetreten war, verschwieg sie dem Kommissar. Stattdessen rieb sie ihm die Unfähigkeit der hiesigen Polizei unter die Nase, die es noch kein einziges Mal fertiggebracht hatte, eine Schlägerei in diesem Etablissement zu verhindern.

Während sie weiter auf die Unfähigkeit der Amerooger Polizei schimpfte, kam sich Bakker vor wie ein Schuljunge, der von seiner Lehrerin zurechtgewiesen wurde, und schätzte sich glücklich, von der Eisernen Lady nicht im »Piratennest« gesehen worden zu sein. Er bemühte sich, in ihrer Auflistung aller Versäumnisse der örtlichen Polizei und sämtlicher anderen staatlichen Stellen eine Sprechpause abzupassen, um endlich mit seiner Befragung loslegen zu können, fand aber keine Gelegenheit. Am Ende ihres Vortrages blieben ihm dann die Worte im Halse stecken. Was sollte er dazu noch sagen?

Mit dem Rest an Autorität, der ihm noch geblieben war, geleitete er die Eiserne Lady zur Tür.

»Sie da«, schnauzte er einen seiner Untergebenen an. »Sie bringen mir diese Dame jetzt sofort sicher nach Hause.«

***

Von einem sicheren Geleitzug nach Hause konnte für Otto und Karl in dieser Nacht keine Rede sein. Sie hatten es samt Kasimir vor dem Eintreffen der Polizisten aus dem »Piratennest« herausgeschafft. Aus einem inneren Pflichtgefühl den Verhafteten gegenüber waren sie jedoch in der Nähe geblieben. Jetzt hatten die beiden noch etwas zu erledigen. Etwas, was Karl zuletzt nach Jugenddiscoschlägereien in grauen Vorzeiten und Otto in Bundeswehrjahren getan hatte: den Freikauf der Kumpel aus dem Polizeigewahrsam im Morgengrauen.

Auch wenn keiner der Verhafteten wirklich ihr Kumpel war, so gehörte es zum guten Ton, die Mitzecher und -krakeeler irgendwie freizubekommen.

Wie sie selbst der Massenverhaftung entgehen konnten, wussten die beiden nicht mehr. Plötzlich hatten sie sich in frischer Luft auf einer Bank in der Nähe des Hafens wiedergefunden. Daher hatten es die beiden mit dem Freikauf im Moment auch nicht allzu eilig. Sie genossen erst einmal die herrliche Morgenluft.

Eine Möwe flog beleidigt davon, als sie merkte, dass sie von den beiden nichts zu fressen zu erwarten hatte. Jedoch nicht ohne eine cremeweiße Protestnote zu ihren Füßen zu hinterlassen. Kasimir lag unter der Bank und schlief. Nächtliche Ausflüge schien er nicht gewohnt zu sein.

Karl blickte der Silbermöwe nach. »Wusstest du, dass man die Viecher nicht essen kann? Zu viele Salmonellen.«

Otto wagte nicht zu widersprechen. In Fragen, was man essen kann und was nicht, war Karl der Spezialist. Er selbst vertrat die etwas simple Meinung, dass alles Weiche essbar war.

»Aber die Eier, die schmecken. Musst sie nur zwanzig Minuten kochen, dann sind alle Bakterien hin.« Er starrte in den Himmel und schwieg.

»Essen wird überbewertet. Lass uns einen trinken«, meinte Otto, machte jedoch keinerlei Anstalten, diesen Worten Taten folgen zu lassen. Sonst zog er bei diesem Spruch gern einen gut gefüllten Flachmann aus seiner Tasche und reichte ihn herum, aber den hatte er heute nicht dabei.

Als das letzte bisschen Mondlicht hinter einer Wolke verschwand, mahnte Karl: »Ich glaub, es wird Zeit. Gehen wir.«

Doch Otto wollte zuvor noch ein anderes, ihn schon lange beschäftigendes Problem gelöst haben. »Du, sag mal, warum nennt man dich eigentlich Katzen-Karl?«

»Ach komm, das weißt du doch.«

Otto verneinte. »Nur Gerüchte«, lallte er und bettelte dann: »Erzähl mir die Geschichte.«

»Kommt aus der schlechten Zeit, du weißt schon, die Nachkriegsjahre. Da gab es nichts zu essen.« Karl grinste.

»Das kann ja gar nicht …«

»Nun verdirb mir nicht meine Geschichte. Um es kurz zu machen: Ich killte jede Katze, die mir über den Weg lief. Schmeckt fast wie Hase oder Kaninchen, kannst mir glauben.«

Otto grunzte abschätzig. »Nachkriegsjahre? Mann, da solltest du dir was anderes einfallen lassen. Wir sind achtundvierzig und zusammen zur Schule gegangen. In unserer Jugend war der Krieg lange vorbei. Es gab genug zu essen.«

»Hast du auch so einen Durst?«, brachte Karl das Thema auf wichtigere Dinge. Otto nickte. Der sinkende Alkoholspiegel verursachte einen trockenen Mund und ließ die Zunge am Gaumen kleben.

»Lass uns was besorgen. Und dann befreien wir die anderen.«

Die Amerooger Gendarmerie ist besser als ihr Ruf. Als die beiden eine halbe Stunde später gestärkt die Dienststelle betraten, hatten die Polizisten bereits die Spreu vom Weizen getrennt und viele der Randalierer grüppchenweise aus der Haft entlassen. Wer noch in den Zellen saß, war Insulaner, denn die führten aus der Macht der Gewohnheit heraus niemals Ausweispapiere mit sich. Nicht dass sie Heijen und Storch unbekannt waren, bei knapp tausend Einwohnern kannten die beiden fast jeden hier, aber erstens: Strafe muss sein. Und zweitens wollten sie unter Bakkers Aufsicht alles nach Vorschrift machen.

Karl und Otto standen eine Weile planlos und schwankend am Besuchertresen, bis ein Wachtmeister sich ihrer annahm. Es war der neue, noch sehr junge Polizist Arno Taubert, der eine Woche vor Kommissar Bakker direkt nach seiner Ausbildung hierherversetzt worden war. Stolz wie Bolle sah er sich der Aufgabe voll und ganz gewachsen.

»Sie wünschen?«, fragte er jedoch unvorsichtigerweise gleich zu Beginn, denn auf diese Frage brachen die beiden vor dem Tresen in unkontrolliertes Lachen aus.

»Ist schon Weihnachten?«, unkte Karl, der sich als Erster beruhigen konnte, und sah dem Jungen mit festem Blick und schwankenden Beinen in die Augen. »Ich mein nur – wegen wünschen.«

»An Weihnachten gib es bei uns immer Kaninchenbraten«, lallte Otto, womit sie wieder beim Thema waren.

»Karnickel, die ich vorher kille«, bestätigte Karl, worauf sie sich einträchtig in die Arme fielen, nur um sich schnell wieder voneinander zu lösen, da der Tresen den besseren Halt bot.

»Sie möchten also einen Todesfall melden?«, fragte Taubert, der in seiner Aufregung nur »Weihnachten« und »killen« verstanden hatte, eifrig. Die gelallten Worte »Kaninchenbraten« und »Karnickel« waren kaum zu hören gewesen. Und eine Todesmeldung war doch mal was anderes nach den ganzen langweiligen Schlägereiprotokollen.

Die beiden stutzten, und auf Ottos Stirn bildeten sich tiefe Denkfalten. Dann nickte er. »Nachbars Lisa ist tot«, verkündete er in vom Alkohol beseelter Trauer.

»Ha!«, tönte Karl laut und warf sich in die Brust.

»Du hast sie umgebracht?«, fragte Otto entsetzt.

»Ich hab schon mehrere ermordet«, rief Karl aggressiv und schlug mit der Faust auf den Tresen.

»Du hast sie alle umgebracht«, klagte Otto weinerlich und

wischte sich eine Träne aus dem Augenwinkel. Seine Erkenntnis ließ ihn aufschluchzen.

Die unter Alkoholeinfluss im Allgemeinen beim Menschen hervorgerufene Beeinträchtigung des Denkvermögens schien sich bei Tierfreund Otto gegenteilig auszuwirken. Ihm fielen alle Namen der in den letzten Jahren auf der Insel verschwundenen Katzen ein. Einen nach dem anderen zählte er klagend auf, während Taubert verwirrt dreinblickte. Bei jedem einzelnen grämte sich Otto noch ein bisschen mehr.

»Was ist mit Rosis Baby?«, fragte er schließlich unter Stöhnen, da ihm aufgegangen war, dass wohl nicht nur das Kätzchen Lisa, sondern auch die ältere Katze seiner Nachbarin den Weg alles Essbaren gegangen war.

Wim Heijen und Lukas Storch waren mit ihrer Arbeit vorerst fertig und kamen näher. Sie kannten die Märchen darüber, wie »Katzen-Karl« zu seinem Spitznamen gekommen war. Interessiert zu sehen, wie sich ihr junger Kollege aus dieser Situation winden würde, lauschten sie aus sicherer Entfernung dem Gespräch.

Auch Wachtmeister Jan Dijkstra, der neue Kollege aus den Niederlanden, der seit seinem Dienstantritt vor wenigen Tagen als ehrgeiziger Eigenbrötler galt und nicht gerade Storch und Heijens bester Freund war, trat neugierig näher. Er kannte weder den hiesigen Bankier noch den Gerichtsvollzieher, kam jedoch schnell zu der Überzeugung, dass diese beiden Kriminellen das Sprungbrett für eine beeindruckende Karriere sein könnten. Und er war bereit, die ihm gebotene Chance zu nutzen. Hinzu kam die Tatsache, dass er Mörder im Allgemeinen und Kindsmörder im Besonderen verabscheute. Bei Mord an unschuldigen Babys verstand Polizeimeister Dijkstra erst recht keinen Spaß. Euphorisch schob er den jungen Kollegen beiseite.

Dijkstras anfängliche Begeisterung über die sich ihm bietende Abkürzung zum Kommissar legte sich schnell, als Karl und Otto ungeniert zur Erklärung des genauen Tatverlaufs übergingen. Mit einem Mal war er froh, die sichere Barriere der Theke zwischen sich und den Mördern zu wissen.

»Und wie bringst du sie ins Jenseits?«, fragte Otto, der jetzt gnadenlos alles wissen wollte, aber gleichzeitig mit der Schwierigkeit zu kämpfen hatte, die seine Beine verursachten. Irgendwie knickten sie automatisch in den Knien ein, sobald er sich auf etwas anderes konzentrierte.

Als Karl statt einer Antwort beide Hände zu Fäusten geballt übereinanderlegte, eine gegenläufige Drehbewegung machte und mit dem Mund ein schnalzendes, knackendes Geräusch von sich gab, zog Otto, der im Gegensatz zu den Polizeibeamten nichts kapierte, die Augenbrauen in die Höhe und meinte: »Versteh ich nicht.«

Jan Dijkstra verstand umso besser. Hatte er vor Minuten noch geglaubt, diese Angelegenheit allein bewältigen zu können, so musste er sich jetzt eingestehen, dass er besser einen Vorgesetzten zurate zog.

Da ging sie hin, die Karriereleiter.

»Hol den Chef, schnell«, zischte Dijkstra seinem Nebenmann zu, doch als dieser loseilen wollte, ergriff er ihn mit eiserner Hand am Arm. »Nicht sooo schnell, Idiot«, flüsterte er mit ängstlichen Seitenblicken auf die potenziellen Killer. »Willst du ein Massaker entfachen?«

Taubert schlich nach hinten zu Bakkers Büro, und Karl wiederholte seine genickbrecherische Geste.

Nun verstand auch Otto. »So einfach?« Er nickte bewundernd, ehe ihm die nächste Frage über die sprachgehemmten Lippen kam. »Und dann?«

»Kopf ab.« Karl tat, als würde er mit einem Beil auf den Tresen schlagen.

»Aber sieht man nicht an der Gestalt, was es mal gewesen ist?«

Sprunghafte Gedankengänge zeichnen den Psychopathen aus, das hatte Dijkstra auf irgendeinem Lehrgang gehört, doch das angeekelte Gesicht, das Otto zog, ließ für Sekunden Sympathien für ihn aufkommen.

»Nee. Selbst wenn der Kopf dranbleibt, musst du ihnen nur die Ohren abschneiden, dann merkt das kein Mensch«, klärte Karl Otto auf.

Kommissar Bakker, der vom Verhör der Eisernen Lady noch ganz durcheinander und mit den Gedanken weit entfernt war, trat zu Dijkstra an den Tresen.

»Dann merkt das keiner«, wiederholte Karl.

Bakker schüttelte den Kopf. Taubert hatte etwas von »Babymord« und »Killerduo« gemurmelt. Tatsächlich aber konnte er sich beim besten Willen an keine Akte erinnern, in der eine Person oder gar ein Baby vermisst gemeldet worden war. Und er hatte sie alle gelesen. Das muss einem doch auffallen, empörte er sich innerlich über die Gleichgültigkeit seiner Mitmenschen.

Das wiederum brachte ihn zu der spontanen Erkenntnis, dass es sich hier um ganz besonders schwere Jungs handeln musste, die es schafften, dass ihre Mordopfer nicht einmal vermisst wurden. Wobei der eine anscheinend der Lehrling des anderen war.

Ausbildung im Mördergewerbe, ob das die Industrie- und Handelskammer wusste? Er beschloss, sich auch darum zu kümmern, sobald er diesen Fall geklärt hatte.

»Karl, der Killer«, kicherte Otto, und Kommissar Bakker machte sich eine erste Notiz. Ebenso Wachtmeister Jan Dijkstra. Einen Namen hatten sie schon mal.

Dijkstra kam der Verdacht, dass es sich um einen Decknamen handeln könnte, was er sogleich Kommissar Bakker zuflüsterte. Der verbat sich geradeheraus jedweden Kommentar und etwaige Vermutungen. Er hatte genug mit seinen eigenen zu tun.

»Wenn du ihnen den Hals umgedreht hast, wie geht es dann weiter?«, fragte Otto, was in etwa so klang wie: »Wennduihndennals ummedreht has, wi gesdenn weider?«

Und wie lange machst du das schon?, war die Frage, die Bakker auf der Zunge lag, er wagte es nur nicht, in das Gespräch einzugreifen. Er wollte den Redefluss dieser beiden Irren auf keinen Fall unterbrechen. Sosehr er und sein Magen sich auch wünschten, dass sie schwiegen.

»Ich leg sie auf den Rücken«, flüsterte Karl verschwörerisch und schaute sich um, als wollte er sichergehen, dass sie nicht beobachtet wurden. Die fünf Polizisten im Raum übersah er dabei geflissentlich.

Unauffällig schob Kommissar Bakker dem Kollegen Dijkstra einen Zettel zu. »Von hinten Zwangsjacken holen«, stand darauf.

Da setzten Karl und Otto zum großen Finale an.

»Wenn du ihnen das Genick gebrochen hast«, wiederholte Otto

und machte dabei mit seinen riesigen Händen Karls schaurige Handbewegung mit dem knackenden Geräusch nach, das diesmal von den Fingern kam und weitaus widerlicher war, »drehst du sie also auf den Rücken? Wozu?«

»Ich sag's dir. Um ihre Beine auseinanderzuspreizen und sie fein säuberlich vom Hintern bis zur Kehle mit einem wirklich scharfen Messer aufzuschlitzen.« Karls Augen glitzerten diabolisch.

Wachtmeister Taubert begann leicht zu schwanken und hielt sich krampfhaft am Tresen fest. Bakker neben ihm war zu perplex, um ihn zu stützen. Er konnte nur wie erstarrt dastehen und Karl fassungslos anglotzen.

»Aber Vorsicht«, warnte Katzen-Karl mit erhobenem Zeigefinger, und alle zuckten zusammen, als habe er ein Schlachtermesser gezückt. »Der ekelige Teil kommt erst noch.«

Als wenn das noch nicht ekelhaft genug gewesen war.

»Du musst gehörig aufpassen, sonst gibt es eine elende Schweinerei«, erklärte Karl. »Nur die oberen Hautpartien lösen, nicht die Innereien verletzen. Den Gestank behältst du sonst tagelang in der Nase.« Er hielt sich die Nase zu, um das Gesagte zu unterstreichen.

Das wäre nicht notwendig gewesen. Alle konnten es sich bildlich und olfaktorisch bestens vorstellen.

»Damit die Gedärme nicht überall durch die Gegend spritzen und dir das Blut deine Klamotten nicht versaut«, nahm Karl gnadenlos den Faden wieder auf, »musst du sehr vorsichtig schneiden. Also Obacht mit dem scharfen Messer.«

Die Kriminalbeamten konnten dem nichts mehr hinzufügen. Sie waren der gleichen Meinung.

»Hat man dich nie in Verdacht gehabt?«, fragte Otto und wirkte für Augenblicke geradezu nüchtern. Interessiert schaute er in die Runde und schien nur einen kleinen Augenblick verwundert darüber, dass die Zahl ihrer Zuschauer inzwischen auf das gesamte Revier angewachsen war.

Warum man ihn nie in Verdacht gehabt hatte, hätten die beiden frustrierten Beamten vom Festland auch gern gewusst, denn bei der gewaltigen Anzahl von Toten, die Otto Karl zu Beginn unterstellt hatte, musste doch irgendjemandem einmal etwas aufgefallen sein.

»Hast du denn Lisa und Rosis Baby vermisst?«, konterte Karl mit einer Gegenfrage.

»Bis heute eigentlich nicht«, musste Otto zugeben. Er liebte zwar Tiere, achtete aber nicht darauf, wie oft er sie zu sehen bekam.

Karl kicherte in sich hinein. »Ich kill sie alle. Und keiner weiß es«, prahlte er stolz.

Hier irrte Karl sich gewaltig. Storch und Heijen nickten einander im Hintergrund wissend zu.

»Wie, das weiß keiner?«, hakte Otto nach.

»Es bleibt nicht die allerklitzekleinste Kleinigkeit von ihnen übrig.« Mit einem listigen Augenzwinkern fügte er hinzu: »Und willst du wissen, warum?«

Bakker fürchtete die Antwort.

Von hinten kam der Kollege Dijkstra mit Zwangsjacken bepackt in den Vorraum gerannt, eine dicke Staubwolke hinter sich herziehend. Es war nicht leicht gewesen, sie so schnell zu finden. Sie waren seit Jahren nicht mehr benutzt worden. Nicht, dass es auf Ameroog weniger Irre gibt als anderswo. Es liegt wahrscheinlich daran, dass man hierzulande mit dem Wahnsinn etwas toleranter umgeht.

Dijkstra wurde durch eine Handbewegung von Bakker zum Stillstand gebracht. Er brauchte jetzt keine Unterbrechung, denn er wollte hören, warum niemand je von diesen Gräueltaten erfahren hatte.

»In Currysoße sind sie absolut spitze. Wenn du weißt, was ich meine.«

Auch wenn Otto es nicht wissen sollte, die übrigen Herumstehenden verstanden, was gemeint war. Arno Taubert war schon ganz grün im Gesicht. Er fing an, würgende Geräusche von sich zu geben, und wollte fliehen. Es hatte den Anschein, als würde er sich gleich übergeben. Kommissar Bakker hielt ihn gnadenlos am Ärmel fest. »Lehrjahre sind keine Herrenjahre«, das wusste er noch aus seiner eigenen, lange zurückliegenden Lehrzeit, und er wollte dieses sinnige Sprichwort der heutigen Jugend nahebringen.

Schon im nächsten Moment revidierte der Kommissar seine Entscheidung. Die ersten Tropfen sickerten durch die Finger, mit denen der arme Taubert sich verzweifelt den Mund zuzuhalten versuchte, und Bakker scheuchte ihn von dannen. Die jungen Menschen von heute können nicht mehr viel vertragen, dachte er.

»Schmeckt man denn den Unterschied?« Otto hatte endlich begriffen, was mit Currysoße gemeint war.

»Welchen Unterschied?«

»Ich mein zum …« Otto nuschelte das Wort »Kaninchen«, sodass nur Karl ihn verstand.

»Nee, bisher hat das niemand gemerkt.«

Bakker begann zu schwanken. Dass die beiden ihre Opfer aßen, erklärte natürlich, warum keine Leichen gefunden worden waren. Karls letzte Äußerung ließ außerdem darauf schließen, dass dieser seine Mahlzeiten auch anderen vorgesetzt hatte. Das versetzte nun auch dem Verdauungssystem des Kommissars einen Stoß. Mit der grotesken Vorstellung, dass dieses Monster seine Opfer kaltblütig unter der Nachbarschaft verteilt haben könnte, kam er der Wahrheit schon recht nahe.

Katzen-Karl nickte sinnend vor sich hin. »Die Jungen, wenn sie gerade dem Babyalter entwachsen sind, schmecken am besten, das ist mal klar.«

»Klar«, wiederholte Otto.

Das leuchtete auch den anderen ein.

»Es ist leider nicht mehr so einfach wie früher«, fügte Karl bedauernd hinzu, »aber ab und zu erwische ich noch mal eine. Man gönnt sich ja sonst nichts.« Er blickte verträumt drein.

Diesen Moment nutzte Bakker und gab das Zeichen zum Angriff.

Die Überwältigung der beiden mutmaßlichen Massenmörder verlief problemloser als erwartet. Es geschah alles so blitzschnell, dass es nicht wiedergegeben werden kann. Sie wurden schnurstracks in die sicherste Zelle geführt.

Dass die noch von ein paar vergessenen Kneipenrandalierern besetzt war, irritierte kurz. Wohin mit den gemeingefährlichen Mördern?

»Ab in die Gummizelle.«

Kommissar Bakker, erschöpft von der langen Nacht, fühlte sich ausgelaugt. »Ich bin gleich zurück«, verkündete er und eilte davon.

Frühe Morgenstunde hin oder her, er musste seinen Vorgesetzten telefonisch erreichen, um eine sichere Weiterbeförderung der mutmaßlichen Mörder zu gewährleisten. »Ich halt's hier nicht aus«, murmelte er vor sich hin, als er an den Schreibtischen vorbeieilte, die alberne Trennlinie auf dem Fußboden fast übersprang und in sein Büro entkam.

Die Kollegen Storch und Heijen glaubten, »Schmeißt sie raus« verstanden zu haben, und gaben dem Kommissar recht. Sie setzten den Befehl sofort in die Tat um und schmissen alle Nichtpolizisten raus.

»Obwohl ich die angeblichen Katzenkiller schon etwas länger in der Zelle hätte schmoren lassen«, erklärte Heijen.

So wurden Karl und Otto mit den letzten verbliebenen Kneipenrandalierern aus der trostlosen Zelle entlassen. Unter lautem Tumult und begeistert, einander wiederzusehen, sich gegenseitig stützend oder auf die Schultern klopfend, verließen die Männer grölend das Polizeigebäude.

Karl und Otto waren stolz auf sich. Ihr Auftrag, der Freikauf der Kumpel aus dem Polizeirevier, war erfüllt.

Sieben

Niemals war Helena so gedemütigt worden wie in dem Augenblick, als sie mit all dem anderen Gesocks verhaftet worden war. Die ganze Sache war ihr unendlich peinlich, und sie hatte vor Gott geschworen, alle Schuldigen zur gemeinsamen Sühne zu vereinen, wenn sie aus dieser Situation nur glimpflich herauskäme. Sie würde sie im Hause des Herrn versammeln, um Abbitte zu leisten, um für ihr Seelenheil zu beten und all ihre Übeltaten zu bereuen.

Von ihrem Wohnzimmerfenster aus – ihr Haus stand auf der gegenüberliegenden Straßenseite – hatte sie die Polizeistation bis in die frühen Morgenstunden im Auge behalten und geduldig gewartet.

Der Herr hatte ihre Gebete erhört. Nur wenige Stunden nach ihrer Inhaftierung waren auch alle anderen freigelassen oder zu guter Letzt aus dem Polizeirevier hinausgeworfen worden.

Nun denn, geschworen ist geschworen. Sie würde ihrem heiligen Eid nachkommen.

Zielstrebig, wie sie nun einmal war, wurde ihr Vorsatz sofort in die Tat umgesetzt. Den auf die schiefe Bahn gerutschten Kirchenvertreter brauchte sie zu ihrem Vorhaben nicht erst zu überreden. Er und seine Gäste kamen von ganz allein, bei den Übrigen musste sie nachhelfen.

Doch die Eiserne Lady hatte ihren Spitznamen zu Recht, und so gelang es ihr, in gewohnt scharfem Tonfall all ihre Mithäftlinge in das Gotteshaus zu kommandieren und sämtliche Übeltäter dieser unseligen Nacht zu einem nachmittäglichen Gottesdienst zu vereinen.

Na ja, was man so unter »vereinen« versteht.

Während sich die Priesteramtskandidaten zu Beginn der Andacht vollkommen verkatert mit einem Kirchenlied abplagten und tapfer gegen die falschen Töne der kaputten Orgel ansangen, zappelten die Insulaner auf den Bänken hin und her. Es dauerte ewig, bis alle einen Platz gefunden hatten. Nicht, dass es an hölzernen Bankreihen gefehlt hätte, nein, sie waren nur alle recht ungemütlich.

Karl bereitete der typische Kirchengeruch nach verwelkten Blumen, brennenden Kerzen und angestaubten Büchern Magenschmerzen. Selbstverständlich trug auch die Ausnüchterung seines Körpers zur Übelkeit mächtig bei. Doch sein letzter Widerstandsversuch am Kirchenportal mit der Lüge »Auf meinem Stammplatz sitzt bereits jemand« hatte bei der Eisernen Lady keinerlei Wirkung gezeigt. Sie wusste es schließlich besser.

Karl hatte sich fügen müssen und rutschte nun neben seinen nächtlichen Saufkumpan in die dritte Reihe.

Auch Otto schmerzte noch der Schädel. An einer Seite des Kirchenschiffes hing ein riesiges Gemälde mit grinsenden, glupschäugigen Gestalten des Jüngsten Gerichts, die er mit trübem Blick anstarrte. Für die Wiedererlangung seines Wohlbefindens waren derartige Darstellungen völlig abträglich. Man sah fröhliche Dämonen mit langen Fangzähnen, schwarz glänzenden Körpern, Klauen an den Füßen und Ziegenbockhörnern auf dem Kopf.

Ottos Blick löste sich für einen Augenblick von diesem imposanten Bild und wanderte zum nach Farbe stinkenden pinkrosa Schwein zu seinen Füßen. »Hab ich dich unter der Parkbank vergessen?«, fragte er in einem Tonfall, wie ihn Hundebesitzer an den Tag legten, wenn sie sich bei ihren satten Tieren mit »Hast du ein schönes Fresserchen gemacht?« erkundigten. Er war gerührt. Der treue Kasimir hatte allein zu ihm gefunden. Er lächelte ihm ins Gesicht. Kasimirs kleine Schweinsaugen hatten etwas Beruhigendes. Die Teufel auf der einen Seite des Wandgemäldes, die die Sünder in die Hölle zerren, und die Engel auf der anderen Seite, die die Glücklichen in die ewige Seeligkeit geleiten, verloren dadurch an beängstigender Kraft.

Sogar Pfarrer Meierpiek in der ersten Bank war vor Kopfschmerz und Magenkneifen nicht gefeit. Sein blaues Auge hatte er notdürftig mit dem Puder seiner Haushaltsangestellten überdecken können. Doch der unfeine Geruch von ausgedünstetem Alkohol, den seine Schäfchen verströmten, sorgte, gepaart mit dem Blumenduft und etwas Farbgeruch, für einen Duftcocktail, der ihm gewaltig zusetzte.

Das Lied war zu Ende, und die Priesteramtskandidaten klappten laut ihre Gesangsbücher zu. Der ortsansässige niederländische Pfarrer, der zur gestrigen Sause nicht eingeladen gewesen, aber dafür von Helena umfassend aufgeklärt worden war, erklomm, in der Hand eine dicke Bibel mit vielen Zetteln darin, die Kanzel.

Die Stufen knarrten und knackten unter seinem Gewicht und erinnerten Meierpiek an seine ähnliche Geräusche verursachenden Knochen und Kniegelenke. Er machte sich auf eine längere Predigt gefasst und versuchte, es sich auf der harten Holzbank einigermaßen gemütlich zu machen. Fromm faltete er die Hände, senkte demütig seinen Kopf, schloss andächtig die Augen und schlummerte langsam, aber sicher ein.

Eine geschlagene Stunde lang versuchte der zweite Inselpfarrer, den vor ihm sitzenden Sündern auf Deutsch und Niederländisch ins Gewissen zu reden, ehe er endlich zum Ende kam. »Halleluja«, sagte er laut, und Karl und Kasimir schreckten aus einem leichten Schlummer hoch. Ebenso Hochwürden Meierpiek.

So eine Predigt war doch immer wieder schön.

***

Nachdem er einige Stunden Schlaf nachgeholt und seine Vermieterin ihn zur Mittagszeit mit einem deftigen Frühstück überrascht hatte, das ihn ein wenig aufheitern sollte – es konnte jedoch nicht wirklich helfen –, hockte Kommissar Bakker nun wieder in der Polizeidienststelle auf seinem Bürosessel und starrte auf das Telefon. Die Verhöre, die er und die anderen in der Nacht geführt hatten, ehe die vermeintlichen Mörder eingetroffen waren, hatten ihn in Bezug auf Knut Schröders kriminelle Machenschaften nicht weitergebracht. Alle Inhaftierten hatten nur eines im Sinn gehabt: dem neuen Polizeichef vorzumachen, dass sie unschuldig am Entstehen der Schlägerei waren und alles andere als gern an einer solchen teilnahmen. Jeder erzählte zudem eine andere Version davon, wie alles begonnen hatte.

Ein zusätzlich herber Rückschlag in Sachen Ermittlungserfolg war – Gott sei Dank, musste man sagen – die Freilassung von Katzen-Karl und dem großen Otto.

Ein Irrtum, das Ganze.

Die Kollegen Storch und Heijen hatten vor wenigen Minuten Bericht erstattet und ihm mitgeteilt, dass sich keine Gefangenen mehr in den Zellen befanden. Karls und Ottos Freilassung begründeten sie damit, dass der Bankdirektor der Insel ein klein wenig verrückt sei und ein Faible für Katzen habe. Lebendig, versteht sich.

Auf die Frage, warum keiner der beiden das Mörderszenario unterbrochen und die Festnahme verhindert habe, hatten die Kollegen sich geschickt herausgeredet.

Irgendwie wurde Bakker das Gefühl nicht los, vorgeführt worden zu sein. Er brachte sich in Erinnerung, dass es Storch gewesen war, der ihm geraten hatte, im »Piratennest« eine Verkleidung zu tragen, um nicht aufzufallen. Und das war doch sehr entgegenkommend von ihm gewesen. Nicht, dass es etwas genützt hätte. Momentan jedoch hatte Bakker keine Muße, sich über die Loyalität seiner Mitarbeiter Gedanken zu machen. Er würde sie im Auge behalten. Später. Erst einmal musste er den Gang nach Canossa antreten. Er hatte eine Mordsache richtigzustellen.

Als er den Hörer wieder auflegte, schwor er sich, niemals mehr in die Situation zu kommen, so ein Telefonat führen zu müssen, und zum ersten Mal war er froh, auf Ameroog zu sein und viel Wasser zwischen sich und seinem Vorgesetzten zu wissen.

Am meisten ärgerte ihn, dass er immer noch nicht mit Klara gesprochen hatte, und er fragte sich, warum sie nicht die Initiative ergriff. Sie wusste im Gegensatz zu ihm, mit wem sie es zu tun hatte. Warum meldete sie sich nicht? Bakker beantwortete sich die Frage selbst: Weil jeder Dummkopf eins und eins zusammenzählen würde, wenn sie einfach in sein Büro stolzierte. Dahin wäre ihre Tarnung.

Bakker geriet wieder ins Grübeln. Er musste sich überlegen, wie er unbemerkt von anderen mit ihr sprechen konnte. Der plumpe Versuch, Schröder um eine Unterredung mit ihr zu bitten, war keiner seiner besten Einfälle gewesen. Er musste endlich lernen, seine spontanen Einfälle nicht immer gleich auszusprechen, sonst würde es nie mit einer Rückversetzung zum Festland klappen.

Lass dir was einfallen, dachte Bakker. Du brauchst dringend einen beruflichen Erfolg.

Er fluchte heftig vor sich hin und stand auf. Er musste raus, an die frische Luft, sich beruhigen, auf andere Gedanken kommen. Da er bisher weder das West- noch das Ostland gesehen hatte, wäre das doch ein lohnendes Ziel.

Hauptwachtmeister Storch hatte behauptet, das Polizeiauto sei in der Werkstatt und er, Bakker, müsse, wenn er irgendwohin wolle, den »Ersatzstreifenwagen« nehmen.

Als Konsequenz stand er nun bereits das zweite Mal irgendwo am Straßenrand und fummelte an der Fahrradkette herum. Das blöde Ding war schon wieder heruntergesprungen, und er würde sich erneut die Finger mit Öl beschmieren. Er spuckte auf die Straße. Kein Vorbild für die vorbeigehenden Fußgänger. Dann griff er in seine Hemdtasche und holte ein Päckchen Zigaretten heraus. Das Oberhemd klebte ihm am Körper. Verdammte Hitze, dachte er. Für einen Nachmittag im Oktober viel zu warm.

Sein Blick fiel auf eine Möwe, die auf der Kuppel einer Straßenlaterne saß und ihn beäugte. »Blödes Mistviech«, brummte er. »Wehe, du kackst mich voll.«

Er hätte nicht übel Lust, den Vogel mit seiner Pistole von der Laterne zu ballern. Stattdessen trat er fest gegen das Fahrrad, sodass sich die Kette ein wenig löste und er es nun wenigstens schieben konnte.

Rauchend und schwitzend lehnte er das Rad an einen Laternenpfahl. Da konnte er ja gleich laufen. Doch der Weg zum Westland, das näher am Ort lag, war zu weit, um ihn zu Fuß zurückzulegen. Irgendwo hier in der Nähe meinte er, einen Fahrradverleih gesehen zu haben. Die reparierten sicher auch Räder. Er schob also weiter.

Was zum Teufel mache ich hier eigentlich?, fragte er sich. Er hatte die Nase gestrichen voll. Auf dieser Insel behagte ihm überhaupt nichts. Die beiden Tage, die er bisher auf Ameroog verbracht hatte, waren ein einziges Fiasko gewesen. Angefangen mit der ätzenden Überfahrt, der Besichtigung des elenden Polizeigebäudes und seiner privaten Unterbringung. Vom gestrigen Abend und dessen Ausgang ganz zu schweigen. Ihm grauste bei der Erinnerung an sein heutiges Telefonat mit Martin Dahl. Seither hatte sich der Tag kaum gebessert.

Wütend verpasste er dem Hinterrad erneut einen Tritt. Lächerlich, dieser »Streifenwagen«. Nur gut, dass ihn seine Kollegen vom Festland nicht sahen. Die saßen jetzt bestimmt in einem richtigen Auto mit einem vernünftigen Blaulicht auf dem Dach. Und was war seine Aufgabe? Er musste Touristen beaufsichtigen und heulende Kinder zu ihren Eltern zurückbringen, das hatte ihm Dahl vor wenigen Stunden nachdrücklich ans Herz gelegt.

Bakkers Gedanken trieften vor Selbstmitleid. Zugegeben, er übertrieb ein wenig, schließlich besaß er immer noch den Auftrag, festzustellen, wie im »Piratennest« das Geld verdient wurde. Doch seit seiner voreiligen Mordmeldung saß ihm die baldige Lösung des Falles mehr denn je im Nacken. Noch ein solcher Fehlschlag, und sie würden ihn nach Grönland versetzen.

Denk scharf nach, ermahnte er sich.

Schröders Ahnen hatten sich alle mit dem Schmuggeln befasst, wie es schien. Und auch Dahl hatte Schmuggel als mögliche Geldquelle erwähnt. Vielleicht war das Familiengeschäft nie aufgegeben worden? Doch was um alles in der Welt schmuggelte der Piratenwirt? Zigaretten, Drogen, exotische Tiere oder nachgemachte Markenartikel? Hierauf erhoffte er sich eine Antwort von Klara. Dass sie sich nicht mit ihm in Verbindung setzte, konnte seiner Meinung nach nur eines bedeuten: Sie verfolgte bereits eine heiße Spur und wollte kein Risiko eingehen.

Bakker verwünschte seinen Vorgesetzten. Er hatte ihm nicht einmal gesagt, ob sie tatsächlich zu Interpol gehörte oder ob sie als Steuerfahnderin vom Finanzamt oder wegen hinterzogener Einfuhrsteuern vom Zoll ins »Piratennest« eingeschleust worden war.

Einen Moment lang spielte er mit dem Gedanken, noch einmal zu versuchen, die Fahrradkette aufzuziehen, seinen Koffer zu holen und der Insel umgehend den Rücken zu kehren. Dann überlegte er es sich anders. Noch eine Stunde, dann war auch dieser Arbeitstag vorbei, und er hatte endlich Feierabend. Er erwog, sich ein Abendessen im »Piratennest« zu gönnen. Das Labskaus gestern hatte wunderbar geschmeckt. Und vielleicht ergab sich ja heute eine Chance, mit Klara Kontakt aufzunehmen.

Er griff erneut zum Päckchen in der Hemdtasche, zündete

sich hustend eine weitere Zigarette an und zertrat die alte auf der Straße.

»So eine Unverschämtheit«, zeterte eine ältere Dame. »Ein Vorbild für die Jugend sollten Sie sein, Sie Schmutzfink.« Ehe sie mit ihrer Gehhilfe auf ihn einschlagen konnte, schnappte er sich das Fahrrad und flüchtete.

Als er an der Kirche vorbeikam, warf gerade ein sichtlich zufriedener Pastor mit einer Aktentasche unter dem Arm die schwere Holztür zu und verschloss sie. »Einen wunderbaren Abend wünsche ich Ihnen, Herr Kommissar«, rief er herüber und winkte.

»Kennen wir uns?« Bakker konnte sich nicht erinnern, dem Mann jemals begegnet zu sein. Er stellte das Rad ab und ging auf ihn zu.

»Ich habe Sie vorgestern mit Storch und Heijen im Streifenwagen gesehen. Sie sind wenigstens vier Mal hier vorbeigefahren. Mein Name ist Remt Kool. Ich bin der niederländische Vertreter Gottes auf dieser Insel.«

Sie reichten sich die Hand.

»Einen wunderschönen Abend«, wünschte Kool ein zweites Mal.

»Danke, Herr Pastor Kool, den kann ich dringend gebrauchen. Oder heißt es ›Herr Pfarrer‹?«

»Pfarrer, Pastor – sagen Sie, was Sie wollen. Bei uns verwischt sich das ein wenig. Der Kirche geht es da wie der Polizei: Alles unter einem Dach. Wir teilen uns das Haus Gottes, alle sind willkommen, egal, welche Staatsangehörigkeit oder Konfession sie haben. Eine ständig andauernde Ökumene, wenn Sie so wollen. Das ist griechisch und steht für ›die ganze bewohnte Erde‹, aber das wissen Sie sicher.« Sein Lachen klang wie das »Hohoho« des Weihnachtsmannes. »Das Griechische ist für uns Amerooger ja ganz besonders zutreffend. Wegen der Amerooger Ähnlichkeit mit Zypern, verstehen Sie?« Während er sprach, hielt er weiter Bakkers Hand fest. »Ich habe Sie eben in der Messe vermisst.«

»Äh, ich wusste nicht, dass Sie nachmittags Gottesdienste abhalten.«

Kool lächelte zufrieden. »Tun wir normalerweise auch nicht.

Heute war eine erfreuliche Ausnahme. Wir hatten ein volles Haus mit andächtig lauschenden Sündern, was will man mehr?«

Hochwürden redete gern, darum bekam der Kommissar einen ausführlichen Bericht. »Es waren Leute da, die habe ich zuletzt bei deren Konfirmation gesehen«, schwärmte Kool, und da er kein Beichtgeheimnis brach, nannte er die Namen aller anwesenden Sünder.

Die Auflistung kam Bakker bekannt vor.

»Es ist eine stattliche Kollekte zusammengekommen, dank der Eisernen Lady.« Kool schüttelte seine Aktentasche und ließ es leise klimpern. »Hört sich nicht nach viel an, aber das meiste davon sind Scheine.«

»Eiserne Lady?«

»Eine Stütze der Gesellschaft und eine fromme Christin. Sie kennen sie, Herr Kommissar. Sie haben sie gestern in Verwahrung genommen.«

»Ah, die Dame, die wie Königin Beatrix aussieht.« Bakker erinnerte sich. »Sie gab an, sie habe Ihre Gäste aus Bieleburg um Geld für eine neue Orgel angehen wollen. Das hat aber wohl nicht recht geklappt.«

»Die Eiserne Lady wird das Geld zusammenbekommen, das schafft sie immer.«

Kools Zuversicht hätte Bakker gern gehabt.

Der betrachtete ihn mit sorgenvoller Miene. »Sie sehen kummervoll aus, Herr Kommissar. Ich werde Sie in meine Abendgebete einschließen.« Am Ende dieses schönen Tages wollte er großzügig sein. Er dachte zufrieden an die großzügige Kollekte, die heute unter Aufsicht der Eisernen Lady eingegangen war. Da konnte man schon mal über die Art und Weise hinwegsehen, wie Helena aus jedem Einzelnen den letzten Cent herauspresste. Es war schließlich für einen guten Zweck.

Es kann nie schaden, in die Abendgebete eingeschlossen zu werden, dachte Johann Bakker und nickte. »Danke, Herr Pfarrer. Ich muss jetzt gehen.«

Der Segen, den Bakker erhalten hatte, hielt nicht lange vor. Wenige Schritte hinter der Kirche stieß er auf eine alte Dame, die ihm vage bekannt vorkam. Es dämmerte ihm in dem Augenblick, in dem sie vor ihm stehen blieb und ihn hämisch angrinste. »Ha«, machte sie nur. Diese zwei Buchstaben enthielten so viel Verachtung und Schadenfreude, dass es ihn graute. Dann schwenkte sie drohend ihren Krückstock und lief weiter.

Wenn er doch bloß nicht auf diese Insel versetzt worden wäre! Würde er mit diesen verrückten Insulanern jemals warm werden? Daheim, in der Großstadt, kam er zurecht. Er liebte die Oper, fuhr gern schnelle Autos und mochte den beklemmenden Smog, der einem oft den Atem nahm. Er fand sogar Gefallen am Gewimmel in einem Kaufhaus oder einer gut besuchten Fußgängerzone. Hier war alles anders. Kleiner Raum – man konnte die Insel in sieben Stunden zu Fuß umwandern –, kein Theater, wenn man von dem winzigen Kurhaus absah, dauernd frische Meeresluft und in der Innenstadt ein Autofahrverbot, von dem nur die Polizei und der Krankenwagen befreit waren.

Bakker zerrte sein Fahrrad mit sich und stieß auf ein Hinweisschild: »Piratennest«. Es hing an einer altertümlichen Straßenlaterne schwankend im Wind und zeigte auf verwittertem Holz all jene Dinge, die einem in den Sinn kamen, wenn man an verräucherte Hafenspelunken, leicht bekleidete Mädchen und dunkle, gefährlich aussehende Männer mit Augenklappe und einem Messer zwischen den Zähnen dachte. Er schaute auf seine Armbanduhr. Es war noch keine halbe Stunde vergangen, seit er das Polizeigebäude verlassen hatte. Sein Magen knurrte. Er würde jetzt Feierabend machen, er brauchte niemanden um Erlaubnis zu fragen. Das war das einzig Schöne daran, Chef der Inselpolizei zu sein.

Bei Tageslicht sah in diesem Teil des »Dorfes« alles anders aus. Wie man in dieser Gegend mit einer Rabauken-Kaschemme gute Geschäfte machen konnte, war ihm bis gestern ein Rätsel gewesen. Die Straßen waren schmal, die Häuser alt und gediegen. Adrette Gardinen in den Fenstern, saubere Bürgersteige und gepflegte Vorgärten hätten ihn nie und nimmer vermuten lassen, hier eine der verruchtesten Kneipen der Nordseeküste zu finden.

Das Haus, in dem das »Piratennest« untergebracht ist, liegt etwas weiter vom Gehsteig zurück als die anderen und hat statt eines Vorgartens einen mit alten Steinen gepflasterten Hof. Hierauf sind Windrosen und andere Mosaike zu erkennen. Ein verrosteter großer Anker thront in der Mitte. Mit Seepocken besetzte Fahrwassertonnen, links grün, rechts rot, und diverse andere seemännische Utensilien stehen herum. Dieses Durcheinander würde andernorts wie eine maritime Müllhalde wirken, hier jedoch stellt es die perfekte Kulisse dar.

Das Gebäude hat zur Straße hin zwei Haustüren und viele Fenster. Die linke Tür, sie ist der Eingang zum Lokal, ist eine mit geschnitzten Ornamenten verzierte Holztür, großartig in ihrer Ausführung. Die erste Etage verfügt über einen Erker, der in der zweiten Etage zum offenen Balkon wird. Rechts am Haus beginnt schon im ersten Stockwerk eine Zwiebeldachkonstruktion mit Dachgauben. Wenn man die Augen etwas zusammenkneift, sieht dieser Teil des Daches wie das eines Domes aus. Darüber erhebt sich ein normales Giebeldach.

Bakker legte seinen Kopf in den Nacken und konnte von seiner Position aus mehrere Schornsteine mit kunstvollen Aufsätzen darauf sehen. Von hier aus betrachtet, wirkte das Haus kleiner, als die Räume im Inneren vermuten ließen, aber ebenso eindrucksvoll.

Der Admiral, der genau wie gestern auf seinem Posten vor der Tür stand, rundete das Bild ab. Er nickte Bakker höflich zu und vermittelte diesem allein durch die Kopfbewegung das Gefühl, etwas Besonderes zu sein, in diesem Haus aufs Sehnlichste erwartet zu werden.

Seine schlechte Laune verflog. Eine schöne blonde Frau trat eben zur Tür hinaus, der rechten, schnörkellosen. »Guten Tag«, grüßte sie.

»Guten Tag – oder lieber guten Abend.« Bakker lachte ein wenig gekünstelt und zeigte in den Himmel.

Mit ihrem Blick aus hellblauen Augen folgte sie seinem Finger. »Sie haben recht, gleich wird es dunkel.«

Der Klang von Klaras Stimme zauberte ein dämliches Grinsen auf Bakkers Gesicht. Er lässt hochintelligente Männer doof wie Bohnenstroh werden, dringt durchs Hirn und gibt direkte, unkontrollierbare Befehle in die Leistengegend. Bakker war da keine Ausnahme. »Ich bin Kommissar Johann Bakker und möchte zu Klara, der Sängerin«, konnte er nur noch hauchen.

»Das bin ich«, sagte Klara. »Lassen Sie sich von den blonden Locken nicht irritieren.«

Er schluckte schwer. Es hätte nicht viel gefehlt, und er hätte ein Herunterfallen der Kinnlade folgen lassen. Doch so weit kam es zum Glück nicht, seine Autorität wäre sonst gänzlich flöten gegangen. Trotzdem errötete er leicht, als ihn Klara durch sanftes Rütteln an seinem Ärmel aus seiner Erstarrung löste. Er hoffte, bei der schnell eintretenden Dunkelheit wären seine roten Apfelbäckchen nicht zu sehen.

»Ist Ihnen nicht gut?« Eine Stimme wie ein Lied.

Bakker riss sich zusammen. »Doch, doch. Ich muss Sie unbedingt sprechen. Allein«, krächzte er und merkte nicht, dass ihr das gar nicht recht war.

»Folgen Sie mir.«

»Wohin?«

»In meine Garderobe.«

Sie betrat das Haus durch dieselbe Tür, durch die sie es eben verlassen hatte. Bakker folgte ihr. Sein Puls begann zu rasen. Er schalt sich einen Idioten und nutzte die Dauer des Weges, um sich zusammenzureißen. Es half keinem, wenn er sich wie ein verliebter Pennäler benahm.

Reiß dich zusammen, schließlich musst du mit der Inkognito-Staatsbeamtin zusammenarbeiten, ermahnte er sich selbst.

Durch seinen eigenen Zuspruch gestärkt, schaffte er es, im Garderobendurcheinander zwischen BHs, Lippenstiften und exotischen Kostümen, die sich aus quadratmillimetergroßen Stoffstückchen zusammensetzten, auf einem Hocker Platz zu nehmen, ohne verlegen zu wirken. Ein flüchtiger Blick in den mit Glühbirnen umrandeten Spiegel verriet ihm, dass er seine natürliche Gesichtsfarbe wiedererlangt hatte. Trotzdem sagte er etwas rauer als beabsichtigt: »Ich will gleich zum Kern meines Besuches kommen. Wir wissen beide, weswegen Sie hier sind.«

So, jetzt war es raus. Er strich sich über sein glatt rasiertes Kinn.

Klara entglitt ihr freundliches Lächeln. Damit hatte sie nicht gerechnet. Sie setzte sich auf ihren Stuhl vor dem Spiegel und schwieg.

»Ich sehe, Sie sind überrascht.« Kommissar Bakker, froh, endlich den entsprechenden erotischen Abstand gefunden zu haben, legte beschwichtigend eine Hand auf ihren Unterarm. »Keine Angst, Ihr Alias wird von mir gewahrt. Vorerst!« Er zwinkerte ihr zu, und seine kräftigen schwarzen Augenbrauen hüpften heiter.

»Nun, Herr Kriminalkommissar …«

»Kriminalhauptkommissar«, korrigierte Bakker. Sie sollte wissen, woran sie war.

»Herr Hauptkommissar! Ich weiß nicht, wovon Sie reden.« Sie nahm ihre Kleopatra-Perücke vom Plastikkopf auf dem Schminktisch und spielte mit den dunklen Haaren. »Ich bin hier, um zu singen. Das ist mein Beruf.« Ihr Gesicht war starr und ernst, der Blick aus ihren schönen Augen, die bei einem Mann Herzrhythmusstörungen verursachen, wirkte abweisend.

Bakker interpretierte beides falsch. »Verstehe. Ihr Beruf, Ihre Arbeit.« Er zwinkerte erneut und legte verschwörerisch den Zeigefinger über die Lippen, überzeugt, dass es sich bei ihrem Leugnen um eine reine Vorsichtsmaßnahme handele. Die Wände in so einem Etablissement hatten sicherlich Ohren. »Ich gehe davon aus, dass Ihr Vorhaben reif ist. Aber keine Bange«, raunte er ihr zu, als ihr Gesichtsausdruck immer undurchdringlicher wurde, »bei mir ist Ihr Geheimnis gut aufgehoben. Ich schweige wie ein Grab.«

Sie ließ die Perücke in ihren Schoß fallen und schaute demonstrativ auf ihre Armbanduhr.

Bakker verstand. »Sie müssen auf die Bühne.«

Klara nickte huldvoll und griff nach einem Puderpinsel. »Wenn Sie mich bitte entschuldigen wollen, Herr Hauptkommissar?«

Praktisch vor die Tür gesetzt, blieb Bakker eine Zeit lang angelehnt an derselben stehen. Irgendetwas an ihr, wenn man von der erotischen Stimme und der Eigenschaft, ihr Aussehen komplett zu verändern, absah, machte ihn nervös, ließ seine kriminelle Spürnase nur so kribbeln. Vielleicht vertraute sie ihm noch nicht genug. Auf jeden Fall musste sie einen wichtigen Grund haben, ihn nicht in die Details ihres Auftrags einzuweihen. Vermutlich weil ihre Garderobe verwanzt war. Sagte sie nicht: »Ich bin hier, um zu singen, das ist mein Beruf«? Jetzt, im Nachhinein, glaubte er, sie habe die Worte »hier« und »mein Beruf« besonders betont und ihm dabei zugezwinkert.

Oder bildete er sich das nur ein?

Auf jeden Fall hatte sie ihn gewarnt, nicht weiterzusprechen. Sie war ein Profi.

Er würde sich noch ein bisschen zurückhalten, aber viel Zeit konnte er ihr nicht mehr geben.

***

Tief unter dem Gebäude, das erbaut wurde, als Napoleon versuchte, die Welt zu beherrschen, regte sich etwas. Damals, in der Ära Napoleons, hatte es an der gesamten friesischen Küste Franzosenschanzen gegeben. Von diesen Gemäuern aus kontrollierten die Franzmänner die Inseln und die Insulaner. So glaubten sie jedenfalls. Während der Kontinentalsperre blühte das Geschäft mit dem Schmuggel. Die meisten Franzosenschanzen existierten bis heute, ebenso wie ihre Gegenstücke, die geheimen Tunnel, Lagerstätten und Fluchtwege der Schmuggler.

Im »Piratennest« führt eine geschickt hinter einer Feuerstelle in einem riesigen Kamin verborgene Geheimtür über mehrere steinerne Stufen hinab ins Gewölbe unter dem Restaurant. Mit hart gebrannten Ziegelsteinen mühsam gemauerte niedrige Gänge scheinen von dort ins Endlose zu führen. Tatsächlich gibt es auf Ameroog gleich mehrere von diesen Gängen. Ihre Erbauer waren sehr vorsichtige Menschen, deshalb sind die unterirdischen Flure langlebig und stabil. Nur weiß kaum ein Amerooger heute noch, wo sie zu finden sind und wohin sie führen.

Abgestandene, feuchtmodrige Luft hat die Fackelhalterungen an den Wänden im Laufe der Jahrhunderte rosten lassen. Fackeln sind heutzutage noch zu bekommen, doch sie sind unzuverlässig und verbrauchen viel Sauerstoff. Daher befinden sich darin seit einigen Jahren elektrische Lichtquellen anstelle von Fackeln. Um strengste Geheimhaltung über den Verlauf seiner unterirdischen Gänge zu bewahren, hat Knut Schröder die Stromleitungen eigenhändig verlegt. Dementsprechend sieht es auch aus. Die funzeligen Glühbirnen, an abenteuerlich fliegenden Leitungen hängend, verbreiten nur wenig Licht. Bei Überbelastung des Stromnetzes bricht öfter mal alles zusammen.

Während Bakker oben in Klaras Garderobe mit der Sängerin sprach, bog Schröder unten lautlos in den südlichen Gang ein, blieb kurz im Dunkeln stehen und lauschte. Das Kabel reichte nur bis hierher. Aus seiner Jackentasche zog er daher eine Taschenlampe und leuchtete die wenigen Stufen ab, die ihn noch weiter nach unten führten. Hier war er seit ewigen Zeiten nicht mehr gewesen, was daran liegen mochte, dass ihn immer ein beklemmendes Gefühl überkam, wenn er den großen Raum erreichte, der am Ende dieses Ganges lag. Wie vor zweihundert Jahren standen hier immer noch alte Holzkisten, wackelige Stühle und Tische und anderes Gerümpel herum, nach dem sich so manches Museum die Finger lecken würde. Schröder vermutete, dass ein zweiter Zugang zu diesem Raum existierte, hatte ihn bisher aber nicht finden können. Die Ahnung, die sich daraus ergab – in dem Raum möglicherweise nicht ganz allein zu sein –, behagte ihm nicht.

Eine schattenhafte Gestalt löste sich aus einer dunklen Ecke. Erschrocken fuhr der Wirt herum, dann entspannte er sich.

»Ich warte schon eine Weile«, stellte sein Kellner fest. Im Schummerlicht wirkte sein Gesicht wie das eines Nagetiers. Ungeduldig warf er seinen dünnen Pferdeschwanz nach hinten. Er hatte sich über die Jahre vom einfachen Angestellten zu Knut Schröders engstem Vertrauten emporgearbeitet. Seine Seele würde er für Chef und Laden verkaufen. »Vorsicht«, warnte er Schröder, und seine weißen Zähne blitzten im fahlen Licht. In zwei Stunden würde er sie wieder zu Gebissruinen umschminken. »Gleich vor dir auf dem Tisch liegen die neuesten Fundstücke von der ›Cimbria‹.«

Schröder trat näher.

Sein Mitarbeiter beleuchtete mit einer kleinen Taschenlampe die Utensilien. »Ist nicht einfach, den Kram zu heben.« Vorsichtig nahm er eines der fein gearbeiteten Porzellanteile in die Hand. »Es ist alles so zart.« Er blickte seinen Chef erwartungsvoll an.

»Habt ihr nur diesen zerbrechlichen Tand geborgen?« Knut Schröder griff nach einem Glas, das mit Seepocken besetzt war, und betrachtete es finster.

»Das meiste haben wir noch gar nicht gefunden«, rechtfertigte sich sein Mitarbeiter. »Die Nordsee ist an der Stelle so tief.«

»Ihr müsst euch mehr Mühe geben.«

»Pah, das sagst du so leicht. Es ist eiskalt und dunkel!«

»Also von dem, was wir suchen, keine Spur?« Schröder stellte das angelaufene, von Sammlern begehrte Objekt zurück zu den restlichen Stücken.

»Nee. Von Gold und Edelsteinen ist bisher weit und breit nichts zu sehen. Aber wir finden es – garantiert. Was soll ich hiermit machen?«

Schröder betrachtete die antiken Stücke und überlegte eine Weile. »Wir lassen erst einmal alles hier liegen.«

»Verstehe.« Der Kellner wirkte enttäuscht, doch er sah ein, dass sie den neuen Kommissar noch nicht genug kannten. Sie mussten mit allem rechnen. Womöglich tat er nur so tollpatschig. Und eine Hausdurchsuchung war das Letzte, was sie gebrauchen konnten. Wer wusste schon, ob er es bei der Gelegenheit nicht bis in die Katakomben schaffte. Diesen Raum hingegen würde er bestimmt nicht finden, den kannten nur sie beide. »Und was machen wir mit dem anderen Problem? Du sorgst dich doch nicht nur um den neuen Polizisten, stimmt's?«

»Stimmt. Du kennst mich gut.«

Der Kellner nickte. »Sagst du mir, was es ist?«

»Du weißt es nicht?«

»Doch, ich glaube schon.« Der Mann nickte. Sein dünner Pferdeschwanz wippte. »Die Sängerin.«

»Klara wird zu neugierig«, bestätigte Schröder. »Sie muss verschwinden.«

»Mit dem neuen Kommissar auf der Insel ein ganz schlechter Zeitpunkt. Außerdem brauchen wir sie für die Show. Du solltest sie lieber einweihen.«

»Nein.«

»Dann mach sie zur Geschäftspartnerin oder heirate sie.«

Knut Schröder lachte rau. »Das geht nicht. Würde mich nicht wundern, wenn sie zur anderen Seite gehört.«

»Lesbisch? Klara? Nicht dein Ernst.«

»Mach dich nicht lächerlich. Sie ist gefährlich.«

»Gefährlicher als der neue Kommissar und unser alter Entensheriff?«

»Viel gefährlicher. Werd sie los.«

Der Kellner nickte. »Und unsere zusätzlichen Einnahmen? Ich verstehe, dass wegen der Suche nach der ›Cimbria‹ in dieser Saison die meisten Geldbörsen gefüllt zurückgegangen sind, aber du solltest das Glücksspiel nicht schleifen lassen. Es wird Zeit für einen Casinoabend. Die Teilnahmeberechtigten fragen schon ungeduldig nach dem Termin.«

Schröder kratzte sich am Ohr. Das tat er immer, wenn er nachdachte. Sie hatten seit Wochen kein Glücksspiel mehr veranstaltet. Er konnte sich nicht um die heimliche Hebung eines Goldschatzes kümmern und gleichzeitig Pokerrunden organisieren. Okay, er könnte die Auswahl der Teilnehmer seinem Stellvertreter anvertrauen, doch Schröder bezweifelte, dass dieser über sein Gespür verfügte, was die geeigneten Kandidaten anging. Sie mussten nicht nur genug Geld haben, um überhaupt daran teilnehmen zu dürfen, was sich anhand der Karten in den Geldbörsen per Internet herausfinden ließ, sondern darüber hinaus vom Charakter her der Typ Mensch sein, der beim Verlieren keinen Ärger machte. Da war Fingerspitzengefühl gefragt. Außerdem weilten für seinen Geschmack zurzeit zu viele neugierige Menschen auf der Insel. Er wollte lieber auf Nummer sicher gehen. »Ich denke, wir machen noch ein letztes großes Spiel mit den Leuten, die für die Teilnahme bereits bezahlt haben. Am besten so schnell wie möglich.«

»Wie viele Leute werden das sein?«

Schröder zählte diejenigen auf, die durch den »Verlust« ihres Geldes aus dem Portemonnaie ihre Teilnahmeberechtigung am Pokertisch erlangt hatten. »Ich werde noch drei weitere aus der Diebstahlrunde von gestern mit auf die Liste setzen. Aber danach ist Schluss.«

»Dann gibt es also in Zukunft keine Taschendiebstähle mehr?« Der in Pech getränkte mickrige Pferdeschwanz peitschte hin und her, als der Kellner heftig den Kopf schüttelte. »Das wird den Kollegen nicht gefallen. Die meisten bleiben nur, weil sie hier ungestraft ihre Fingerfertigkeit üben können. Wenn wir jetzt aufhören …«

Schröder dachte nach. »Okay, wir hören nicht auf. Brieftaschen und Geldbörsen werden weiter gezogen, aber erst in der nächsten Saison.«

Der Kellner nickte, verschränkte die Hände, knackte mit den Knochen und grinste. »Gut. Für meine alten Finger wäre eine längere Pause das reinste Gift.«

Acht

Am Morgen des nächsten Tages stand Bakker schon früh mit auf dem Rücken verschränkten Händen an seinem Bürofenster und starrte auf den Hafen. Er beobachtete eine dunkel gekleidete Gestalt, die ganz dicht am Rand der Kaimauer entlanglief. Sie wankte dabei hin und her; wenn sie nicht aufpasste, würde sie gut zwei bis drei Meter in die Tiefe des Hafenbeckens fallen.

Ein Sturz aus der Höhe kann böse ausgehen, dachte Bakker und ging nach vorne in das polizeiliche Gemeinschaftsbüro.

Am Tresen lehnte der holländische Kollege Heijen und kritzelte mit engelsgleichem Gesichtsausdruck etwas in das blau eingebundene Diensttagebuch. An den vier Schreibtischen erweckten auch die übrigen Kollegen den Eindruck dienstlicher Geschäftigkeit. Bakker wandte sich an Storch, dessen Glatze im Schein der ersten Sonnenstrahlen des noch jungen Tages wie poliert glänzte. »Hauptwachtmeister Storch – schauen Sie mal aus dem Fenster. Am Hafenbecken steht ein schwankender Mann. Helfen Sie ihm, bevor ein Unglück geschieht.«

Storch stand auf und sah aus dem Fenster. Er grinste, dass seine Mundwinkel fast die Ohrläppchen erreichten, seine Lippen entblößten die lustige Zahnlücke. »Das ist Pieter Dukegatt, der hat seinen Laden hier gleich um die Ecke.«

»Ich will nicht wissen, wie er heißt und was er macht. Gehen Sie, helfen Sie dem Mann, bevor er im Wasser landet.«

Storch teilte Bakkers Bedenken nicht. »Keine Bange, Chef.«

»Aber er schwankt, er ist sicherlich betrunken.«

»Dukegatt läuft immer so. Er hat sich mal alle Knochen im Leib gebrochen, seither …« Storch ahmte die schwankende Bewegung nach. »Dem passiert nichts.«

Als wollte er Storchs Worte Lügen strafen, fiel besagter Pieter Dukegatt just in diesem Moment kopfüber ins Hafenbecken.

Bakker stürzte ans Fenster. Kurze Zeit geschah nichts. Bakker wurde bereits unruhig, doch Storch strahlte nach wie vor Gelassenheit aus. Dann sah der Kommissar, wie sich Finger um die Randsteine der Kaianlage legten. Da muss eine Eisentreppe sein, dachte er. Es erschien ein nasser Kopf, gefolgt vom restlichen Körper. Eine feuchte Spur hinter sich herziehend, verschwand der Mann um eine Hausecke.

»Sehen Sie, um den muss man sich keine Sorgen machen.«

***

Bengelchen hatte gut reden. Bakker machte sich nur noch Sorgen. Während er sich gedanklich mit den verrückten Eigenarten der Insulaner beschäftigte, herrschte in der Geschäftsstraße rund um den Amerooger Hafen herbstliche Stille. Im Gegensatz zum Hochsommer, wenn es hier von Touristen nur so wimmelt, war heute alles ruhig. Die vor Jahren auf dem Straßenpflaster aufgemalte Staatsgrenze ist längst abgetreten, und so wissen nur Einheimische, dass sich das Geschäft von Pieter Dukegatt auf der niederländischen Seite befindet. Gleich neben dem Kostümverleiher, der auf der deutschen Seite der Insel sein Gewerbe betreibt. Kleinliche Unterschiede in der durch Gewerbeaufsichtsämter, Eichämter und Berufsgenossenschaften beaufsichtigten Gesetzeslage sind und bleiben ständige Streitthemen unter den Insulanern, sprich den Konkurrenzunternehmen auf der Insel. Auch wenn alle in einem Haus untergebracht sind und die Fälle länderübergreifend bearbeitet werden, so muss dennoch das jeweils geltende Gesetz angewandt werden. Aber das ist ein anderes Thema.

Unser Einzelhändler Pieter Dukegatt jedenfalls ist ein alteingesessener Insulaner und hält – wie viele andere auch – die Tradition der Missachtung der Gesetze in dieser Gemeinde aufrecht.

Wen wundert es? Fünfunddreißig Jahre lang war Pieter Dukegatt als professioneller Piratenkapitän auf einem entsprechend ausgestatteten Zweimaster mit jeder Menge Touristen an Bord entlang der Küsten und rund um die Insel Ameroog unterwegs. Bis er eines Tages in Ausübung seiner Tätigkeit und unter erheblichem Alkoholeinfluss aus einem der Masten auf das Deck fiel. Dabei brach er sich so gut wie alle Knochen im Leib. Seit dieser Zeit betätigt er sich widerwillig als mürrischer Kaufmann, der jeden seiner Kunden anmeckert, üble Beschimpfungen über ihnen ausschüttet und sie recht tölpelhaft übers Ohr haut. Bei den Urlaubsgästen kommt das wider Erwarten so gut an, dass sie scharenweise über ihn und seinen Souvenirladen herfallen. Bis heute lassen sie bereitwillig jeden noch so frechen Kommentar über sich ergehen und sind sogar beleidigt, wenn es einen anderen heftiger trifft als sie selbst.

»Ich liebe den trockenen Humor der Insulaner«, kann man den Gast dann später auf der Straße sagen hören.

Begeistert tauschen die Badegäste ihre Erfahrungen über Dukegatts dilettantische Betrügereien aus. Sei es beim Herausgeben des Wechselgeldes, beim Beteuern der Echtheit und Einzigartigkeit eines bestimmten Artikels oder beim plumpen Fälschen des Verfallsdatums von Lebensmitteln und des Entstehungsdatums bei Antiquitäten. Die Touristen erwarten einfach, in seinem Laden übers Ohr gehauen zu werden. Entzückend, diese Schrulligkeit der Insulaner!

Fällt der Betrug durch einen unvorhersehbaren Umstand aus, etwa weil Pieters Laden gerappelt voll ist und der massige Mann unmöglich alle Kunden mit seiner schlechten Laune beglücken kann, verlassen sie sein Geschäft mit dem Gefühl, auf andere Weise betrogen worden zu sein. Bei ihrem nächsten Besuch achten sie dann peinlich genau darauf, den Inhaber möglichst allein anzutreffen, um in den Genuss seiner Beschimpfungen zu gelangen.

Verrückte gibt es eben nicht nur unter den Einheimischen.

Als Dukegatt in seinen Laden zurückgekehrt war und in der Polizeidienststelle längst wieder alles in die Akten statt aus dem Fenster sah, verließ Henk de Groote, der Chef der Wasserschutzpolizei, das Motorboot der Entensheriffs und lenkte seine Schritte in Richtung Einkaufsstraße. Er stieg die drei windschiefen Stufen hinauf und betrat den Laden. Die Eingangstür quietschte zum Gotterbarmen. »Solltest du endlich mal ölen«, rief er zur Begrüßung.

»Damit die Nachbarn nichts mehr zu meckern haben? Ne«, erwiderte Dukegatt und biss herzhaft von einem Stück Kautabak ab. Er trug, weil es gut in seinen Laden passte, eine knielange Hose, darüber eine Art Kittel, weißlich schmutzig, der in der Taille durch einen breiten schwarzen Gürtel gerafft wurde. In diesem steckten ein übel aussehendes Messer sowie eine Pistole aus dem 18. Jahrhundert, die untauglich aussah. Der Schein trog.

Seine Augenklappe trägt Dukegatt ausschließlich dann, wenn er das Haus verlässt. Im trüben Dunkel des Geschäftes behindert sie ihn nur. Im Einzelhandel muss man die Augen offen halten, will man nicht bestohlen werden. Dabei traut sich kein noch so forscher Ladendieb, etwas bei ihm mitgehen zu lassen, seit Pieter Dukegatt am Anfang seiner Krämerkarriere drei Strolchen innerhalb von nur vierzehn Tagen beinahe die stehlende Hand mit einem Säbel abgehackt hätte. Nur dem Eingreifen beherzter Touristen haben es die Kleinkriminellen zu verdanken, dass sie heute noch alle zehn Finger besitzen.

»Hast du den Neuen rübergebracht?«, fragte Dukegatt. Damit meinte er Bakker. De Groote nickte. »Und? Wie hat er sich benommen?«

»Hat sich tapfer gehalten, keine Spur von Seekrankheit.«

»Hättest eine Welle mehr mitnehmen sollen.«

»Hätte ich, ja.«

»In deiner Stellung solltest du den Unfug lieber lassen.« Dukegatt klopfte ihm freundschaftlich auf die Schulter.

»Das sagt der Richtige. Lass mir doch den Spaß.«

»Sag an. Was treibt einen viel beschäftigten Entensheriff wie dich so früh am Morgen in meine edle Behausung?« Dukegatt griff nach einem Korb mit alten rostigen und angelaufenen Münzen, schüttelte ihn, fischte eine bestimmte heraus und ließ die restlichen wieder im Verkaufsregal verschwinden. Lässig schnippte er das unansehnliche alte Geldstück mit dem Daumen in die Höhe und fing es geschickt wieder auf.

»Warum so höflich heute, Dukegatt?«

»Jeden Tag 'ne gute Tat.«

»Heute noch niemanden das Fürchten gelehrt?«

»Ne, ist Nachsaison.«

»Aber im Hafen bist du heute schon gewesen?«

Was für eine Frage, Dukegatts Haar war noch nass. Nur weil er an Land einen Laden mit mehr oder weniger echtem Piratentand betrieb, hieß das nicht, dass er seinem Element, dem Wasser und den Schiffen, fernblieb. Jeden Morgen, oft noch vor Sonnenaufgang, trieb er sich im Hafen herum. So war es denn auch kein Wunder, dass Dukegatt eine Antwort schuldig blieb.

»Üble Dinge kommen vom Festland herüber«, orakelte de Groote.

»Was geht mich das an?« Dukegatt machte ein Gesicht, als käme er eben aus der Kirche und hätte einen Heiligenschein über dem Kopf schweben.

»Ich kenne diesen Gesichtsausdruck, Pieter Dukegatt. Tu nicht so, als wüsstest du nicht, wovon ich spreche. Ich bin nicht dienstlich hier. Ich will dich nur warnen.«

»Wovor?«

»Du weißt genau, was ich meine.«

»Ich bin unschuldig.«

»Das bist du doch immer.«

»Mit Schmuggelware hab ich schon lange nichts mehr am Hut«, versicherte Dukegatt.

»Weiß ich doch, aber darum geht es nicht.«

»Das weißt du?«

»Du hältst mich wohl für blöd.«

Darauf erwiderte Dukegatt nichts, und Henk de Groote bereute schon, hergekommen zu sein. Er öffnete die Ladentür. »Übles kommt vom Festland herüber, und Otto macht nur seine Arbeit«, wiederholte er. »Du bist gewarnt. Mehr kann ich leider nicht sagen.«

»Du weißt, ich bin schlecht im Rätselraten.« Pieter schob seinen Kautabak hinter die Backenzähne und spuckte knapp an de Groote vorbei auf die Straße.

Der machte einen großen Schritt darüber hinweg und hoffte, dass sein Freund aus Kindertagen verstanden hatte. So schwer zu deuten fand er seine Worte nicht. »Üble Dinge kommen vom Festland herüber« – das sagte doch alles. Ein Gerichtsbeschluss, besser gesagt ein Pfändungsbeschluss, kam auf ihn zu. Aber bei Pieter wusste man nie, woran man war. Ob es sich bei seinen Worten nur um Schauspielerei handelte oder ob sie ehrlich gemeint waren.

Pieter Dukegatt wusste genau, was gemeint war, und schaute de Groote hinterher. Die Briefe mit der Drohung, seinen Laden in die Zwangsversteigerung zu geben, hatte er nie beantwortet. Doch nicht alles konnte man einfach aussitzen. Er war dankbar für die Warnung und würde sich de Groote bei Gelegenheit erkenntlich zeigen. Doch vorher brauchte er dringend Geld. Der Laden warf weniger ab, als die Leute meinten. Er spuckte den Rest Kautabak auf den Bürgersteig und verschloss die Ladentür.

Drinnen betrachtete er liebevoll die verrostete Münze. Er hielt sie in der Hand – seine Rettung. Ein zufriedenes Grinsen huschte über sein Gesicht. Es war immer wieder ein Genuss, mit dem Feuer zu spielen. Wenn man etwas verstecken wollte, musste man das ganz öffentlich machen.

Die teure Münze wanderte in seine Hosentasche. Dann verflog seine gute Laune. Klara hatte sich lange nicht gemeldet. Er musste unbedingt mit ihr sprechen. Es wurde Zeit, ihr gemeinsames Ding zu Ende zu bringen.

***

Helena lief die Zeit davon. Wenn sie nicht sofort etwas unternahm, stand zu befürchten, dass sie die erforderlichen Gelder für die neue Orgel nicht zusammenbekam. Die Bieleburger waren nicht bereit, ihr Bistum um finanzielle Unterstützung zu bitten. Sie seien selbst knapp bei Kasse, hatte es geheißen, auch wenn Pfarrer Müller sich wesentlich umständlicher ausgedrückt hatte. Und das bisschen Geld, das sie seinem Kollegen Fricke mit Hilfe der Tänzerin aus dem Portemonnaie entwendet hatte, reichte ebenso wenig wie die in ihren Augen jämmerliche Kollekte des nachmittäglichen Gottesdienstes.

Sie hatte danach noch einmal versucht, mit den Bieleburgern zu sprechen, doch diese Geizhälse gingen ihr geschickt aus dem Weg. Dabei meinte sie zu wissen, dass die Bieleburger Pfarrei über ein stattliches Vermögen und deren Angestellte über großzügige Gehälter verfügten. Da wäre es nur christlich, zu ihrem Projekt etwas beizutragen.

Doch Helena wäre nicht die Eiserne Lady, wenn sie keinen

Plan B hätte. Sie beabsichtigte, aus dem kurzen Gefängnisaufenthalt und der Erkenntnis, dass im »Piratennest« ungestraft fremde Geldbörsen genommen wurden, die angeblich einer weiteren Verwendung dienten, ihren Nutzen zu ziehen. Sie würde sich ein weiteres Mal erniedrigen und ungeachtet ihrer Verachtung gegenüber der hypochondrischen Minna, der bösartigen Frau Oldorp und den anderen alten Weibern die Damenrunde erneut zusammentrommeln. Schließlich konnte sie wohl kaum allein dorthin zurückgehen.

Kurz entschlossen setzte sie ihr Kapotthütchen auf den Kopf und besuchte die Damen eine nach der anderen, um sie in ihre Pläne einzuweihen. »Alles für den guten Zweck«, waren ihre abschließenden Zauberworte, denen nur die Absolution folgen konnte.

Und wie nicht anders zu erwarten, zeigten sich die betagten Insulanerinnen zu jeder Schandtat bereit. Altes Piratenblut schlägt eben immer wieder durch.

***

Otto stöhnte. Es war für ihn unerträglich, einem guten Bekannten und Amerooger Urgestein wie Pieter Dukegatt den letzten Cent aus der Tasche zu ziehen. Nun saß er mit Karl im Büro von dessen Bank und versuchte, die drohende Pfändung für Dukegatt abzuwenden.

Beide wirkten noch immer ziemlich mitgenommen. Bei allen Gegensätzlichkeiten noch eine Gemeinsamkeit: Nach heftigem Alkoholkonsum litten sie oft tagelang.

Nachdem die beiden eine Weile in sinniger Eintracht vor sich hin gestarrt hatten, wagte Otto einen letzten Versuch.

»Karl, das kannst du nicht machen. Wie soll der Mann über den Winter kommen? Jetzt, da die Hauptsaison vorbei ist und nur noch wenige Gäste auf der Insel sind. Nächstes Jahr verkauft er bestimmt wieder mehr von seinem Tüddelkram. Da können wir doch ein Auge zudrücken und die Pfändung auf den Sommer verschieben. Dann hat er bestimmt wieder Geld.«

»Nichts da, der Pfändungsbeschluss ist rechtsgültig und wird durchgeführt.« Karl pochte auf das vor ihm liegende Blatt Papier.

Keine achtundvierzig Stunden war es her, dass sie sich gemeinsam besoffen und der Polizei mörderische Unannehmlichkeiten bereitet hatten. Sollte Otto ihn an diese Kameradschaft erinnern? Besser nicht.

»Schau mal«, sagte er begütigend. »Ich habe alles vorbereitet und ein Schreiben aufgesetzt, das wir dem Amtsgericht …«

»Bei uns heißt das Rechtbank, das solltest du wissen.«

»… das wir der Rechtbank zusenden können. Du brauchst nur hier zu unterschreiben und deinen Stempel draufzusetzen. Na, komm schon, lies es wenigstens.«

»›Der Schuldner ist einsichtig und willens, den geschuldeten Betrag beizubringen‹«, las Karl in sarkastischem Ton vom Blatt ab. »›Gläubiger und Gerichtsvollzieher sind der Meinung, der Schuldner zeige Bereitschaft, seine finanzielle Schuld so schnell wie möglich zu begleichen, indem er eine Nebentätigkeit ausübt.‹ – Nebentätigkeit? Hast du dir das ausgedacht?«

»Nein, das ist wahr.«

Karl schaute erstaunt. »Dukegatt will *arbeiten*? Ha, das will ich sehen. Der kann sich doch nirgends unterordnen. Wer sollte den schon anstellen?« Ohne eine Antwort abzuwarten, las er weiter: »›Nach Ladenschluss arbeitet der Schuldner in einem Restaurant. Er zeigt guten Willen.‹ – Von wegen! – ›Mit den ersten Abschlagszahlungen auf den Kredit bei der Amerooger Bank kann in Bälde gerechnet werden.‹« Karl schaute Otto verständnislos an. »Ehrlich, das ist völliger Quatsch. Wie stellst du dir das vor?«

Otto blickte seinen alten Schulkumpel an wie ein Dackel sein Herrchen. Das konnte er gut.

Karl seufzte. Sie waren wahrlich keine Freunde, aber irgendwie hatte er seit ihrem letzten Saufgelage das Gefühl, etwas wiedergutmachen zu müssen. Er wusste nur nicht, was, und das behagte ihm überhaupt nicht. »Überredet«, sagte er grollend, setzte seine Unterschrift schwungvoll auf das Stück Papier und überstempelte sie. »Ich verlass mich auf dich.« Mit finsterem Blick hielt er Otto das Schriftstück hin. »Und nun habe ich zu tun.«

Damit war der Gerichtsvollzieher entlassen.

Das ging alles viel zu glatt, dachte Otto im Hinausgehen. Sei vorsichtig. Schlachten, die zu leicht geschlagen werden, sind immer verdächtig.

Mit dem Pfändungsbeschluss und dem wohlwollenden Schreiben der Amerooger Bank in der Tasche machte er sich auf den Weg zu Dukegatt. Weniger vertrauensvoll, als es seinem Bericht zufolge angemessen gewesen wäre, betrat Otto Dukegatts dunklen Laden. Der Mann konnte unberechenbar sein.

»Ich wollte eben weg«, verkündete Pieter und zog ärgerlich die Augenbrauen zusammen, als sich ein vorwitziger Tourist hinter Otto in den Laden drängte.

Otto war seinem Schicksal dankbar, dass er nicht mit Dukegatt allein im Laden war. Der Pfändungsbescheid wog schwer in seiner Hand. Schließlich war er nur aufgeschoben und nicht aufgehoben.

Zu seinem Glück schickte sich der Kunde an, Pieter Dukegatt einen Porzellanleuchtturm, an dem schon einige Ecken abgeschlagen waren, viel zu nah vor die Augen zu halten. »Hätten Sie den auch ohne Macken?«, verlangte er mutig zu wissen.

Otto erkannte an Pieters Gesicht, dass schwere Zeiten auf den Mann zukamen. Um nichts auf der Welt wollte er miterleben, wie der Arme gleich heruntergeputzt werden würde. Er nutzte die Gelegenheit, um Dukegatt beiläufig den Pfändungsbescheid nebst Aufschub in die Hand zu drücken. »Post für dich.« Schon war er verschwunden.

Draußen lehnte er sich erleichtert an die nächste Hauswand.

»Gott sei Dank, getrommelt und gepfiffen«, flüsterte Otto.

Glück gehabt.

***

Pfarrer Meierpiek war da anderer Meinung. Die Nachwirkungen der vergangenen anderthalb Tage ließen sich nicht vertreiben, und nun musste er auch noch seinem niederländischen Kollegen Kool über den Weg laufen. Der Pfarrer, mit dem er sich das Amerooger Gotteshaus teilte, passte ihn vor der Kirche ab. Er hatte den durchdringenden Blick aufgesetzt, mit dem er sonst seine Schäfchen das Fürchten lehrte. Sicherlich würde er Meierpiek wieder die Verfehlung der vorletzten Nacht unter die Nase reiben wollen.

Hochwürden konnte den Monolog von gestern heute noch Wort für Wort nachbeten.

»Wie ich höre, waren Sie mit Ihren Schützlingen auf Abwegen?«, hatte Kool vor dem Gottesdienst pikiert zu ihm gesagt. »Sie haben sich in einer Spelunke sehen lassen und weisen Spuren einer ordinären Prügelei auf!« Letzteres hatte eher neidisch als zurechtweisend geklungen.

Trotzdem hatte Meierpiek schwer schlucken müssen. Seine Schuld war offensichtlich, und er war dazu verdammt gewesen, sich den Tadel bis zum bitteren Ende anzuhören.

Auch jetzt kam er um die anklagende Rede des Pfarrers nicht herum. Doch immerhin ging es ihm inzwischen ein klein wenig besser. »Ich führte einen Vortrag über die schädliche Wirkung von Alkohol …«, setzte er zur Rechtfertigung an.

»Mit anschließendem Selbstversuch, ich verstehe«, höhnte Kool. »Aber wie ich sehe, büßen Sie bereits dafür.« Sein zufriedenes Grinsen ruinierte den frommen Eindruck, den die Soutane hervorrief. »Ich selbst bin ja Abstinenzler«, betonte er.

Meierpiek stöhnte innerlich, doch dann hatte er eine Eingebung. »Umso besser für Sie. In dem Fall wird es für Sie sicherlich keine … Belastung sein«, fast hätte er »Versuchung« gesagt, »wenn Sie an meiner Stelle …«

»Sie meinen …«

»Genau! Unsere jungen Freunde aus Bieleburg beabsichtigen, ihren Aufenthalt auf unserer schönen Insel noch etwas zu verlängern. Sie brauchen eine feste Hand, einen zuverlässigen und gediegenen Lehrer …«

»… der ihnen Grenzen aufzeigt«, vollendete Kool den Satz.

»Besser hätte ich es nicht ausdrücken können. Wenn Sie, verehrter Kollege, dann vielleicht heute Abend …«

Meierpieks körperliche und geistige Verfassung ließ es nicht zu, noch so eine Nacht zu verbringen. Die Erinnerungen an die Schlägerei und das Erwachen in der Gefängniszelle spukten ihm ständig im Kopf herum. Sein Glaube, im Vorhof zur Hölle gelandet zu sein, die unangenehmen Gerüche in seiner empfindlichen Nase, das Gefühl, als seine Finger tastend auf einem Gesicht gelandet waren, kalt und steif wie ein Leichnam. Er verzichtete zu gern auf weitere satanische Folterungen. Außerdem wäre es nicht schlecht, wenn dem Kollegen dieser durchdringende, auf die Knochen gehende Blick wenigstens ein einziges Mal vergehen würde.

Nicht sehr christlich, der Gedanke! Meierpiek lächelte schuldbewusst, doch Kool nickte eifrig. Allen Vorhaltungen zum Trotz wollte er unbedingt selbst diese Erfahrung machen.

***

Johann Bakker hatte zu diesem Zeitpunkt einen mehr oder weniger beschaulichen vierten Arbeitstag hinter sich gebracht. Am späten Vormittag gab er vor, sich für kurze Zeit am Hafen die Beine vertreten zu wollen. Er war neugierig auf den Mann, der laut Storchs Beteuerung täglich ins Hafenbecken sprang, und hoffte, ihn aus der Nähe betrachten zu können. Storchs unerwarteter Anflug von Verwunderung darüber, dass dieses Ereignis seit einigen Wochen sogar mehrmals täglich stattfand, hatte ihn aufhorchen lassen. Nur einem Idioten konnte man weismachen, dass nichts weiter dahintersteckte als eine Marotte.

Gemütlich schlenderte er über die seicht auf den Wellen schwankenden hölzernen Kaianlagen, an denen die Jachten festgemacht waren. Für Schiffe hatte er sich bisher nicht im Geringsten interessiert. Doch selbst des Kommissars ungeübtes Auge sah, dass nicht wenige Boote darunter zu finden waren, die weit mehr als ein Einfamilienhaus gekostet haben mussten.

Fast schon bewundernd betrachtete er gerade eine große Motorjacht, als ein Platschen ihm anzeigte, dass er das Eintauchen ins Hafenbecken verpasst hatte. Er eilte zu der Stelle, an der sich auf der Wasseroberfläche Ringe zeigten, und wartete. Zuerst betrachtete er völlig unbedarft die Kringel auf dem Wasser, sah zu, wie sie sich langsam verflüchtigten, dann schaute er etwas beunruhigt auf und suchte seine unmittelbare Umgebung nach anderen Menschen ab.

Niemand zu sehen.

Er trippelte fahrig auf der Steganlage hin und her, während er mit Blicken ruhelos das Hafenbecken absuchte, ob nicht irgendwo ein Kopf auftauchte. Als er weder auf dem Trockenen noch im nassen Element auch nur Teile eines menschlichen Wesens ausmachen konnte, wurde er richtig nervös. Wie lange konnte ein Mensch gefahrlos unter Wasser bleiben? Eine Minute, anderthalb?

Nur keine Hektik, ermahnte er sich. Der kann das länger, der macht das schließlich jeden Tag, die letzten Wochen sogar mehrmals, der ist trainiert. Einer wie der kann bestimmt zwei Minuten unter Wasser bleiben, ach, was sag ich, drei oder vier Minuten. Garantiert. Ein Anflug von Panik überkam ihn, er misstraute seinen eigenen Versicherungen. Schon sah er die Schlagzeile vor sich: »Insulaner ertrinkt unter polizeilicher Aufsicht!« Das fehlte gerade noch. Eine Blamage jagte die nächste, das konnte er sich nicht leisten. Aber was sollte er tun? Hinterherspringen? Alles gut und schön, aber wohin?

Mittlerweile war er sich gar nicht mehr sicher, an welcher Stelle der Unglückselige untergetaucht war, immerhin rannte er hier seit Minuten hin und her. War es hier gewesen? Vielleicht sollte er sich vorher die Schuhe und die Jacke ausziehen, die saugten sich voll und zogen einen runter. Egal, er musste was tun, auch wenn er nicht wusste, wie man einen Ertrinkenden an die Oberfläche zog oder danach aus dem Wasser bekam.

Bakker setzte seine rechte Fußspitze an seinen linken Hacken. Seine Ferse war schon halb aus dem Schuh herausgeflutscht, als einige Meter entfernt ein Kopf die Wasseroberfläche durchstieß. Erleichtert schlüpfte Bakker wieder fest in seinen Schuh. Der Schwimmer war in Wirklichkeit ein Taucher, und Bakker, eben noch kurz vor einem Herzinfarkt, atmete durch. Er schaute dem Mann zu, wie er aus dem Hafenbecken kletterte, die kleine Luftflasche von seinem Rücken nahm und die Steganlage mit schnellen Schritten in Richtung Fußgängerzone verließ. In einer Hand hielt er eine Taschenlampe.

Bakker hätte schwören können, dass der Mann, den er heute Morgen vom Fenster aus gesehen hatte, ganz normale Straßenkleidung getragen hatte und kein Taucher gewesen war. Er blickte der Person hinterher und überlegte, ob es sich um Dukegatt handelte. Wenn ja, warum war er diesmal in Tauchausrüstung?

Bei dieser Überlegung schlüpften der wiegende Gang und die breiten Hüften des Tauchers in sein Unterbewusstsein und verhakten sich dort.

Bakker machte sich auf den Rückweg ins Büro. Die Frage, warum jemand mit einer Taschenlampe im trüben Hafenbecken tauchte, ließ ihn einen Moment verharren. Sicher suchte er etwas, und Fische würden das bestimmt nicht sein. Der Kommissar nahm sich vor, den nächsten Hafensprung aus sicherer Entfernung von seinem Bürofenster aus zu betrachten. Da konnte er die Person schon beim Anmarsch genauestens betrachten. Bestimmt gab es im Revier ein Fernglas.

Die Angelegenheit war ihm auf den Magen geschlagen, also verzog er sich in sein Büro. Eine Stunde später hörte er, wie die Eingangstür zum Hauptraum mehrmals auf- und zuging. Er horchte eine Weile auf den gleichmäßigen Takt, so ungefähr alle zwei Minuten, und wurde neugierig.

Am Tresen standen zwei seiner Wachtmeister, auf der anderen Seite warteten mehrere Personen. Bakker merkte sofort, dass er einen gewohnten Ablauf störte. Er ließ sich davon nicht beeindrucken und beobachtete aus der Ferne.

Er erkannte den einen oder anderen Mitarbeiter aus dem »Piratennest«. Ein paar von ihnen wirkten besorgt, als sie an die Reihe kamen. Sie schauten kurz die Polizisten an und dann den Kommissar, ehe sie ihr Vorhaben erledigten. Zwei warfen Bakker einen aufmüpfigen Blick zu, ehe sie an der Reihe waren, doch alle verhielten sich gesittet und höflich.

»Ich habe eine Fundsache«, hieß es stets.

»Wann und wo gefunden?«, fragte der jeweilige Wachtmeister. Dann erfolgte ein Eintrag ins blaue Buch und die Ablage der Geldbörse in die Fundkiste.

Die ehrlichen Finder improvisierten, was die Antworten anging, und Bakker konnte sich kurzzeitig nicht entscheiden, ob es ihn amüsierte oder ob er sauer sein sollte. Auf jeden Fall ließen sie sich ausgefallene Geschichten einfallen, um zu erklären, wo, wann und wie sie an die Geldbörsen gekommen waren. Ja, es war vergnüglich, und er musste zugeben, dass die Angestellten vom »Piratennest« durchweg gute Schauspieler waren. Bakkers Wachtmeister eher nicht. Nur Jan Dijkstra, der Storch und Heijen zuarbeitete, machte wirklich den Eindruck, als wäre dieser Massenandrang neu für ihn. Bakker erinnerte sich daran, dass auch er noch nicht lange auf der

Insel war. Engelchen und Bengelchen hatten Dijkstra also nicht eingeweiht.

Gut zu wissen, wie er mit seinen Jungs dran war. Bakker empfand für Sekunden Mitleid mit dem jungen Kollegen, der ernsthaft bei diesem Theater mitmachte.

Endlich war auch der letzte ehrliche Finder zur Tür hinaus.

»Zeigen Sie mir doch bitte mal das Dienstbuch«, bat Bakker. Heijen reichte es ihm herüber und eilte dann an seinen Schreibtisch, da sein Telefon klingelte. Storch hämmerte diensteifrig auf seiner Computertastatur herum, als wollte er sie zerbrechen. Als Bakker ihn ansprach, hätte er es fast geschafft. »Herr Storch, wo bitte ist der Eintrag vom Fahrrad?«

»Welches Fahrrad?«

»Das ohne Licht. Der Bericht über die Trunkenheit am Lenker.«

Storch erinnerte sich. Seine Erleichterung konnte er kaum verbergen. »Wie befohlen erledigt.«

»Ich denke nicht.«

»Doch, doch.«

»Hier steht nichts.« Bakker tippte aufs Diensttagebuch.

»Kann auch nicht. Heute ist der sechzehnte Oktober.«

»Und an einem Sechzehnten verschwindet still und heimlich jeder Eintrag?« Bakkers Frage troff vor Sarkasmus.

»Ne. Da ist Hollandtag.«

Bakker drückte den Rücken durch, holte einmal tief Luft und trat mit erhobenem Haupt an Storchs Schreibtisch. Seine Wut zeigte sich in seinen aufgeblähten Nasenflügeln. Er wirkte wie die Galionsfigur eines alten Dreimasters, der stampfend die Meereswogen durchpflügt.

Storch wusste, wann es ratsam war, zurückzurudern. Er öffnete seine Schreibtischschublade und hielt Bakker mit unschuldigem Augenaufschlag ein weiteres Diensttagebuch unter die Nase.

»Das ist rot«, erklärte Bakker dümmlich und hielt das andere dagegen. »Und dieses hier ist blau.«

»Klar doch. Deutsch ist rot, blau ist holländisch. An geraden Tagen wie heute ist Holland dran, da benutzen wir das blaue, an ungeraden das rote.« Storch grinste breit. »Das spart den doppelten Eintrag.« Und schönt die Statistik, hätte er noch hinzufügen können, verkniff es sich aber.

Bakker riss ihm das rote Buch aus der Hand und schlug es auf.

Oje. Diesen finsteren Blick kannte Storch noch nicht. Er gab ihm zu denken.

Nach kurzem Suchen fand Bakker den Eintrag. Damit war die Frage geklärt, warum Kriminelles auf deutscher Seite nur an ungeraden Kalendertagen stattfand. Weil das Buch, in dem die Delikte der geraden Tage verzeichnet waren, an die Holländer ging. Endlich ein kleiner Erfolg. Nicht gerade ein spektakulärer. Eher einer, der kein gutes Licht auf seine Mitarbeiter im Allgemeinen und seine Dienststelle im Besonderen warf.

Bakker beschloss, eine Nacht darüber zu schlafen, ehe er diese Angelegenheit seinem Vorgesetzten meldete. Vielleicht war es ja besser, diesen Umstand erst einmal für sich zu behalten.

***

Euphorisiert vom winzigen Etappensieg machte sich Johann Bakker wenig später auf den Weg zum »Piratennest«. Er nahm Jan Dijkstra mit. Der Mann war jung, engagiert und vor allem unbeeinflusst. Da er wie Bakker selbst erst seit Kurzem auf der Insel stationiert war, konnte er – im offensichtlichen Gegensatz zu Engelchen, Bengelchen und den anderen Kollegen – noch keine seinen Ehrgeiz hemmenden Verbindungen zu irgendwelchen Insulanern geknüpft haben.

Bakker war es leid, im Dunkeln zu tappen. Er wollte Antworten. Natürlich würde er Rücksicht darauf nehmen, dass Klaras Garderobe abgehört wurde. Er würde sie in einem geeigneten Moment abpassen und musste eben ein wenig blumiger sprechen. Sie würde ihn schon verstehen und einsehen, dass aus seiner Sicht Eile geboten war.

Er überlegte, welchem seiner Kollegen er trauen konnte und wem nicht. Engelchen und Bengelchen waren Schlitzohren und wussten mehr, als sie zugaben. Bakker überlegte, ob er sie zusammenstauchen sollte. Nein, es war besser, sie unter Beobachtung zu halten. Ersteres könnte zur Folge haben, dass sie weiter mauerten und ihm nur das sagten, was er ihrer Meinung nach wissen durfte. Letzteres machte es erforderlich, alle Geheimnisse im Alleingang zu lüften. Vielleicht würde er Dijkstra einweihen, wenn der sich bewährte.

»Sie wirken so nachdenklich, Herr Kommissar.« Jan Dijkstra sah aus, als fühlte er sich unwohl in seiner Haut. Den ganzen Weg über hatte Bakker nicht ein Wort gesagt, und der Kollege fragte sich sicher, warum er ihn mitgenommen hatte und nicht die Kollegen, die sich hier auskannten.

»Äh, was?«

»Wo gehen wir eigentlich hin?«

»Wir sind schon da. Hier hinein.« Bakker wies auf den Eingang zum »Piratennest«.

An der Tür wurden sie vom Admiral aufgehalten. »Einen Moment!« Er setzte seine Pfeife an die Lippen, um das Signal »Kapitän kommt an Bord« zu geben.

»Lassen Sie das.« Bakker fand heute albern, was er vorgestern noch als respektable Touristenattraktion betrachtet hatte. »Wir sind keine Badegäste, wir sind beruflich hier.«

Ihn konnte man nicht für dumm verkaufen. Der durchdringend laute Pfiff des Admirals konnte wer weiß was bedeuten. In Wirklichkeit war es womöglich gar keine Ankündigung eines Gastes, sondern ein Warnruf. Vor ihm, dem Kommissar.

»Dann schnell rein mit Ihnen, die Show fängt gleich an.«

Als er den Eingangsbereich betrat, taumelte Bakker ein wenig. Um den Eindruck zu erwecken, sich auf einem Schiff zu befinden, schwankte gleich hinter dem Empfangstresen der Fußboden seicht hin und her. Wieso war ihm das nicht schon bei seinem letzten Besuch aufgefallen?

»Galvanische Aufhängung«, flüsterte Jan Dijkstra ihm zu.

Bakker glotzte ihn an. Er hätte nicht erwartet, dass Dijkstra so schwierige Worte kannte.

»Die Show fängt gleich an«, wiederholte Jan Dijkstra des Admirals Worte. Er ließ sich im überfüllten Lokal auf einen Stuhl an dem ihnen zugewiesenen Tisch plumpsen. »Chef, Sie haben mir immer noch nicht gesagt, was wir hier wollen. Aber ich denke, wir sollten sie abwarten. Die Show, meine ich.«

Bakker ließ sich ihm gegenüber nieder und griff automatisch nach der Speisekarte, die ihm vom Kellner gereicht wurde. Sie sah aus wie eine alte Schatzkarte, die Ecken waren abgeflammt. Albern, dachte der Kommissar und gab sie zurück. Als wenn es heutzutage noch Schätze gibt.

Ein gut aussehender, sichtlich bestens betuchter Geschäftsmann mit hessischem Dialekt saß am Nebentisch und gab gerade seine Bestellung auf. »Bringen Sie mir von dieser Schifferkotze.«

Labskaus, spekulierte der Kommissar richtig. Gestampfte Kartoffeln gemischt mit faserigem Pökelfleisch sehen eben fast genauso aus.

»Und was darf ich dem Herrn Hauptkommissar bringen?«, fragte derselbe Kellner nun Bakker. Er grinste dabei und zeigte ein Gebiss mit übergroßen schwarzen Zahnstümpfen. Eine Meisterleistung der im Hause angestellten Maskenbildnerin.

»Den Piratenspieß.« Eigentlich hatte er nicht vorgehabt, etwas zu essen, doch wenn er schon einmal hier war …

»Piratenspieß, sehr wohl. Ein Bierchen dazu, Herr Hauptkommissar?« Der dürre Kellner zwinkerte ihm zu. »Sie sind doch sicher nicht mehr im Dienst.«

»Eine Flasche Mineralwasser, bitte.«

»Tut mir leid, so etwas führen wir leider nicht. Nein, Flüssigkeiten, in denen Fische Liebe machen …«

Schröder trat zu ihnen an den Tisch. »Schon gut, Michel, den Herrn bediene ich.«

»In Ordnung, Chef.« Der Ober schlug mit einer weißen Serviette ein paar unsichtbare Krümel vom Tisch und legte sich den Lappen schwungvoll über den Arm. »Für den Kommissar ein Wasser – kommt sofort.«

»Darf ich mich einen Moment zu Ihnen setzen?«, fragte der Wirt und ergänzte an Bakkers Kollegen gewandt: »Wir beide hatten noch nicht das Vergnügen. Mein Name ist Knut Schröder.« Sie drückten sich die Hände.

Bakker glaubte, ein böses Glitzern in Schröders Augen aufblitzen zu sehen, auch hatte der Klang seiner Stimme einen beängstigenden Ton. Warum ging er den jungen Polizisten, dem nur ein verschüchtertes »Angenehm« über die Lippen kam, so an?

Um seinen beginnenden Schmerbauch hatte der Wirt ein rotes Tuch gewickelt, in dem eine verblüffend echt wirkende Pistole steckte. Bakker vermutete richtig, dass dieses Ding auf große Distanz einem Seehund das linke Auge ausschießen konnte. Zu überprüfen, ob Schröder dafür einen Waffenschein besaß, konnte er sich aber wohl sparen. So einfach würde der Wirt es der Polizei nicht machen. Derartige Fehler unterliefen ihm sicher nicht.

»Ah, das Wasser«, sagte Bakker. Ein bis zum Rand gefülltes Wasserglas wurde vom Ober vor ihn auf den Tisch gestellt. Vorsichtig führte er es an die Lippen und verzog das Gesicht. Es war lauwarm.

»Sie sollten in meinem Laden wirklich niemals ein Glas Wasser bestellen, und schon gar nicht bei Michel«, informierte ihn Schröder amüsiert. »Meine Herren, die Polizei ist in meinem Lokal jederzeit willkommen. Wenn ich Ihnen auch heute wieder bei irgendetwas helfen kann, sagen Sie Bescheid, es wäre mir eine Freude.«

Wer's glaubt, dachte Bakker.

»Sie haben ja noch gar nichts zu trinken«, sagte Schröder zu Dijkstra, der zusammenzuckte, als wäre er geschlagen worden. »Ein Bier?« Schröder schnippte mit den Fingern, und Michel stellte ein Bier mit einer schönen Blume vor Dijkstra auf den Tisch. »Dijkstra ist holländisch, stimmt's?« Ohne eine Antwort abzuwarten, fuhr Schröder mit einem Plastikschaber über die Blume. Der Schaum spritzte über die Tischdecke, ein paar Tropfen erreichten Dijkstras Hose.

Bakker bekam davon nichts mit. Er ließ seinen Blick durchs Lokal schweifen, und ein Déjà-vu überkam ihn. Zwei Tische weiter saßen dieselben irdischen Vertreter Gottes, die vorgestern am Nebentisch gezecht hatten. Welch eine Schande für ihren Berufsstand.

Pfarrer Meierpiek konnte er allerdings nicht entdecken.

Die Atmosphäre im Raum verdichtete sich, und gewisse Schwingungen verrieten dem Fachmann: Etwas lag in der Luft. Würde der Wirt es wagen, in seiner Gegenwart noch einmal das gleiche Programm abzuspielen? Nun, er wäre darauf vorbereitet. Bakker nahm sich vor, einen etwaigen Tumult diesmal einfach zu ignorieren. Er würde die Gelegenheit nutzen, um mit Klara zu sprechen.

Während er seine Umgebung beobachtete, griff er nach seinem Glas, trank gedankenverloren einen Schluck und wischte gleich darauf angewidert mit dem Handrücken über seinen Mund. Zwei Tische weiter in Richtung der Theke steckten einige Männer auffällig unauffällig die Köpfe zusammen, ehe sie sich mehrmals nach allen Seiten umschauten. Weitere hektische Aktivitäten bemerkte er nahe dem Treppenaufgang. Bakker vermutete dahinter den Durchgang zur Küche. Hoffentlich kam sein Essen nicht ausgerechnet dann, wenn hier die Hölle losbrach. Laut Speisekarte war der Spieß die Spezialität des Hauses, neben dem Labskaus.

Die Hektik vor der Restaurantküche löste sich bald in eine geordnete Formation auf, die im Gänsemarsch auf ihn zukam. Wie peinlich. Vorneweg, mit majestätisch erhobenem Haupt und schlaff zwischen den Schulterblättern herabhängendem dünnen Pferdeschwanz, stolzierte ein Kellner. Er trug einen großen silbernen Teller. Hinter ihm kamen zwei Küchenjungen, die einen Degen oder Säbel zwischen sich trugen, auf den diverse Fleischstücke gespießt waren. Beide schwangen gefährlich aussehende Messer in der jeweils anderen Hand.

Man sollte der Jugend keine Waffen geben, dachte der Kommissar, als just in dem Moment der Rest seines Hirns dahinschmolz. Eine atemberaubende Schönheit, wie aus dem allerfeinsten Piratenfilm entsprungen, balancierte eine Soßenschale und eine Schüssel mit deftigen Bratkartoffeln auf ihren zarten Handflächen vor sich her.

Mit großem Brimborium stellte der Kellner den silbernen Teller vor Bakker ab und trat einen Schritt beiseite. Die Küchenjungen hielten den Fleischspieß über seinen Teller und hieben mit den machetenähnlichen Messern feinste und allerkleinste Stückchen auf Bakkers Teller, während die Schönheit Schüssel und Terrine auf den Tisch schob, den Kopf unter den fliegenden Messern wegduckend. Ihre dunklen Augen blitzten ihn an und ließen sein Herz in die Hose rutschen.

Das Bedienungsgrüppchen eilte fort, und der Kommissar schaute ihm verdutzt hinterher.

»Das Gleiche möchte ich auch«, sagte eine Dame am Nachbartisch zu ihrer Begleitung.

Der Oberkellner schüttelte den Kopf. »Tut mir leid, dieses Gericht muss mindestens drei Tage im Voraus bestellt werden.«

»Muss es das?«, murmelte Bakker verdutzt.

»Selbstverständlich!«

Die schöne Piratenbraut war verschwunden, und der Teller vom Kommissar schnell leer gegessen. Erneutes Säbelschwingen beim Tellerabräumen, haarscharf an seiner spitzen Nase vorbei, drückte ihm mächtig auf Blase und Gedärm. So machte sich Bakker auf den Weg, dieses Problem zu lösen.

Das »Piratennest« verfügt über ordentliche Toiletten. Die Sitzkeramik hat eine stinknormale Wasserspülung, die Handwaschbecken strotzen vor marmorner Eleganz, die Hähne glänzen goldfarben und haben die Form von Pfauen und Löwen. Die eleganten Fußbodenfliesen sind immer frisch gewischt, ein angenehmer Lavendelduft hängt in den Räumen. Erwähnt wird dies nur, weil es für den Erstbesucher nicht ganz einfach ist, das stille Örtchen auch zu finden.

Im Hauptschankraum zeigt ein eher unauffälliges Schild den Weg zum Klosett an. Schreitet nun der räumlich unerfahrene Besucher den eher dunklen Gang entlang, übersieht er schnell ein weiteres kleines Schildchen. Stattdessen entdeckt er mit Sicherheit ein größeres Schild mit der Aufschrift »WC«. Hinter der schwergängigen Holztür mit eingelassenem Guckloch in Herzchenform, auf die dieses Schild hinweist, fällt der Blick des Besuchers dann auf ein altmodisches Plumpsklo mit einem danebenliegenden Stapel zerrissenen Zeitungspapiers fürs anschließende Abputzen.

Nie würde Knut Schröder auch nur in Erwägung ziehen, dieses »elende Kackloch« endlich zu schließen. Die verunsicherten Blicke seiner Neukunden sind einfach zu köstlich. Allein der Gedanke an ihr ungläubiges Staunen beim Anblick der fleckigen Holzkonstruktion und den suchenden Blick nach den brummenden Schmeißfliegen, deren Gesumm in Wirklichkeit von einem Tonband herrührt, erfreut ihn immer wieder aufs Neue.

Auch Kommissar Bakker blickte sich überrascht um. Das glaubt mir auf dem Festland kein Mensch, dachte er geplättet. Das letzte

Mal, dass er ein Plumpsklo gesehen hatte, lag Jahrzehnte zurück. Er musste damals etwa acht oder zehn Jahre alt gewesen sein und war zu Besuch bei einer Großtante.

Sein Blick fiel auf den Stapel Zeitungspapier, mit dessen Druckerschwärze er sich auf keinen Fall seinen Hintern bemalen würde. Er machte einen wagemutigen Schritt auf das altertümliche Plumpsklo zu. Sein kriminalistisches Unterbewusstsein signalisierte ihm sofort, dass hier etwas nicht stimmte. Er traute sich, tief die Luft in seine Lungen zu ziehen, und siehe da: ein angenehmer künstlicher Blumenduft, kein bestialischer Gestank.

Er lauschte dem aggressiven Brummen der Schmeißfliegen und schaute sich aufmerksam um. Keines der aufdringlichen Insekten war zu sehen, dafür aber zwei winzige Lautsprecherboxen links und rechts des Lochs. Er hielt ein Ohr daran und horchte. Wenn er schon mal mit dem Kopf so nah am Holzbrett war, konnte er auch gleich mutig einen tiefen Blick in das Dunkel der darunter befindlichen Röhre werfen. Es war kein tiefer Abgrund zu erkennen.

Bakker grinste zufrieden über beide Ohren, wandte sich um und verließ den antiken Raum. Er hätte in diesem Moment ein Monatsgehalt darauf verwettet, dass sich hinter dem Klo irgendetwas verbarg, von dem der Wirt nicht wollte, dass es irgendjemand entdeckte. Wie sollte er auch wissen, dass diese Stelle eines der wenigen Merkmale des »Piratennest« war, das nur zu Schröders Vergnügen erhalten wurde?

Nach kurzem Suchen fand Bakker schließlich das andere »stille Örtchen« und kehrte zufrieden zu Dijkstra an den Tisch zurück. Gerade noch rechtzeitig. Das Licht ging aus und ein erwartungsfrohes Raunen durch den Saal.

Die Show begann.

Der Kommissar meinte, in der unerwarteten Dunkelheit jemanden ganz dicht neben sich stehen zu haben, und seine Phantasie ging für Sekunden mit ihm durch. War es die wunderschöne Piratenbraut? Oder tat gerade irgendeiner heimlich etwas in sein Getränk? Da wurde es wieder hell, ein Spot beleuchtete die Bühne.

Er hatte sich wohl getäuscht. In Bakkers näherer Umgebung war niemand zu sehen.

Der dünne Kellner grinste, an der Theke lehnend, unverschämt zu ihm herüber. Mutig leerte der Kommissar sein Wasserglas und starrte auf die Bühne. Klaras Auftritt, ihre wunderbare Stimme, zog ihn erneut in ihren Bann. Er bemerkte gar nicht, dass Jan Dijkstra nicht mehr da war.

Neun

Klara verneigte sich lächelnd und Handküsschen werfend unter rauschendem Applaus. Das Publikum trampelte vor Begeisterung mit den Füßen, die komplette Lokalbeleuchtung erlosch erneut für wenige Sekunden, und als der Spot ihren Bühnenplatz wieder beschien, war dieser leer.

»Wunderbar, meine Liebe, ganz wunderbar«, versicherte ihr Jan Dijkstra in ihrer Garderobe und küsste umständlich ihren Handrücken.

»Lass das Getue.« Klara entriss ihm ihre Hand, am liebsten hätte sie ihm eine geknallt. »Das kannst du dir für die Öffentlichkeit aufheben. Hier sind wir unter uns.« Sie setzte sich auf ihren Hocker und lächelte böse ihrem Spiegelbild entgegen.

Der heimliche Beobachter im Raum hinter der Garderobe fühlte sich ertappt, verwarf den Gedanken aber sofort wieder. Seines Erachtens wusste niemand von dem einseitigen Spiegel.

»Wie bist du überhaupt so schnell hierhergekommen? Eben noch habe ich dich mit dem Kommissar am Tisch sitzen sehen.«

Dijkstra grinste breit. »Ich glaub, der braucht noch ein paar Momente, ehe er merkt, dass ich nicht mehr da bin.«

»Du sollst ihn mir vom Leib halten.«

»Das versuche ich ja, aber ich darf auch keinen Verdacht erregen. Ich tu mein Bestes.«

»Ach ja? Und warum war er dann gestern bei mir? Ich konnte mich aus der Situation gerade eben so herauswinden. Lange werde ich ihn nicht mehr hinhalten können, wenn er mich noch mal abpasst.« Klara riss sich die Perücke vom Kopf und begann sich abzuschminken. »Und was machst du? Gar nichts.«

»Natürlich mache ich was.«

»Ach, und was bitte schön?«

Dijkstra erzählte ihr, was sich nach den vorgestrigen Verhaftungen auf dem Revier abgespielt hatte. Die Fehlinterpretation in Sachen Massenmörder schmückte er gehörig zu seinen Gunsten aus. So behauptete er, von Anfang an gewusst zu haben, dass es sich nicht um richtige Mörder handelte, und wollte ihr Theater geschickt für seine Zwecke genutzt haben, indem er den Kommissar dazu verleitete, sich bei seinem Vorgesetzten zum Deppen zu machen. Dass er selbst grün im Gesicht gewesen war und sich heimlich übergeben hatte, verschwieg er.

Klara zeigte sich skeptisch. »Und du glaubst, der Kommissar verbringt jetzt seine ganze Zeit damit, die Mörder zu suchen?«

Dijkstra warf ihr im Spiegel einen beleidigten Blick zu. »Du weißt, wie gut ich schauspielern kann.«

»Stimmt, den Deppen kannst du im Schlaf«, bestätigte Klara.

Er überhörte ihren Sarkasmus. »Du hättest sehen sollen, wie der mir auf den Leim ging. Ich möchte nicht in seiner Haut stecken. Armer Kerl. Bin gespannt, wie er sich da herausmogeln will. Seinen Vorgesetzten hat er deswegen sogar aus dem Bett geklingelt.«

»Warst du dabei?«

»Ne. Bakker hat aus seinem Büro angerufen.«

»›Der Lauscher an der Wand hört seine eigene Schand‹«, kommentierte Klara, was dem Spitzel hinter dem Spiegel einen gehörigen Schauer über den Rücken jagte.

Jan Dijkstra grinste frech, er war mit sich zufrieden. Den Deppen zu spielen, gefiel ihm, da brauchte er sich nicht allzu sehr anzustrengen.

»Du glaubst also ernsthaft, dass er beschäftigt ist.« Dijkstra nickte, und Klara fauchte ihn an: »Und warum hockt er dann im Lokal?«

»Auch ein Staatsdiener muss essen.«

»Mach nicht den Fehler, ihn zu unterschätzen. Ich kann mich nicht um alles kümmern.«

»Nicht wieder die gleiche Leier, Klara.«

»Wer war es denn, der sich um deine Versetzung zur Insel gekümmert hat?«

»Du.«

»Genau.«

»Verrätst du mir jetzt, wie du das geschafft hast?«

»Du musst nicht alles wissen.«

Dijkstra hasste ihre Geheimniskrämerei. Sie hüllte sich in so vielen Dingen, die ihre Zusammenarbeit betrafen, in Schweigen. Er konnte nur hoffen, am Ende nicht auf der Strecke zu bleiben.

Diese Frau steckte voller Geheimnisse und zog eine Spur gebrochener Männerherzen hinter sich her. So auch seins, obwohl er sich gern einredete, gegen die erotischen Schwingungen ihrer Stimme immun zu sein.

»Hast du rausbekommen, warum Bakker hierherversetzt wurde?«

Hatte er. Dem Internet und der polizeilichen Datenbank sei Dank. »Strafversetzt.«

»Oho«, machte Klara. »Ist er etwa korrupt?«

»Keine Ahnung.«

»Dann krieg es raus.«

»Du meinst, im Fall, dass die Antwort zufriedenstellend ausfällt, könnten wir ihn mit ins Boot holen?«

»Ich meine gar nichts.«

»Aber wir schaffen das auch allein, Klara. Ich muss nur noch –«

»Halt den Mund. Das weiß ich doch alles«, fiel sie ihm ins Wort. »Du brauchst nicht bei jedem Treffen alles noch mal runterzubeten.«

Schade, der heimliche Lauscher hinter dem Spiegel hätte gern mehr darüber gehört.

»Jetzt verschwinde, ehe Bakker dich vermisst.«

Jan Dijkstra stand schon in der Tür, als ihm etwas einfiel. Klara würde ihn in Stücke reißen, wenn er vergaß, es zu erwähnen. »Es gibt da noch was.«

»Du nervst.«

»Pieter Dukegatt, du weißt schon, der Verrückte mit dem Souvenirladen. Als er heute ins Hafenbecken gesprungen ist, verlangte der Kommissar doch glatt von uns, dass wir ihn retten.«

»Dukegatt springt ins Hafenbecken?« Ihre Frage klang, als wäre ihr das längst bekannt.

»Jeden Tag macht er das. In letzter Zeit aber wohl häufiger.«

»Und was schließt die Polizei daraus?«

»Dass er verrückt ist. Nur Bakker ist skeptisch.«

»Scheiße.«

Dijkstra konnte sich nicht erinnern, jemals dieses Wort von Klara gehört zu haben. Er lächelte dümmlich. »Weiß der Teufel, warum er das macht.«

Das wüsste ich auch gern, dachte der heimliche Lauscher.

Dijkstra hatte das Gefühl, dass Klara sich überhaupt nicht fragte, warum Dukegatt abtauchte. »Du weißt, warum er das tut?«

Verärgert warf sie ihre Abschminktücher in den Müll. »Wieso sollte ich? Unser Zeitfenster wird enger«, warnte sie ihn. »Verschwinde jetzt.«

Die Tür fiel zu, und Klara betrachtete sich lange reglos im Spiegel. »Ich wüsste gern, was er plant«, murmelte sie.

Dem Lauscher ging es ebenso.

***

Helenas grüne Augen blitzten Minna unter gefärbten Locken gefährlich an. Sie war ungeduldig und in Sorge, ob ihr Plan gelingen würde, und Minna hatte nichts Besseres zu tun, als sie mit irgendwelchen Krankengeschichten zu nerven. Eine geschlagene Dreiviertelstunde saßen sie nun schon im »Damenzimmer« des »Piratennest«, und die Gespräche ihrer neuen Komplizinnen drehten sich um nichts anderes als die vorgestrige Schlägerei, die durchweg allen Damen gefallen hatte. Der maskuline Kellner, auch heute eine Augenweide, wenn man seinen bloßen Oberkörper, den knackigen Po und die verwegene Verkleidung betrachtete, schenkte Tee nach. Er hätte schon taub und stumm sein müssen, um nicht zu bemerken, wie aufgekratzt die alten Damen waren. Doch im Gegensatz zum letzten Mal schienen sie sich heute Abend zu vertragen. Unstimmig- oder gar Handgreiflichkeiten waren in den kommenden Minuten nicht zu befürchten.

Wesentlich länger als gewöhnlich betüterte er die Damen, ließ sich hier und dort ein wenig unschicklich antatschen und geizte nicht mit Komplimenten, anzüglichem Augenzwinkern und offensichtlichen Ermutigungen. Was er in dieser Zeit zu hören bekam, belustigte ihn eher, als dass es ihn beunruhigt hätte. Eben gab er einen Schuss »Geschmack« in Helenas Tasse, da umfasste diese mit stählernem Griff seinen Arm und befahl: »Still. Haltet alle den Mund!«

Erwartungsvolle Blicke aus fünfundsiebzig bis achtzig Jahre alten Augenpaaren blitzten in Richtung des gerafften Vorhangs, der die Eingangstür zum Damensalon nur halb verhüllte.

»Hört genau hin, ich glaube, es geht los.«

Angestrengt lauschten die Damen dem Geschehen im Hauptlokal, und Minna schaute verärgert, weil sie aus Eitelkeit auf ihr Hörgerät verzichtet hatte. »Wir sollten nachsehen, was da los ist«, erklärte sie. Ihr Kopf glühte vor Aufregung und Likörchen.

»Nein, wir dürfen nicht auffallen.«

»Aber hoffen, dass sie sich gleich wieder schlagen, dürfen wir.«

Frau Oldorp, der Teenager unter den Damen, rieb sich zufrieden die knittrigen Hände. »Mein Gott, ist das aufregend!«

»Gleich geht es los. Seid ihr alle bereit?«, kommandierte Helena und ließ endlich den jungen Kellner los. Sie stellte sich an den Vorhang und schaute hinaus.

»Bereit!«, riefen die Damen.

»Was sagst du dazu, Minna?«

Minna sagte überhaupt nichts. Ihre hypochondrischen Befürchtungen bewahrheiteten sich im falschen Augenblick. Das Blut sackte ihr vor Vorfreude vom Kopf in die Knie und hinterließ eine Leere im Hirn, deretwegen es ihr nicht einmal vergönnt war, ihre Bereitwilligkeit zu verkünden. Der Ober mit dem knackigen Hintern, für dessen Schönheit die Damen im Moment keinen Blick übrig hatten, eilte an ihre Seite, um den Sturz der ohnmächtig zu Boden gleitenden Minna ein wenig zu lindern.

»Hoffentlich nicht schon wieder ein Schlaganfall«, meinte einzig Frau Oldorp in einem Tonfall, als würde Minna diesen jeden zweiten Tag erleiden.

»Nein, nein, nur eine einfache Ohnmacht«, stellte der junge Mann fest und gab Minna einen Klaps auf die Wange.

»Ganz ungünstig, für so etwas haben wir jetzt gar keine Zeit«, meinte Helena, ohne den Blick vom Hauptraum zu lassen.

»Auch ich kann mich mit solchen Kinkerlitzchen nicht aufhalten«, pflichtete ihr Frau Oldorp bei und stellte sich neben sie.

Von dem offensichtlichen Desinteresse an ihrem Ohnmachtsanfall verärgert – schließlich hätte es auch was Schlimmes sein können –, erwachte Minna und ließ sich von dem jungen Mann aufhelfen. Ein Griff an seine knackige Pobacke verschaffte ihr den notwendigen Auftrieb.

»Wie ich schon sagte«, fuhr Helena fort, als sei gar nichts passiert. »Macht euch bereit. Zur Not geht es auch ohne Minna.«

»Nur über meine Leiche«, protestierte diese.

»Immer diese Versprechungen«, brummte Helena, und ihre Augen glitzerten böse. »Jeder weiß, was er zu tun hat?«

»Ja, ja. Das haben wir doch lang und breit besprochen.«

Nun wandte Helena doch noch den Kopf und blickte Minna tadelnd an. Die Eiserne Lady war sich sicher, dass die dumme Gans immer noch nicht alles verstanden hatte.

»Sobald die Schlägerei losgeht, stehlen *wir* die Geldbörsen und geben sie morgen beim Fundbüro ab«, wiederholte Minna prompt, was man ihr eingebläut hatte.

»Richtig.«

»Auch von den Priestern?« Die protestantische Minna zollte den Katholiken viel Respekt. Sie nahm gern an deren Gottesdiensten teil, machten sie doch so schön viel Tamtam und Brimborium in ihrer Kirche, was angenehme sakrale Rückenschauer verursachte.

»Gerade von denen«, fauchte Helena.

»Aber wir werden bestimmt erwischt«, jammerte eine der Damen, die wie Minna immer noch nicht alles verstanden und sich bisher bedeckt gehalten hatte. »Wenn ich jemandem tief in die Hosentasche greife, merkt er es bestimmt.«

»Vielleicht glaubt er ja, du hättest ehrliche Absichten.«

Von den verwirrten Blicken erweicht, beschloss Helena, das Wichtigste erneut zu wiederholen, bevor sie losschlugen. »Noch einmal zum Mitschreiben.«

»Ich habe keinen Stift.«

»Das war im übertragenen Sinn gemeint. Also: Die Leute hier *wollen* bestohlen werden.«

»Warum?«

»Weil sie durch ihren Geldeinsatz die Berechtigung erhalten, an einer Pokerrunde teilzunehmen. Es ist in etwa so wie bei einer Lotterie. Wer nach dem Diebstahl kein Geld mehr im Portemonnaie hat, ist dabei.«

Verdammt, dachte der schöne Kellner. Wie hat sie das so schnell gecheckt? Er selbst hatte Wochen gebraucht, um das herauszukriegen.

»Woher weißt du das?«

»Ich konnte die Leute im Gefängnis darüber tuscheln hören. Von meinem Badegast, Sebastian Stein, bekam ich die Bestätigung.

Er hat es vor einigen Wochen versucht, bei der Lotterie aber kein Glück gehabt. Das Geld war noch im Portemonnaie, als er es bei der Polizei abholte.«

»Lotterie? Warum zahlen sie denn nicht wie jeder andere bei ›Lotto-Toto‹ ein?«

»Weil es so viel schöner ist.«

»Ah, jetzt verstehe ich. Weil die Abgabe des Lottoscheins – der kein wirklicher Schein ist – mit einem wunderbaren Abend einhergeht«, rief Frau Linden.

»Also gibt es doch Tippscheine?«, fragte eine der Damen verwirrt.

»Nein. Es gibt eine Keilerei, die Brieftaschen werden gestohlen, und man kann sie bei der Polizei wieder abholen. Ist das Geld weg, darf man pokern – ist es noch da, muss man auf die nächste Schlägerei warten.«

»Das ist aber umständlich.«

»Macht den Kunden aber Spaß. Und lässt sie wiederkommen.«

»Also kein Tippschein?«

Helena war kurz vorm Platzen. »Nein.«

»Und unsere Gewinne? Wie hoch sind die?«

»Hoch genug«, prophezeite die Eiserne Lady erhaben, als wäre sie die niederländische Monarchin bei der Proklamation einer neuen königlichen Mitteilung. Sie hatte einfach zu viel Ähnlichkeit mit Beatrix.

»Wie viel genau?«

Das wusste Helena nicht, sie war schließlich neu im Gewerbe der Diebe und Beutelschneider.

»Genug! Also, Mädels. Bereit?«

Alle nickten, ihre Gesichter glühten. Herrlich, endlich mal was anderes als Bilder sticken, Topflappen häkeln und Socken stopfen.

»Fertig machen«, kommandierte Helena und warf Minna, die kurz darüber nachdachte, sich durch eine weitere Ohnmacht ihrer Verantwortung zu entziehen, einen warnenden Blick zu.

***

Die Bühnenshow war beendet und Kollege Dijkstra mit einer fadenscheinigen Erklärung zurückgekehrt. Spannung lag in der

Luft. Vielleicht hatte er das WC nicht finden können. Der kurze Gedanke daran, wie Dijkstra auf dem Plumpsklo hockte, stimmte Bakker für Sekunden heiter.

»Irgendetwas bahnt sich an«, sagte er dann. »Was haben Sie über Klara herausgefunden?«

Fassungslos starrte Dijkstra seinen Vorgesetzten an. Konnte der Kommissar durch Wände sehen?

»Gucken Sie nicht wie ein getretener Hund. Haben Sie das etwa nicht erledigt? Ich habe Ihnen doch gestern aufgetragen, alles, was Sie im Internet über sie finden können, herauszusuchen.«

Die Erleichterung stand Dijkstra ins Gesicht geschrieben.

»Ich hab doch gesehen, dass Sie mit dem Computer besser umgehen können als ich«, lobte Bakker ihn. Ein wenig Aufmunterung konnte nicht schaden.

»Sie ist verheiratet.«

Bakker nickte. »Weiß ich. Lebt aber allein?«

»Ja.«

»Traurig.«

»Bedenklich.«

»Was meinen Sie?«

»Ach nichts.« Fast hätte Dijkstra sich verraten. Misstrauisch beäugte ihn der Kommissar.

»Die arme Frau, so allein«, meinte Bakker.

»Ansichtssache«, flutschte es aus Dijkstra heraus.

»Wie meinen Sie?«

»Ach nichts, Chef.«

Die Aufmerksamkeit des Kommissars wurde abgelenkt, da bedrohliche Geräusche hinter dem Tresen zu hören waren. Ein Mitarbeiter hantierte lautstark mit Flaschen und Gläsern. »Ist das da hinter der Theke Pieter Dukegatt?«, fragte er Dijkstra.

»Ja, ich denke, das ist er.«

»Der ist heute gleich zweimal ins Hafenbecken gefallen.« Bakker hatte es mit dem Fernglas von seinem Schreibtisch aus gesehen. »Wieso ist er hier? Der hat doch einen eigenen Laden.«

»Er arbeitet, Chef.«

»Das sehe ich auch. Hat der mit seinem Krimskrams nicht genug zu tun?«

»Ich habe mir sagen lassen, das Wasser steht ihm bis zum Hals. Nicht nur im Hafen, sondern finanziell, meine ich.« Er selbst lachte am meisten über seinen Witz.

»Ach was!« Der Kommissar nahm Dukegatt genauer ins Visier. Der Barmann-Einzelhändler hantierte umständlich mit einem Mixbecher, schüttelte ihn ungeschickt mal vor dem rechten, mal vor dem linken Ohr. Bakker glaubte, die Eiswürfel darin scheppern zu hören. Beim Öffnen des Deckels spritzte eine giftgrüne Flüssigkeit über den Tresen und durchtränkte die aufgespannten Papierschirmchen. Mit seinem Ärmel wischte Dukegatt über den fertigen Zuckerrand der Cocktailgläser, und tropisches Obst, in das die Schirmchen gesteckt werden sollten, kullerte davon.

Ein ungutes Gefühl beschlich den Kommissar. Es lag mehr als nur eine allgemeine Unruhe in der Luft. Er meinte, seine böse Vorahnung regelrecht greifen zu können. Bevor hier wieder eine Schlacht losging, in die er sich nicht einzumischen gedachte, musste er sich eine gute Ausgangsposition suchen, um dann möglichst unbemerkt die Sängerin aufzusuchen. Es gab Wichtigeres zu tun, als die Schläger zu verhaften, die er dann nur wieder entlassen musste, weil niemand Anzeige erstattete oder eine Wiedergutmachung forderte. Es wäre ein feiner Zug von Engelchen und Bengelchen gewesen, ihn über diese Tradition zu informieren. Kein Wunder, dass seine Vorgänger in der Irrenanstalt gelandet waren.

Aber nicht mit mir, schwor sich Bakker. Er würde die Insel und ihre Bewohner überstehen.

Doch erst mal musste er Jan Dijkstra beschäftigen.

»Sehen Sie die Priester dort?«

»Ja, Chef.«

»Etwas stimmt mit denen nicht.«

»Warum?«

»Beobachten Sie sie und finden Sie es raus.«

»Geht klar.«

»Ich bin gleich zurück.«

***

Otto hatte Karl angerufen und einen Besuch des »Piratennest« vorgeschlagen, damit Karl sich persönlich davon überzeugen konnte, dass Pieter Dukegatt seinen Verpflichtungen nachkam. Der alleinigen Versicherung, Pieter würde sich um weitere Einkünfte bemühen, wollte Karl nicht einfach so glauben und sagte daher zu. Kontrolle war wichtig. Er befürchtete zudem, dass Barmixer nicht ganz das Richtige für den für seine »Freundlichkeit« berühmten Einzelhändler war.

Die beiden saßen an der Theke und beobachteten Dukegatt. Karl trug einen alten Smoking, der derbe nach Mottenkugeln roch und dessen Ärmel ihm viel zu lang waren. Altertümliche Kostüme waren hier gern gesehen, und sein Kleidungsstück fiel eindeutig in diese Kategorie. Durch seine dünne Gestalt wirkte er wie in den Smoking hineingestellt. Als er vorhin durch den Gastraum gegangen war, sah es für Otto im Dämmerlicht teilweise so aus, als liefe der Anzug ganz von allein durch das Lokal. Otto schüttelte den Kopf, um diese Erinnerung loszuwerden, ehe ihm ein unbedachtes Wort herausflutschte.

Karl betrachtete durch zusammengekniffene Augen den nervösen Barmixer. Die Piratenuniform stand ihm ganz hervorragend. Dukegatt schob ihm das Glas hin, und Karl probierte. Das Gesöff war unmöglich. Er nickte dennoch, um Dukegatts neuen Arbeitsplatz nicht zu gefährden.

Karls feinfühlige Gedanken wurden von dem Insulaner am Tisch direkt neben der Theke nicht geteilt.

»Grausam«, grölte er und spuckte das Getränk zurück ins Glas. »Das kann kein Mensch saufen.« Er stürmte zum Tresen und schüttete den Cocktail Dukegatt aufs Kostüm.

Nicht sehr fein, das muss man zugeben.

Otto, ebenfalls um Dukegatts Arbeitsplatz besorgt, nahm den Mann in den Schwitzkasten und hielt ihm den Mund zu. Durch seine Finger war dessen »Das Abwaschwasser meiner Alten hat einen besseren Geschmack als deine …« nur schwer zu verstehen.

»Was sagt er?«, wollte Pieter Dukegatt wissen und wischte sich die Schweinerei vom Revers.

»Ach nichts«, beeilte sich Karl zu sagen.

Finstere Blicke über dicke Finger hinweg trafen den Bankier.

»Schmeckt übrigens hervorragend«, sagte Karl, um Dukegatt zu beruhigen. Schon kam dieser verdächtig näher. Sein Gesicht verriet, dass seine Stimmung bei Windstärke zwölf lag und der Orkan seine Thekengäste jeden Moment erreichen konnte.

Diesen Gesichtsausdruck hat Dukegatt auch, wenn eine Gruppe bayrischer Touristen seinen Laden betritt. Denen kann er irgendwie nicht aufs Fell gucken. Liegt wohl an der Aussprache.

Otto griff in seine Jackentasche, holte einen Fünfeuroschein hervor und legte ihn auf die Theke, während er seinem neuen Kumpel weiter den Mund zuhielt und ihn an seinen Tisch zurückbegleitete. »Wir gehen dann mal. Schönen Abend noch.«

***

Dijkstra beobachtete die Tischnachbarn wie befohlen, wurde aber von dem Vorfall an der Theke abgelenkt. Bakker nutzte den Moment, eilte die drei Stufen neben der Bühne hinauf und verschwand hinter dem Vorhang. Die beste Gelegenheit, um unbemerkt mit Klara zu sprechen.

Hinter dem Vorhang war es dunkel. Bakkers Augen brauchten einen Moment, um sich daran zu gewöhnen. Im letzten Augenblick konnte er sich vor einer sich ihm nähernden Männergestalt verbergen, indem er durch die erstbeste Tür schlüpfte. Er schaute sich um und stellte fest, dass er sich in Schröders Gemäldesammlung befand. Bakker musste grinsen. Als er das erste Mal hier gewesen war, hatte die Kleine von der Kasse ihn zuvor kreuz und quer durch die Gänge geführt. In diesem Laden konnte man niemandem trauen.

Langsam schritt er die Bilder ab. Durch Bewegungsmelder wurde jedes einzeln beleuchtet, sobald man davorstand. Bakker blickte in das Ölkonterfei mit den starrenden Augen von Onkel Titus, dem Begründer dieses schönen Hauses. Und dieser finster Dreinschauende hier war irgendein Urgroßvater Schröders. Gemalt, kurz bevor er zu Napoleons Zeiten beim Schmuggeln von den Franzosen erwischt und gefangen genommen worden war.

Bakker schaute sich den Mann genau an und war beunruhigt. Der Anblick des Gemäldes dieses Schmuggelkönigs ließ eine vage

Idee in ihm aufkommen, von der Bakker glaubte, sie jeden Moment packen zu können. Doch er bekam den Gedanken einfach nicht zu fassen. Er hatte das unangenehme Gefühl, etwas verpasst zu haben.

Widerwillig riss er sich von dem Anblick los, um gleich darauf vor einem rassigen Weibsbild stehen zu bleiben. »Schwarze Flotte« hatte man diese Dame genannt, erinnerte er sich. »Nicht wegen ihres schwarzen Haars, eher wegen ihrer schwarzen Seele. Tolles Weib!«, hatte Knut Schröder geschwärmt. Bakker trat näher. Der aufwendig mit Ornamenten verzierte Bilderrahmen war mit einer dicken Staubschicht bedeckt. Nur an zwei Stellen rechts und links war er staubfrei. Des Kommissars Hände griffen automatisch danach und nahmen das Bild von der Wand. Er zuckte zusammen. Sein Blick fiel geradewegs in die hellblauen, leicht schräg gestellten Augen der nach ihrem Auftritt nun wieder blonden Klara, die sich leicht vorbeugte und mit dem Zeigefinger etwas aus ihrem Mundwinkel strich. Anschließend drückte sie die Lippen zusammen, als hätte sie diese eben mit Lippenstift bepinselt, und wandte sich um. Bakker sah durch einen Einwegspiegel in ihre Garderobe.

Sie nahm eine Taschenlampe aus einer Schublade und verließ den Raum, nachdem sie vorsichtig sichernde Blicke nach links und rechts in den Flur geworfen hatte. Was hatte sie vor?

Bakker lächelte in die für die Ewigkeit festgehaltenen finsteren schwarzen Frauenaugen, deren Blick damals in natura einen Menschen sicherlich zu Stein erstarren lassen konnte, als er das Bild wieder an den Haken hängte. Er wandte sich ab, um die Galerie zu verlassen und Klara zu folgen, als ihn ein fehlender Lichtspot veranlasste, einige Schritte zurückzugehen. Warum wurde dieses eine Bild nicht angestrahlt? Ihn drängte die Zeit, und doch verharrte er. Sein Blick ging an die Decke. Das Bild hatte keinen eigenen Strahler, der es in Szene rückte.

Ein süffisant lächelnder bleichgesichtiger Kerl mit magerem langem Hals, einem Priesterkragen und stechenden Augen erwiderte den Blick des Betrachters. Bakker trat dicht an das Gemälde heran. Die Augen sahen aus, als lägen Iris und Augäpfel Millimeter weiter hinten. Vorsichtig berührte er eines mit dem Zeigefinger.

Es ließ sich zurückklappen. Jetzt wusste er, warum dieses Bild nicht angestrahlt wurde. Das Licht würde denjenigen, der von der anderen Seite der Wand hier hereinschaute, blenden. Bakker drückte ein Auge an die Öffnung und versuchte, auf der anderen Seite etwas zu erkennen. Nichts. Sein Auge brauchte ein wenig, um die Dunkelheit zu durchdringen, erst dann konnte er eine gemauerte Wand erkennen, die nicht weit entfernt war. Vermutlich ein schmaler Geheimgang.

Das erinnerte ihn an einen alten schwarz-weißen Piratenfilm, und sein eben noch nicht zu greifender Gedanke nahm endlich Gestalt an. Wenn man durch bewegliche Bilderaugen diesen Raum beobachten konnte, ohne dass sich auf der anderen Seite ein ganz normaler Flur befand, musste es schmale Gänge in der Wand geben. Und wenn es solche Gänge gab, war da sicher auch eine Verbindung zum Meer.

Bakker drehte sich nach links und warf dem Zeitgenossen Napoleons, der die Kontinentalsperre der Franzosen immer wieder durchbrochen hatte, einen dankbaren Blick zu. Er hatte damals den Geschäftszweig Schmuggel gegründet, indem er Schnaps, Tee und alles, was das Herz begehrte, an den Franzmännern vorbeimanövrierte. Wäre doch möglich, dass er dazu einen Geheimgang benutzt hatte, der heute noch aktiv war.

»Mist«, fluchte Bakker, als ihm siedend heiß sein eigentliches Ansinnen wieder einfiel. Klara war nun weg. Er hatte zu viel Zeit in der Ahnengalerie vertrödelt. Und eine Taschenlampe hatte er auch nicht dabei, die er anscheinend brauchte, sonst hätte sie keine mitgenommen. Wo hätte er die auch lassen sollen in diesem albernen Kostüm aus Polizeibeständen? Er verfluchte den Admiral, der ihn in Zivil nicht reingelassen hätte. Der würde ihn schon noch kennenlernen – beim nächsten Mal. Da hatte er dann einen Durchsuchungsbefehl in der Tasche und konnte anziehen, was er wollte. Doch zuerst musste er Beweise für kriminelle Aktivitäten in den Katakomben dieses Hauses finden. Und ungesehen den Weg hinaus finden. Irgendwo gab es sicher einen Hinterausgang.

Zehn

Bakker verbrachte eine unruhige Nacht. Er hatte sich weder von Dijkstra verabschiedet, noch war er in die Schankstube zurückgekehrt, sondern durch einen Hinterausgang nach Hause gegangen. Was sich derweil im »Piratennest« abspielte, interessierte ihn nicht. Bei Dienstbeginn würde er schon erfahren, was er verpasst hatte.

Er zupfte an seiner Bettdecke, deren Federn alle geballt auf seinen Füßen lagen, und schaute aus dem Fenster. Die Gardinen waren bereits zurückgezogen. Bakker konnte sich nicht erinnern, es selbst gemacht zu haben. Der neue Tag versprach viel Sonnenschein, für diese Jahreszeit war es viel zu warm.

Die Tür ging leise auf, und wie am ersten Morgen nach seiner Ankunft auf Ameroog und allen folgenden brachte seine Vermieterin ihm das Frühstück ans Bett. »Ihr Toast ist so, wie Sie ihn lieben«, begrüßte sie ihn.

»Ach, Frau Dolling, wären Sie so lieb und würden mir das Kopfkissen aufschütteln?« Sie tat ihm den Gefallen. Gut, dass er ihr zufriedenes Lächeln nicht sehen konnte, seine gute Laune wäre eventuell verflogen.

Sie trat ans Fenster, öffnete es und setzte die Sturmhaken fest. Frau Dolling besitzt eines der wenigen alten Häuser, deren Fensterläden nach außen aufgestellt werden. Sie trat zurück an sein Bett, stellte das Frühstückstablett mit den vier kurzen Beinen über seine Brust und stopfte ihm eine weiße Leinenserviette in seinen Pyjamaausschnitt. Dabei redete sie ununterbrochen über die Natur, ihre Freundinnen, Krankheiten und Gerüchte. Bakker hatte in den wenigen Tagen gelernt, ihr nur mit halbem Ohr zuzuhören. Sie ließ gerade einen dicken Kluntje in seine Tasse fallen, um ihm Tee nachzuschenken, als er stutzig wurde. »Was, sagten Sie gerade, war letzte Nacht?«

Frau Dolling berichtete ihm haargenau, was vergangene Nacht im »Piratennest« vorgefallen war. Besser, als Engelchen und Bengelchen es jemals könnten. Sie wusste, wer alles da gewesen war, wer was zu welchem Zeitpunkt gemacht hatte und wozu es geführt hatte. »Zu nichts«, verkündete sie abschließend, und Bakker glaubte, einen dankbaren Unterton herauszuhören.

»Frau Dolling, Frau Dolling, ich muss mich über Sie wundern. Sie reden, als wären Sie dabei gewesen!«

»Diesmal nicht.« Verärgert gab sie seinem Kopfkissen einen Knuff, ehe sie versöhnlicher hinzufügte: »Aber aufgeschoben ist nicht aufgehoben.«

»Was soll das heißen?«

Frau Dolling ignorierte seine Frage. Das konnte sie gut, die Wünsche anderer ignorieren. Sie wusste schließlich am besten, was gut für andere war. Der friedlich im Pyjama vor ihr liegende Kriminalhauptkommissar war ein gutes Beispiel dafür. Er wirkte entspannt und ausgeglichen, nicht so wie am ersten Tag. Bakker war ein Mann, den man verwöhnen musste, das hatte sie gleich nach seiner Ankunft ihrer besten Freundin anvertraut. »Wenn er sich wohlfühlt, lebt er sich schnell in die Inselgemeinschaft ein«, hatte sie gesagt und dass sie schon dafür sorgen würde, dass er sich in seiner neuen Umgebung wohlfühlte.

Sie hatte jedenfalls keinen Grund, sich darüber zu beschweren, dass er andauernd schlechter Laune war, so wie Storch und Heijen es taten. Wenn man wollte, dass jemand blieb, musste man sich eben darum kümmern, dass es ihm gut ging. Aber die beiden hatten einfach noch nicht genügend Lebenserfahrung, um das zu erkennen.

»Hätte ich gewusst, wie aufregend es dort ist …« Sie ließ offen, was sie dann getan hätte.

Plötzlich fühlte sie sich vernachlässigt. Sie kümmerte sich ununterbrochen um das Wohlergehen anderer, aber an ihres dachte kaum jemand. Man hätte sie ja auch mal fragen können, ob sie an der Sause teilnehmen will. In diesem Altweiberclub saßen wenigstens drei ihrer angeblich guten Freundinnen.

»Heute Abend werden mich jedenfalls keine zehn Pferde davon abhalten, dorthin zu gehen«, sagte sie mit der Miene eines erfolgreichen Löwenbändigers.

»Eine Frau wie Sie hat dort nichts zu suchen.«

»Ach, papperlapapp.« Wieder knuffte sie sein Kopfkissen. »Wie man hört, verkehrt dort seit Neuestem sogar die Crème de la Crème der Amerooger Gesellschaft. Damen der besseren Kreise, Kriminalhauptkommissare …« Sie schaute erwartungsvoll, doch der Kommissar schwieg. »Sie hätten mir ruhig erzählen können, dass Sie im ›Piratennest‹ ermitteln.«

Auch hierauf bekam sie keine Antwort.

»Als ob ich eine Tratschtante wäre.«

Frau Dollings beleidigter Moment war nur kurzlebig. »Ach, ich dumme Gans. Ich vergesse immer, dass Sie erst seit ein paar Tagen mein Gast sind. Ich habe das Gefühl, als würde ich Sie schon ewig kennen. Und deswegen verrate ich Ihnen etwas.« Sie kicherte wie ein junges Mädchen und wedelte mit ihrem Zeigefinger vor seinem Gesicht herum. »Heute Nacht steigt wieder ein Spiel.«

»Was für ein Spiel?«

»Im Casino im ›Piratennest‹.«

»Casino?« Der Toast blieb Bakker im Halse stecken.

Gutmütig klopfte sie ihm auf den Rücken und wartete geduldig, bis er sich ausgehustet hatte. »Sie wollen mir doch nicht erzählen, dass Sie das nicht wussten.«

»Doch, doch«, flunkerte Bakker, »nur das mit heute Nacht …«

»… wussten Sie nicht.« Ihre Augen glitzerten spöttisch.

»Seit wann wissen *Sie* davon?«, konnte der Arme nur noch röcheln.

»Herr Kommissar, Sie hätten mich doch nur zu fragen brauchen, ich hätte es Ihnen gesagt.«

Dieser Logik mochte Bakker nicht folgen. Wie konnte man nach etwas fragen, von dem man nichts wusste?

»Und ich werde dabei sein.«

»Wobei?«

»Mein lieber Kommissar, Sie hören mir ja gar nicht zu. Beim Spiel natürlich. In der Spielhölle.« Ein wohliger Schauer lief ihr über den Rücken.

Bakker räusperte sich. »Mir wäre es lieb, wenn Sie heute Abend nicht dorthin gingen.«

»Kommt gar nicht in Frage. Sie halten mich nicht davon ab.«

Mein Gott, so tief war er gesunken. Nicht einmal sie hatte Respekt vor ihm.

»Sie haben kein Kostüm.« Ein kläglicher letzter Versuch, sie abzuhalten.

Frau Dolling schenkte ihm ein mitleidiges Lächeln. »Selbstverständlich habe ich. Im Gegensatz zu Ihnen war ich heute schon früh auf den Beinen. Im Kostümladen am Hafen habe ich mir etwas Schönes ausgesucht.«

Der Kostümladen, vermutlich der einzige Laden europaweit, der außerhalb der Karnevalssaison zu tun hatte. Bakker schaute auf seinen Wecker. Halb acht. »So früh hat der geöffnet?«

»Ich musste sie raustrommeln«, gab Frau Dolling zu, ohne rot zu werden. »Aber das ist unwichtig. Zurück zum Thema: Wie man hört«, sie beugte sich weiter vor, »verkehren neuerdings sogar kirchliche Vertreter im ›Piratennest‹.« Ihr Tonfall verriet, dass dies die ganze Sache ehrbar machte.

»Es ist langweilig dort«, sagte Bakker. »Da wird nur getrunken, geprügelt und auf der Bühne getanzt.«

Die Augen der alten Dame glühten vor Vorfreude. »Und gezockt! Heute Abend mit besonders hohen Einsätzen.«

»Sie spielen Karten?«

Sie nickte so heftig, dass ihr Dutt wippte und aufzugehen drohte. »Skat, Rommé, Poker – alles, was Sie wollen.«

»Aber immer nur mit Ihren Freundinnen, nehme ich an.«

»Pah, als ob das etwas anderes wäre. Sie halten mich nicht ab, Herr Kommissar. Man sagt, sogar die Eiserne Lady wird kommen.«

»Die Eiserne Lady?«

»Sie sieht aus wie Königin Beatrix. Kennen Sie sie?«

Bakker antwortete mit einer Gegenfrage. »Woher wissen Sie das alles?«

»Noch ein Tässchen Tee, Herr Kommissar?«

»Frau Dolling«, warnte er. »Ich werde keine Rücksicht auf Sie nehmen. Sollte ich Sie beim Zocken erwischen, kommen Sie ins Gefängnis.«

Sie konnte ihren Schrecken nicht verbergen, und er nickte zufrieden.

»Noch ein Tässchen?«, wiederholte sie schüchtern ihre Frage.

Doch dazu war keine Zeit mehr. Bakker musste einiges vorbereiten. Heute Nacht würde er sie alle zusammen auf frischer Tat erwischen.

***

Endlich war es Abend. Bakker hatte seine Jungs eingeweiht und den Einsatz koordiniert. Jetzt tat er so, als sei er privat im »Piratennest«. Am Nachmittag war ihm kurz der Gedanke gekommen, ein richtiges Kostüm zu erwerben, er hatte den muffigen Gehrock satt. Doch er hatte sich dagegen entschieden, es war sowieso das letzte Mal, dass er ihn tragen musste. Lässig lehnte er an der Bar, in der Gewissheit, dass seine Kollegen auf Abruf im Revier warteten.

Von dem bankrotten Einzelhändler, der sich als Barmixer etwas dazuverdiente, war heute weit und breit nichts zu sehen. Statt seiner stand dort ein Mann, den Bakker noch nie gesehen hatte. Er passte ganz und gar nicht hierher. Mitte zwanzig, Pausbäckchen, Goldlocken, blaue liebevolle Augen, Kusslippen und Himmelfahrtsnase. Er hatte mehr Ähnlichkeit mit einem Friedhofsengel als mit einem Piraten. Es würde Bakker nicht wundern, wenn an seinem Rücken durch ein leichtes Schulterzucken Flügel ausklappen würden.

Der Engel stellte ein frisch gezapftes Bier auf den Tresen. Kokett fragte er mittels einer Bewegung des Plastikschabers, ob er den Schaum abwischen sollte, und lächelte den Kommissar an, dass diesem ganz wunderlich wurde und er ein wenig errötete. Verwirrt legte er etwas Geld auf die Theke und floh mit dem Getränk, ehe der Mann die Bierblume vernichten konnte.

Er drängte sich durch vollbesetzte Tischreihen, auf der Suche nach dem Damensalon. Er wollte sicher sein, dass Frau Dolling seine Warnung befolgt hatte, und hoffte, die Eiserne Lady dort anzutreffen. Gleichzeitig wollte er sich unauffällig nach dem Casino umsehen.

Er betrat einen Raum, den er noch nicht kannte. Es war der Rauchersalon. Hier saßen die Leute in kleinen Gruppen beisammen. Zigarren- und Pfeifentabaksqualm umhüllte sie. Bakker beschloss, auf eine Zigarettenlänge zu bleiben, und nahm in einem der tiefen Sessel Platz. Er fischte seine Zigaretten aus der Jacketttasche und suchte nach seinem Feuerzeug. Als er es nicht fand, quälte er sich ein Stückchen aus dem Sitz hoch und griff nach einer Kerze.

Seine Zigarettenspitze erreichte die Kerzenflamme nicht. Mit festem Handgriff wurde er daran gehindert.

»Das kostet einen Seemann das Leben«, hörte er eine weibliche Stimme sagen. Als er aufschaute, blickte er in zwei hellwache Augen, die ihn aus einem faltenreichen Gesicht über einer dicken Perlenkette keck anblinzelten. »Und das wollen Sie bestimmt nicht.«

»Wie bitte? Ich verstehe nicht.«

»Wenn Sie Ihre Zigarette an einer Kerzenflamme anzünden, stirbt ein Seemann«, sagte Helena.

»Warum?«

»Weil es so ist. Das weiß jeder«, erklärte sie, wobei sie sein Handgelenk losließ, seine Hand aber weiterhin zart festhielt.

»Ich bin nicht abergläubisch.«

»Ein bisschen Aberglaube kann niemals schaden«, gurrte sie. »Lassen Sie mich Ihnen Feuer geben, Herr Kommissar.« Sie zauberte mit der freien Hand ein Feuerzeug aus ihrer Handtasche hervor.

Das fehlte dem Kommissar gerade noch, eine Mittsiebzigerin, die mit ihm flirtete!

Wie immer in Angelegenheiten, die Frauen betrafen, irrte Bakker. Er war wahrlich kein Frauenflüsterer. Und so realisierte er nicht, dass in den wenigen Sekunden, in denen er sich mit Helena unterhielt, einer von Schröders Mitarbeitern den Raum betrat, einigen Anwesenden mit dem Zeigefinger ein Zeichen gab und wieder verschwand. Woraufhin diejenigen aufstanden und den Raum verließen. Die Eiserne Lady hatte den Kommissar mit Bravour abgelenkt.

Als Bakkers Zigarette brannte und Helena sich umsah, saß zwischen den Rauchern noch ein einziger Spieler, der eben seine Zigarette ausdrückte, um ebenfalls zu verschwinden. Sie fixierte den Mann sekundenlang mit festem Blick.

Bakker merkte von alldem nichts. Wie gesagt, er kannte sich mit Frauen nicht aus.

Die Eiserne Lady ließ von ihm ab und verschwand. Der Mann

folgte ihr einen Moment später. Wäre besser gewesen, wenn Bakker ihr ebenfalls nachgegangen wäre. Stattdessen rauchte er seine Zigarette und merkte erst nach einer Weile, dass viele Gäste den Rauchersalon verlassen hatten. Wo waren sie alle hin?

Auf seiner weiteren Erkundungstour durch die Räumlichkeiten, zu denen die Gäste des Hauses Zutritt hatten, fand er schließlich auch den Damensalon. »Zutritt nur für Frauen«, sagte ein athletischer junger Mann. Ein schneller Blick hinein verriet Bakker, dass seine Vermieterin nicht da war. Sie hatte seinen Rat offenbar befolgt. Einige Damen saßen an den Tischen und unterhielten sich angeregt. Von der Eisernen Lady war ebenfalls nichts zu sehen.

Nirgends hatte Bakker etwas gefunden, was er mit einem illegalen Spiel in Verbindung bringen konnte.

Während er sich fragte, ob Frau Dolling sich geirrt haben mochte, sie war schließlich nicht mehr die Jüngste, schlenderte er in den Hauptraum zurück, um das Geschehen von dort aus weiterzuverfolgen. Unterdessen nahmen im für die große Allgemeinheit verborgenen Casino im hinteren Teil des Hauses die Zocker an den Pokertischen Platz.

***

Bakker saß jetzt lange genug im Restaurant, um eines genau zu wissen: In den öffentlich zugänglichen Räumen tat sich nichts, was verboten war. Er hatte inzwischen mehrere Runden gedreht. Das Einzige, was ihm auffiel, war, dass Leute, die er einige Zeit nicht gesehen hatte, sehr deprimiert wirkten, als er ihnen erneut begegnete. »Es kann eben nur einer gewinnen«, hörte er einen Mann auf dem Weg zur Toilette tröstend zu einem anderen sagen. Er wartete, bis die beiden verschwunden waren. Dann öffnete er die Tür mit der Aufschrift »Privat« – die einzige hier, die er bisher nicht näher untersucht hatte – und begab sich auf die Suche nach dem Casino.

Der Keller war ungewöhnlich weitläufig. Er vermutete, dass er nicht nur unter dem »Piratennest«, sondern auch unter der Straße und den benachbarten Grundstücken und Häusern verlief. Bakker öffnete entlang des Ganges jede Menge Türen. Hinter keiner verbarg sich etwas Überraschendes. In einem Raum befand sich ein Papierlager, vom Computer- bis zum Klopapier. In einem anderen stapelten sich Konserven, im dritten Reinigungsmittel. Ein weiterer war ein Holzlager, im nächsten bogen sich die Regale unter schweren Farbtöpfen, Tapetenrollen, Pinseln und anderem Handwerkszeug. Hinter der letzten Tür befand sich kein Lagerraum, sondern wieder ein Flur, aber dieser war enger. Auch hier gingen zu beiden Seiten Türen ab. Er sah eine Werkstatt, einen Raum mit Nähmaschinen, ein Weinlager und ein Wäschezimmer.

Weiter ging es nicht.

Bakker lief zurück und fand eine Tür, die er noch nicht geöffnet hatte. Ein leicht muffiger Geruch schlug ihm entgegen. Eine Treppe führte in einen sehr tiefen Keller. Unwahrscheinlich, dass Knut Schröder sein Casino hier untergebracht hatte. Er musste an anderer Stelle danach suchen. Er wollte die Tür schon schließen, als er Schritte hörte. Schnell schlüpfte er hinein und zog die Tür hinter sich zu.

Jemand ging auf der anderen Seite den Flur entlang und machte sich ausgerechnet im Raum neben Bakker zu schaffen. Draußen sollte er sich jetzt also besser nicht blicken lassen. Auch gut, vielleicht fand er ja wenigstens den geheimen Gang hinter der Bildergalerie.

Im funzeligen Licht seines Handys tastete Bakker sich die Treppe hinunter, immer dicht an der Wand entlang. Sie führte in einen langen Gang, der nach einigen Metern einen unerwarteten Knick nach rechts machte. Hier endete er in einem kleinen, leeren Raum. In einer Ecke lag ein großer Stein von der Sorte, wie man sie zum Bühnenbau verwendet. Pappmaschee. Bakker trat prüfend mit dem Fuß dagegen. Im wilden Tanz hüpfte er aufstöhnend auf einem Bein, versuchte, sich an der Kellerwand abzustützen, stolperte und schlug der Länge nach hin. Klirrend zerbrach das Handy, und mit ihm erstarb das wenige Licht.

Bakker unterdrückte einen lauten Fluch. Er stand auf und tastete sich an der Wand entlang zurück. Nach einer Weile, die ihm viel länger vorkam als auf dem Hinweg, fand er einen Lichtschalter und drückte ihn.

Hier war er vorhin nicht gewesen, da war er sich sicher. Er

befand sich in einem viereckigen Raum, an dessen vier Wänden je ein kleines Lämpchen schwach leuchtete. Ein rostiger Eisenriegel mitten auf einer gemauerten Wand weckte sein Interesse. Er zog daran. Ein Teil der Wand – eine schwere Eisenplatte, beklebt mit künstlichen Steinen, die von einem Gegengewicht ausbalanciert wurde – schwang auf. Am unteren Rand klebte ein dünner Draht. Bakker zupfte leicht daran und wusste im selben Moment, dass das ein Fehler gewesen war. Oben würde jetzt irgendwo ein Alarmsignal melden, dass er sich hier unten umsah. Egal.

Der Kommissar folgte dem langen, spärlich beleuchteten Tunnel mehrere hundert Meter weit. Er endete an einer einfachen Holztür, die vermutlich nach draußen führte. Er öffnete sie im sicheren Wissen, recht zu haben, trat hindurch und war umgeben von dichten Sanddornbüschen und wilden Rosenhecken. Auch hier war ein Draht für ein Alarmsystem angebracht.

Schön, dachte Bakker, den Weg zum Strand hast du gefunden, aber das reicht nicht. Du musst auch die Schmuggelware finden. Er machte kehrt. An einem Haken neben der Tür hing eine Stabtaschenlampe. Mit ihrer Hilfe machte er sich daran, das Labyrinth unter dem »Piratennest« weiter zu erforschen.

***

Knut Schröder stand in seinem Keller vor einer Steinwand, an der ein mannshoher, golden eingerahmter Spiegel hing. Hier unten, in dem engen, grob gemauerten Gang, wirkte das prachtvolle Stück seltsam unpassend. Er zählte links neben dem Spiegel die rauen Steine ab – drei links, vier nach oben, zwei quer – und drückte auf das Ergebnis. Langsam schob sich der Spiegel beiseite.

Bakker frohlockte in seinem Versteck, aus dem er den Wirt genau beobachten konnte. Er hatte gleich gewusst, dass hier etwas Geheimnisvolles verborgen sein musste, zu ungewöhnlich war dieser Spiegel. Fälschlicherweise vermutete er hinter dem geheimen Zugang die Spielhölle.

Er war minutenlang durch die Gänge geirrt, bis er die Stelle gefunden hatte, ohne einer Menschenseele zu begegnen. Dabei hatte er geglaubt, nach dem Auslösen des Alarms von Schröders Schergen bereits auf das Dringendste gesucht zu werden. Als schließlich der Wirt den Gang heruntergekommen war, hatte Bakker sich entdeckt geglaubt und mit angehaltenem Atem in eine Nische gedrückt. Doch Schröder sah nicht suchend aus und war die Ruhe selbst. Bakker war dadurch in seinem Verdacht bestärkt worden, dass die Drähte an den Geheimtüren reine Attrappen gewesen waren und nur der Abschreckung dienten.

Den hinter dem Spiegel im Schloss einer verborgenen Tür steckenden Schlüssel drehte Schröder um und lehnte sich mit all seinem Gewicht gegen das Türblatt, bis es aufschwang. Dann schloss er Tür und Spiegel hinter sich.

Bakker wartete einige Minuten, dann wagte er sich aus seiner Deckung hervor, um nun seinerseits die Geheimtür zu öffnen. Kurz betrachtete er sich im Spiegel. Er wirkte überaus albern in dem Kostüm. Sein Blick wanderte nach links. In Bauchhöhe berührte er den ersten Stein. Drei links, vier hoch, zwei quer. Zahlen konnte er sich gut merken. Der Spiegel glitt wie erwartet zur Seite, und er trat ein.

Dieser Raum war vollkommen anders als die übrigen. Er war mit alten Delfter Fliesen ausgekachelt und diente vermutlich seit jeher als Lagerraum für Diebesgut, Schmuggel- oder Hehlerware. Allein die Fliesen waren ein Vermögen wert. Jedes Museum an der Küste würde sich die Finger danach lecken. Eine Sünde, eine solche Schönheit im dauernden Dunkel zu lassen. Jede Menge altes Gerümpel stand herum. Tische, auf denen antikes Zeugs angehäuft worden war, gut gefüllte Holzregale, Kisten und Fässer. Bakker trat an den Tisch, als er hinter sich eine erstaunte Stimme hörte.

»Die Tür ist offen.«

Schnell duckte er sich zwischen Fässer und Kisten.

»Das kann nicht sein. Ich habe sie hinter mir zugemacht«, hörte er den Wirt aus der anderen Richtung rufen.

»Sie ist aber offen.«

»Sieh nach, ob einer drin ist.«

»Niemand zu sehen.« Die Stimmen waren jetzt bei Bakker angekommen. Knut Schröder und der Kellner mit dem dünnen Pferdeschwanz standen in der Mitte des Raumes.

»Ganz schön abgebrüht«, erklärte Schröder. »Herzukommen, wenn ich im Haus bin.«

»Für Diebe kenne ich nur eine gerechte Strafe ...«

»Später. Erst mal feststellen, was alles fehlt.«

Bakker duckte sich tiefer in sein Versteck. Lange würde es nicht mehr dauern, bis sie ihn fanden.

»Scheiße«, hallte die Stimme des Wirtes durch die alten Gewölbe. »Hier fehlt was. Siehst du das?«

Bakker spähte um die Ecke.

Schröder stand vor der Regalwand, eine Porzellanfigur in der Hand, während sein Mitarbeiter mit der Pferdeschwanzfrisur mit zusammengekniffenen Augen näher trat. »An was denkst du?«, fragte Schröder ihn.

»An die pfirsichweichen, behaarten, schrumpeligen Wangen meiner Großtante, die ich als Kind immer küssen musste.«

»Idiot.«

Der Kellner kam nicht mehr dazu, Schröders Frage zu beantworten.

»Chef«, rief jemand. »Wir brauchen Sie im Casino.«

Glück muss man haben, dachte Bakker. Die beiden verließen den Raum durch einen Gang auf der anderen Seite, und der Kommissar kam aus seinem Versteck hervor. Eilig ging er ihnen nach. Er musste sich sputen, wollte er die Spielhölle noch rechtzeitig finden.

Wie zu erwarten war, konnte er den beiden nicht schnell genug folgen, verirrte sich und stand schließlich wieder in Knut Schröders Ahnengalerie, ohne den Weg dorthin in irgendeiner logischen Weise nachvollziehen zu können. Wahrscheinlich habe ich das Glücksspiel verpasst, dachte er verärgert. Die Bühnenshow jedenfalls musste inzwischen so gut wie vorbei sein.

Aus einer inneren Eingebung heraus nahm er den Ölschinken vor dem Einwegspiegel von der Wand. Seine Glücksfee machte heute Überstunden. Klara saß in dem Fenster, das sich auftat, und schminkte sich ab. Vor ihr auf dem Schminktisch stand etwas. Es musste sehr wertvoll sein, wenn man ihren verzückten Gesichtsausdruck richtig deutete. Der Kommissar hingegen war enttäuscht. Auf den ersten Blick handelte es sich um eine gut sechzig Zentimeter lange Porzellanschüssel. Alt und angelaufen. In der Mitte war sie etwas eingedellt, sodass es aussah, als wären es zwei Schüsseln, die man aneinandergeklebt hatte. Über den Rand ragte gewölbt ein rotbrauner Riesenhummer. An einer seiner Greifzangen war ein Stück abgesplittert.

Vorsichtig strich Klara mit einem Finger über das abgeplatzte Porzellan, als könnte sie damit diese Wunde heilen. Sie drehte das ganze Objekt in ihren Händen hin und her und murmelte fast andächtig: »1879. Das Gold der ›Cimbria‹.«

Sie stellte die Antiquität vorsichtig ab und tastete nach ihrem Hosenbund. »Da bist du ja«, begrüßte sie eine kleine weibliche Nippesfigur wie eine alte Freundin. »Und wie hübsch du bist.«

Bakker war da anderer Meinung. Sein Blick fiel auf die winzige Seepocke, die den kleinen nackten Hintern der Porzellanfigur verunzierte. »Cimbria«, überlegte er. Das sagte ihm was. Der Überseedampfer war so etwas wie die deutsche »Titanic«. Untergegangen 1883 vor Borkum, also nur wenige Seemeilen von hier.

Ihm blieb keine Zeit, sein gesamtes Wissen über die »Cimbria« hervorzukramen, er sah Klaras hektischen Blick im Spiegel. Ahnte sie, dass er sie beobachtete? Nein, es kam jemand. Die Garderobentür ging auf.

Klara wandte sich ihrem Besucher zu und versuchte, die Objekte dabei mit ihrem Körper zu verdecken.

»Es hilft dir nicht, die Sachen vor mir zu verstecken«, stellte Knut Schröder mit finsterer Miene fest. »Ich sehe sie im Spiegel.«

Klara schwieg. Sie schaute Schröder lange schweigend an, dann drehte sie ihm den Rücken zu und nahm vorsichtig die Porzellanfigur in die Hände. »Sie ist wunderschön«, murmelte sie.

Schröder nickte und trat näher. Ihre Blicke trafen sich im Spiegel.

»Woher wusstest du …«, flüsterte sie.

»Ach, meine Liebe! So ein kluges Mädchen wie du gibt sich auf Dauer eben nicht mit einem Tanzjob zufrieden.«

Klara nickte.

»Du bist zu intelligent, um nur zu singen und auf der Bühne rumzuhüpfen«, schmeichelte er. »Außerdem war mir klar, dass man irgendwann einen Spion bei mir einschleusen würde. Kompliment.

Dass sie so was wie dich schicken könnten, darauf bin ich erst recht spät gekommen.«

Ein zweifelhaftes Kompliment.

»Was hat mich verraten?«

»Dein Herumschnüffeln. Erst dachte ich, es sei einfache Neugierde. Frauen sind eben so.«

»Macho!«

Schröder lachte. »Neugierde ist Frauensache, glaub mir. Aber dass sie einen zum Tauchen veranlasst, noch dazu im Hafenwasser, macht doch skeptisch.«

»Du hast mich tauchen sehen?« Nur ein einziges Mal war Klara tauchen gewesen, und das allein deshalb, weil sie neugierig auf den Zugang zum »Piratennest« gewesen war, den Pieter Dukegatt unter Wasser gefunden hatte. Pech, dass sie dabei gesehen worden war.

Sie war der Taucher mit den weiblichen Rundungen, dachte indes Bakker. Was für eine Frau! Der Zoll konnte sich glücklich schätzen, eine solche Agentin zu haben.

Er hörte Stimmen vor der Eingangstür zur Galerie. Es wurde Zeit für ihn zu verschwinden. Aber noch nicht gleich. Erst wollte er hören, welchen Verlauf das Gespräch nahm.

»Irgendjemand sieht einen immer«, orakelte Schröder.

Klara schwieg.

»Möchtest du ihn wiederhaben?«

»Wen?«

»Den Peilsender.«

»Welchen Peilsender?« Klara war ehrlich überrascht.

»Den, mit dem du die Koordinaten der ›Cimbria‹ markiert hast.«

»Wozu sollte ich?«

»Ja, wozu solltest du wissen wollen, wo die ›Cimbria‹ liegt, wenn es doch so viel einfacher ist, den schon gehobenen Schatz einfach zu stehlen«, meinte Schröder nachdenklich. Vor und hinter dem Spiegel wuchs die Erkenntnis, dass es außer Schröder und Co. noch jemanden gab, der von der Position der »Cimbria« wusste.

»Dir ist klar, dass du mich brauchst«, sagte Klara.

»Wozu sollte ich dich brauchen?«

Das waren die letzten Worte, die Bakker belauschen konnte. Er musste weg, ehe man ihn entdeckte. Daher bekam er nicht mehr mit, wie Klara ihre wahren Beweggründe, nach dem Schatz zu suchen, offenlegte: »Ich habe Verbindungen. Ich kenne Sammler, die zahlen gut und fragen nicht, woher es kommt.«

»Die kenn ich auch.«

»Ebay, oder was?«

Schröder lächelte überlegen, als hätte ein Kleinkind darum gebeten, einen Trecker fahren zu dürfen. »Du bist also der Meinung, ich sollte dich beteiligen. Interessant.«

Sein Sarkasmus prallte an ihr ab. »Ich will die Hälfte.«

Schröder lachte hart. »Nenn mir einen Grund, warum ich darauf eingehen sollte.«

»Weil ich sonst alles der Polizei sagen werde.«

Schröders Lachen war falsch. Er benötigte einige Sekunden, um die neue Situation einzuschätzen. Bis eben war er davon überzeugt gewesen, dass Klara gemeinsam mit ihrem armseligen Jüngling von der Polizei in die eigene Tasche wirtschaftete. Jetzt tat sie so, als wäre sie James Bond mit Kurven. Er brauchte Zeit zum Nachdenken.

Betont gelangweilt nahm er ihr die kleine Porzellanpuppe mit der Seepocke am Hintern ab und stellte sie vor dem Spiegel ab. Dann ließ er seinen Goldzahn blitzen. »Ich werde es mir überlegen.«

Schnell hängte Bakker das Bild der finsteren Dame zurück an die Wand. Die Tür der Ahnengalerie war noch nicht hinter ihm geschlossen, als einer der Kellner mit hektischen Flecken im Gesicht angelaufen kam, ihn zur Seite schob und eintrat. Komisch, dachte der Kommissar. Der muss sich doch eigentlich fragen, was ich hier allein zu suchen habe.

Er folgte dem Mann durch die Ahnengalerie zurück in den Keller. Den Gang kenn ich schon, dachte Bakker, doch auf halber Strecke, kurz vor der Wäschekammer, blieb der Kellner stehen. Bakker stieg ein feiner Duft in die Nase. Es roch frisch und auch wieder nicht. Das erinnerte ihn an »4711«, das Parfüm seiner Großmutter. Er schnüffelte. Der Geruch stammte von einer künstlichen Fackel, deren elektrisches Licht spärlich den Gang beschien. Neben dem Licht hing eine Walharpune. Diese Dekoration war ihm vorhin nicht aufgefallen.

Die rechte Hand des Kellners griff nach dem Mordinstrument und bog sie beiseite. Das erinnerte Bakker an einen alten Edgar-Wallace-Film. Erneut tat sich eine Geheimtür auf. Fehlt nur noch das schaurige Heulen eines Hundes, dachte er, als Nebelschwaden zu ihm in den Gang strömten. Zigarren- und Zigarettenrauch, meldete seine Nase. Bakker erhaschte einen Blick auf einen mit grünem Filz bezogenen Tisch, bedeckt mit Spielkarten und Plastikjetons, ehe die Tür sich wieder schloss.

Das ist der Wendepunkt in meiner Karriere, frohlockte er. Wrackplünderung *und* illegales Glücksspiel!

Was er jetzt brauchte, war Verstärkung.

***

Bei dämmrigem Licht mit scheinheiliger Miene saßen fünf Menschen am Pokertisch in der Mitte des Raumes und versuchten, keinerlei innere Regung erkennen zu lassen. Sie waren in den letzten Stunden als Sieger aus den Pokerrunden an ihren ursprünglichen Tischen hervorgegangen und würden mit dem erworbenen Gewinn so lange weiterspielen, bis nur noch einer übrig blieb.

Gelegentlich – selten genug, damit es nicht auffällt – kommt es vor, dass Schröder selbst auch mitspielt, was dem Kartengeber dann äußerste Fingerfertigkeit abverlangt, damit er gewinnt.

Eine bläuliche, nach Pfeifentabak der Marke »Borkum Riff« riechende Wolke vermischte sich über ihren Köpfen mit den Ringen einer dicken brasilianischen Zigarre.

»Die letzte Runde«, sagte der mit der Pfeife.

»Genau«, bestätigte ein hagerer Mann mit Ziegenbärtchen und griff nach seinen Karten. »Scheiß Blatt«, formten seine Lippen Sekunden später lautlos.

Der Glatzköpfige im schlecht sitzenden Anzug biss sich auf die Innenseite seiner Wangen, um ein dankbares Grinsen zu vermeiden. Er konnte von den Lippen ablesen. Der Ziegenbart ist ein kompletter Idiot, dachte er.

»Aufregend«, wisperte die einzige Dame am Tisch und sah alle erwartungsvoll an. Noch hatte sie die Chance, das Spiel für sich zu entscheiden. Die kommenden Karten würden es zeigen.

»Nicht schlecht«, sagte der Zigarrenraucher, als er seine zwei geforderten Karten aufnahm, und meinte genau das Gegenteil.

Alles Schauspiel half nichts, der letzte Stich lag auf dem Tisch und verursachte dreien der fünf Spieler Magenschmerzen und Herzprobleme. Der Kerzenleuchter über ihnen flackerte kurz, so als habe er den kalten Wind gespürt, der von den Gedanken der Anwesenden ausging und langsam, aber unaufhaltsam den meisten in die Glieder kroch.

»Das gefällt mir«, frohlockte der Glatzköpfige und steckte die passende Karte umständlich in sein Blatt, ehe er es triumphierend auf die grüne Tischplatte legte.

»Doch es reicht nicht«, sagte Helena und legte ihre Karten mit einem breiten Lächeln auf den Tisch.

Keiner der Spieler konnte es fassen, mit diesem vermaledeiten letzten Stich alle Chancen auf das ganz große Glück verspielt zu haben. Welch große Anstrengung hatte es sie alle gekostet, überhaupt in diesen erlauchten Kreis hineinzukommen! Und nun sollte mit einem Schlag alles vorbei sein? Es war fraglich, ob sie jemals wieder die Gelegenheit haben würden, hier in diesem Hinterzimmer um den ganz großen Preis zu spielen.

Die Siegerin strahlte bis über beide Ohren, als klar wurde, dass sie die anderen vier am Tisch besiegt hatte. »Halleluja, wer sagt es denn?«, rief sie fröhlich und schaute in die bedröppelten Gesichter der Verlierer.

Der Glatzkopf, dieser Sack, hat es versaut, dachte der mit dem Ziegenbart verbittert.

Warum diese versnobte Lady und nicht ich?, fragte sich der Kahlköpfige.

Ersticken sollst du, dachte der Pfeifenraucher und grinste falsch.

Der mit der Zigarre dachte gar nichts, er war viel zu erschrocken.

Die Eiserne Lady schob ihre Jetons vom Tisch in die geöffnete Handtasche. Ihre Finger zitterten dabei leicht.

Die Verlierer hatten unterdessen ihre Fassung wiedergewonnen und nickten bedächtig und ernst.

»Ich gratuliere«, sagte der Pfeifenraucher und hustete.

Die Zigarre des anderen landete im Aschenbecher, und die frei gewordene Hand ergriff über den Kartenstapel hinweg die der Gewinnerin. »Glückwunsch.«

»Auch von mir«, murmelte der Glatzkopf. Man merkte ihm das Bemühen an, nicht zu zittern oder gar weinerlich zu klingen. Der Mann hatte hoffentlich nicht Haus und Hof verspielt.

Helena sprach gedankenverloren laut aus, was sie dachte: »Ich denke, ich muss mich jetzt entscheiden, was ich mit dem Geld mache«, sagte sie.

Dumme Pute, dachte der Pfeifenraucher, lächelte aber. »Geben Sie es mir, ich wüsste es.«

So eine dumme Gans war sie nun auch wieder nicht. Immerhin wusste sie, dass ihr mit dem Gewinn zwei Möglichkeiten offenstanden. Sie konnte ihn einstecken und sich selbst jede Menge Wünsche erfüllen. Verdient hätte sie es, schließlich war sie mehrere Male über ihren eigenen Schatten gesprungen, hatte sich mit niederem Volk abgegeben und schlüpfrige Zoten und unwahre Geschichten über ihre Enkeltochter über sich ergehen lassen, um bis hierherzukommen. Oder sie konnte ihr Versprechen wahr machen und der Kirche eine Orgel kaufen, jetzt, da sie wusste, dass die Bieleburger keinen Cent dazugeben würden.

»Nun?« Fordernd hielt ihr der mit der Pfeife seine Hände hin. Gierig schaute er in Helenas geöffnete Handtasche. Die Jetons zogen seinen Blick magisch an.

Der verlangende, unersättliche Blick voller Böswilligkeit brachte sie zu einem Entschluss. Imaginäre Orgelklänge zauberten ein Lächeln auf ihre alten Lippen.

»Nun?«, forderte er erneut.

»Scheren Sie sich zum Teufel.«

Das Schloss ihrer Handtasche schnappte zu.

***

Bakker empfing ein harmonisches Miteinander, als er das Restaurant betrat. Die Musiker dudelten auf ihren Instrumenten herum, allen voran der Klavierspieler, der ein erstklassiges Solo hinlegte.

Welche seiner Entdeckungen sollte er zuerst angehen? Bakker musste Prioritäten setzen und entschied, dass der Schatz der »Cimbria« noch etwas länger in Schröders Kellergewölbe ruhen durfte, ehe er dem rechtmäßigen Besitzer zugänglich gemacht werden würde. Auf ein paar Stunden sollte es nicht ankommen. Die Leute aus dem Casino allerdings konnten jederzeit verschwinden.

Er fragte einen der Kellner nach einem Telefon, tätigte einen kurzen Anruf in einer Art Beichtstuhl mit Brokatvorhang und einem Telefonapparat mit Wählscheibe und wartete einige Minuten. Dann sah er sie auch schon. Seine Kollegen hatten sich wie abgesprochen im Restaurant verteilt und warteten auf seinen Einsatzbefehl.

Elf

Lukas Storch führte die Eiserne Lady zum Verhör in Bakkers Büro.

»Ich verlange eine Erklärung«, donnerte der Kommissar. Seine Stimme klang furchteinflößend, und Storch schloss schnell die Bürotür hinter sich. »Illegales Glücksspiel bedeutet Gefängnis, nicht nur für die Veranstalter.«

Mehr brauchte Bakker nicht zu sagen, die Eiserne Lady war geständig. Unglaublich – aber wahr. Wenig später wusste er Bescheid über jeden einzelnen Stich, den Ziehverlauf jeder Karte, die Höhe der Spieleinsätze und der Gewinnsumme.

Zu guter Letzt schüttete Helena den Inhalt ihrer Handtasche auf den Tisch. »Bitte, Herr Kommissar, hier ist alles zurück«, sagte sie reumütig. »Ich gebe jedoch zu bedenken, dass der Gewinn für die Anschaffung einer neuen Kirchenorgel verwendet werden sollte. Aber machen Sie sich keine Sorgen, das Geld werden wir auch so zusammenbekommen. Es wird nur leider noch sehr lange dauern.« Treuherzig blickte sie ihn an, in der Hoffnung, ihm ein schlechtes Gewissen zu bereiten. »Sehr, sehr lange.«

Ihre Hand schwebte schon über dem Plastikgeld, um es wieder einzustecken. Doch Bakker blieb hart und schüttelte den Kopf.

Helena gab auf. Sie unterschrieb das Protokoll und konnte gehen. Die Jetons blieben da.

»Sie werden von der Staatsanwaltschaft hören«, gab Bakker ihr mit auf den Weg, doch das beeindruckte die Dame wenig. Beschwingten Schrittes machte sie sich auf den Heimweg. Eine erhebliche Anzahl Tausenderjetons klimperte zart in ihrer Jackentasche. Sie würde schnurstracks zur Kirche gehen und im Beichtstuhl um die Vergebung ihrer Sünden bitten. Der Ablass war ihr sicher, und sie bezweifelte nicht, dass sie danach auch in Zukunft beruhigt und mit bestem Gewissen schlafen würde.

Storch, der die Eiserne Lady nach überstandenem Verhör in die Freiheit entlassen durfte, war erleichtert, doch dass sie ihm zum Abschied fröhlich zuwinkte und auch noch neckisch zwinkerte, machte ihn nervös.

Bakker starrte derweil auf die vor ihm liegenden Jetons und fand, dass die Eiserne Lady viel zu schnell aufgegeben hatte. Wieder einmal kam ihm der Gedanke, dass alle um ihn herum ihn nach Strich und Faden verarschten. Seufzend erhob er sich. Es gab noch weitere vier Leute zu verhören.

Der glatzköpfige Mann beteuerte, nichts von irgendwelchen kriminellen Machenschaften gewusst zu haben, knickte aber nach wenigen Minuten ebenfalls ein und gab alles zu. Die anderen Mitspieler schlossen sich ihm an.

Keine zwanzig Minuten später waren die Aussagen der Glücksspieler protokolliert und unterschrieben, und sie konnten nach Hause gehen. Auch Bakker sank, zu Hause angekommen, erschöpft in seine Kissen.

***

Selig schlafen war dem niederländischen Gemeindepfarrer Remt Kool nicht vergönnt, obgleich er von Berufs wegen die besseren Beziehungen hatte. Nach Mitternacht von einem seiner Schäfchen aus dem Bett getrommelt zu werden, war unüblich – wenn man von der Letzten Ölung auf dem Sterbebett eines seiner Gemeindemitglieder einmal absah. Beunruhigt durch den um diese Zeit außergewöhnlichen Wunsch, einer armen Sünderin die Beichte abzunehmen, betrat Hochwürden in Helenas Begleitung die Inselkirche und hockte sich in den Beichtstuhl. Hätte er gewusst, auf was er sich da einließ, er hätte sich verleugnen lassen.

»Ich habe gesündigt, oh Herr«, begann es ganz harmlos, bis sie ihm schonungslos die ganze Geschichte erzählte. »Ich bitte um Vergebung«, endete sie, und er schwieg eine Weile.

Wie sollte er jetzt wieder einschlafen können? Beladen mit den Sünden einer seiner eifrigsten Kirchgängerinnen, tat er sich schwer, inneren Frieden zu finden.

»Das Geld ist für die Mutter Kirche. Nach den Gesetzen Gottes haben wir ein Anrecht auf Provision«, sagte Helena, als ihr das Warten zu lang wurde, und klimperte mit den Jetons in ihrer Tasche.

»Das mag schon sein, meine Liebe«, erwiderte er und klapperte nervös mit den Rosenkranzperlen, »aber ich kann mich beim besten Willen nicht an eine solche Stelle in der Bibel erinnern.«

»Ich bitte um Vergebung«, wiederholte sie demütig. »Sie können doch nicht wollen, dass alles umsonst war?«

Er sog kräftig die Luft durch die Nase ein. Es roch nach Möbelpolitur, kaltem Weihrauch und »4711«. Die Duftkomposition hatte einen Hauch von Heiligkeit. Das gab den Anstoß. Er sagte ihr, wie viele Vaterunser sie zur Sühne zu beten hatte, und erteilte Absolution, doch er selbst litt Höllenqualen. Eine Kirchenorgel, gekauft von dem Erlös eines Glücksspiels?

Gottes Erleuchtung traf ihn in Form eines zarten Lichtstrahls, hervorgerufen durch einen vorbeifahrenden Streifenwagen, der ihm durch die bunte Kirchenverglasung ins Auge flitzte und jenen Teil seines Hirnes stimulierte, der für Bibeltexte zuständig war. Da gab es eine Stelle, wo von Würfelspielern auf der Treppe vor einem Gotteshaus die Rede ist.

Um für sein eigenes Seelenheil Kraft und Erleuchtung zu finden, betrachtete er die geschändete Gestalt am Kreuz. Der schlaffe Leib zeigte keine Anstalten von Qualen mehr, auf dem Gesicht lag ein zufriedenes Lächeln. Für ihn ein göttliches Zeichen. Und mit der Anschaffung einer neuen Orgel würde auch *sein* Leib – oder besser gesagt sein Ohr – keinerlei Qualen mehr erleiden müssen.

***

»Ich hätte nicht auf Sie hören sollen«, sagte Frau Dolling. Aus ihrem Tonfall konnte man kein Wohlwollen heraushören. »Frühstück ist fertig, beeilen Sie sich, sonst wird alles kalt.« Sie knallte die Zimmertür dermaßen zu, dass das elektrisch beleuchtete Bild der Niagarafälle fast von der Wand gefallen wäre.

Kein Frühstück ans Bett?

Bakker fragte sich, womit er seine Vermieterin verärgert haben könnte. Er sprang hastig aus dem Bett, wusch sich und zog sich an. Keine fünf Minuten später saß er im Frühstückszimmer. Sie hatte einen der drei Tische für ihn eingedeckt. »Sind Sie böse auf mich?«, fragte er.

Sie schenkte seine Kaffeetasse voll und setzte sich zu ihm an den Tisch. »Ich wäre gern dabei gewesen, als Sie alle verhaftet haben.«

»Dann säßen Sie jetzt im Gefängnis«, übertrieb er.

»Pah, Helena haben Sie schon in der Nacht laufen lassen.«

»Woher wissen Sie das?«

»Eine Freundin von mir wohnt gegenüber der Kirche. Sie sah, wie Pfarrer Kool mit Helena hineinging.« Frau Dolling nahm den schiefen Turm von Pisa, der als Salzspender zwischen Brötchen und Butter stand, und rieb mit dem Finger an einem Fleck. »Es wird erzählt, sie hätte einiges zu beichten gehabt.«

»Pfarrer Kool bricht das Beichtgeheimnis?«

»Gott bewahre, nein. Das muss er gar nicht. Im ganzen Dorf erzählt man sich, was im ›Piratennest‹ vorgefallen ist.« Sie leckte ihren Finger an und rieb noch einmal über den Fleck, ehe sie den Turm auf den Tisch zurückstellte.

»Wie gelangt man in die Pokerrunde?«, fragte er und konnte ihre Hand festhalten, ehe sie sich mit den Worten »Ich hole noch Kaffee« davonmachen konnte.

»Woher soll ich das wissen?«

»Sie wollten doch ursprünglich mitspielen«, erinnerte er sie.

»Das haben Sie falsch verstanden. Helena wollte spielen, ich wollte nur zusehen.«

Er wusste, dass sie flunkerte, und ließ es durchgehen. »Und wie kam Helena ins Casino?« Bakker ließ ihre Hand nicht los.

Mit einem Seufzer rückte Frau Dolling mit ihrem Stuhl näher an den Tisch heran. »Das bleibt aber unter uns.«

Bakker schaute sich verstohlen im Zimmer um, konnte aber – von der vierzig Zentimeter großen Flamencotänzerin und der tönernen Meerjungfrau aus Kopenhagen einmal abgesehen – keine menschlichen Gestalten entdecken, die ihre Heimlichtuerei rechtfertigen würden. »Ich verspreche es«, flüsterte er ihr zuliebe.

»Helena hat einen Gast, dem ist die Geldbörse gestohlen worden …«, erzählte sie. So erfuhr er, wie man Zugang zur Pokerrunde bekam.

»Alles gut und schön. Aber der Eisernen Lady haben sie ja wohl kaum das Portemonnaie gestohlen.«

»Ihr nicht«, sagte Frau Dolling und tippte sich mit dem Zeigefinger an den Nasenflügel. »Aber mit dem, was Helena durch ihre Verhaftung und von ihrem Gast erfahren hatte, drohte sie Schröder, ihn auffliegen zu lassen, wenn er sie nicht mitmachen lässt. Sie sehen, Herr Bakker, alles ganz einfach.«

Durch ein deftiges Frühstück gestärkt, entschied Bakker wider besseres Wissen, die Aushebung der Spielhölle nicht öffentlich zu machen. Auf der Insel würde er die Verbreitung der Geschichte zwar nicht verhindern können, dafür war es zu spät. Genau wie Frau Dolling waren die übrigen Insulaner sicher längst im Bilde. Aber bis zum Festland würde es nicht durchdringen, wenn er es richtig anstellte. Er würde sich ja lächerlich machen, wenn er die Verhaftung einer fünfundsiebzigjährigen, in der Gemeinde hoch geachteten Dame bekannt gab. Man stelle sich mal das Zeitungsfoto vor! Die Vorlage dazu könnte er aus jeder x-beliebigen Frauenzeitschrift herausschneiden.

Mit der Festnahme einiger der zur Erholung auf der Insel weilenden Gäste konnte er auch nicht punkten. Schlecht fürs Touristikgewerbe. Er würde die Meldung an seinen Vorgesetzten also noch ein wenig zurückhalten, bis sich die Wogen geglättet hätten, und hoffte, dass Dahl danach klug genug sein würde, das Nachspiel, das alle Beteiligten zu erwarten hatten, in aller Stille abzuwickeln.

Eins hatte er aber noch in petto. Er konnte die Plünderung der »Cimbria« verhindern. Das wäre ein echter Knüller und eine sensationelle Erfolgsmeldung nach nicht mal einer Woche Dienst auf Ameroog.

Gut gelaunt machte er sich auf den Weg in sein Büro. Wenn er nur wüsste, wohin Schröder sich verdrückt hatte. Bei der Aushebung des Casinos war er nirgends zu finden gewesen. Aber der lief ihm nicht weg. Ein Ass hatte Bakker nach wie vor im Ärmel: Er wusste, wie man in die unterirdischen Gänge gelangte. Außerdem hatte Schröder keine Ahnung, wie gut er inzwischen informiert und dass er ihm auch in Sachen Schiffswrack auf der Spur war.

Mit einem Mal spürte er eine gewisse Ablehnung gegen Klara. Einem Karriereweib, das die »Cimbria«-Sache im Alleingang erledigen wollte, ohne ihn mit ins Boot zu holen, war er ebenfalls keine

Erklärung schuldig. Auch für sie würde sein Zugriff überraschend kommen.

Im Revier angekommen, schloss er sich in seinem Büro ein und recherchierte im Internet, welche Waren die »Cimbria« zum Zeitpunkt ihres Unterganges vor über hundert Jahren an Bord gehabt hatte. Laut Wikipedia waren das nur die damals üblichen Handelswaren, unter anderem Porzellanfiguren, Champagner und Tafelgeschirr. Aber es kursierten auch Gerüchte im Internet, denen zufolge Gold und Edelsteine im Wrack der »Cimbria« zu finden waren. Davon hatte er noch nichts gesehen. Bakker musste ein weiteres Mal in Schröders Kellergewölbe eindringen und selbst danach suchen.

Im Geiste sah Bakker sich schon dem Wirt Handschellen anlegen. Doch zuerst musste er alles genau planen. Grob gesagt wollte er mit dem ganzen Team einfallen, alle festnehmen und die Antiquitäten sicherstellen. Vielleicht sollte er einen Fachmann rüberkommen lassen, nicht dass es sich dabei nur um Tand für Touristen handelte, made in China. Bei Schröder musste er mit allem rechnen.

Zaghaft klopfte jemand an seine Bürotür.

Storch trat ein, gefolgt von Heijen. »Da hockt einer in der Zelle«, erklärte er, als wäre so etwas in einem Polizeirevier untragbar.

Mist, dachte der Kommissar und zählte im Stillen die von ihm entlassenen Spieler nach. Er hatte einen in der Zelle vergessen. »Schmeißen Sie ihn raus.«

»Kein Verhör, kein Protokoll?«

»Nichts. Raus mit ihm.«

Bengelchen warf Engelchen über seine Schulter hinweg einen vielsagenden Blick zu, ehe er Bakker mit einem Ausdruck von Hochachtung ansah.

»Bevor Sie ihn entlassen, bringen Sie mir einen Kaffee«, befahl der. »Aber einen starken.«

Engelchen und Bengelchen erfüllten flott Bakkers Anweisungen, und als der Vergessene zur Tür hinaus war, knufften sie sich gegenseitig an.

»Der Kommissar gewöhnt sich langsam an uns«, meinte Heijen.

»Du hast recht. Hier auf Ameroog sollte man unbedingt fünfe grade sein lassen.«

»Ist das eine deutsche Matheaufgabe?«

»Vergiss es.«

Heijen bückte sich unter den Tresen, holte das blaue und das rote Diensttagebuch hervor und blätterte sie durch. »Wow, kein Eintrag vom Kriminalhauptkommissar.«

»Wir sehen friedlichen Zeiten entgegen«, meinte Storch grinsend.

»Was trag ich denn jetzt ins Wachbuch ein? Razzia im ›Piratennest‹?«

Storch schüttelte den Kopf. »Ne. Keine besonderen Vorkommnisse. Alles normal.«

»Rot oder blau?«

»War es vor oder nach Mitternacht?«

»Und wenn wir es ganz weglassen?«

»Du meinst, das merkt keiner?«

Heijen hob mit engelsgleichem Blick die Schultern, und beide lachten.

***

Karl hockte auf seinem Sofa, seinem gelegentlichen Saufkumpan gegenüber. Es war ihm gar nicht recht, dass Otto ihn zu Hause aufsuchte. Genau genommen war ihm in seinen eigenen vier Wänden überhaupt kein Gast recht. Niemand hatte es in den vergangenen Jahren geschafft, auch nur einen Schritt über seine Türschwelle zu machen, und Karl war auch immer noch nicht klar, wie sein alter Klassenkamerad es geschafft hatte, bis in sein Wohnzimmer vorzudringen, gemütlich auf seinem Sofa Platz zu nehmen und ihn zu einer Sache zu verleiten, die er von Grund auf ablehnte: Bankgeschäfte von zu Hause aus zu erledigen. Aber vielleicht war das ja die Antwort auf die Frage, was den gutmütigen Otto dazu befähigt, den schwierigen Beruf des Gerichtsvollziehers auszuführen.

Jetzt saß Otto ihm jedenfalls mit zufriedenem Gesichtsausdruck gegenüber und wollte mit ihm darüber sprechen, wie sie im Fall Dukegatt weiter verfahren würden. Er zupfte einige Papiere, die auf dem Wohnzimmertischchen lagen, auseinander, als etwas um seine Waden strich. Für Tierfreund Otto ein altbekanntes Gefühl. Er brauchte nicht nach unten zu schauen, um zu wissen, dass es sich um eine Hauskatze handelte, die da seine Beine umkreiste. Mit ihrer erhobenen Schwanzspitze kitzelte sie seine Hand, ehe sie sich abwandte, um ihrem Herrn auf den Schoß zu springen.

Gedankenverloren kraulten Karls Finger Hals und Kopf des Tieres. Die dicke grauschwarze Katze schnurrte genüsslich.

»Ist das nicht Rosies Baby?« Otto starrte der Katze ins Gesicht. Die blinzelte ihn an, so als wollte sie ihn verspotten, und rollte sich auf Karls Schoß zusammen.

Dem wurde ganz flau im Magen, er schluckte schwer, ehe er nickte. »Um unserer alten Freundschaft willen hoffe ich, du kannst schweigen und verrätst mich nicht?«

»Was soll ich nicht verraten? Dass das verschwundene Kätzchen bei dir lebt und sich pudelwohl fühlt oder dass die Legende vom Katzenkiller Karl erstunken und erlogen ist?«

»Beides.«

»Klar, Mann, Ehrensache. Jeder muss auf seinen Ruf achten. Was ist eigentlich aus Kasimir geworden?« Otto hatte ihren rosa angesprühten Freund seit ihrer erfolgreichen Gefangenenbefreiung und dem anschließenden Kirchenbesuch nicht mehr gesehen und sich Sorgen um ihn gemacht.

»Ich habe ihn vorsichtig von seiner Farbe befreit und wieder zu seinem Besitzer zurückgebracht. Es geht ihm gut.«

Otto nickte zufrieden. Dann ging ein Strahlen über sein Gesicht, als hätte er eben die Glühbirne erfunden. »Ich könnte jetzt eine Tasse Tee vertragen«, erklärte er, erfüllt von dem Wissen, Karl gegenüber etwas in der Hand zu haben.

»Mit einem ordentlichen Schuss Rum?«

»Was sonst!«

***

Pieter Dukegatt hätte jetzt einen anständigen Grog mit besonders viel Rum zur Beruhigung seiner Nerven gebrauchen können. Die Bimmel an seiner Ladentür klimperte. »Wenn es ein Tourist ist, kann er gleich wieder verschwinden«, rief er aus den Tiefen des Souvenirladens nach vorn.

»Guten Tag, Dukegatt«, brummte Knut Schröder und machte ein Gesicht, als wünschte er ihm alles andere als einen guten Tag. »Ich wundere mich immer wieder, wie du bei deiner Freundlichkeit noch Kunden in deinen Laden bekommst.«

»Ach, du bist es, alter Halsabschneider. Was kann ich für dich tun?« Dukegatt beäugte ihn misstrauisch.

»Ich frage mich«, Schröder tat mitfühlend, »warum du im ›Piratennest‹ so schnell wieder gekündigt hast, wo dir doch der Gerichtsvollzieher im Nacken sitzt?«

»Die Gäste mögen meine Cocktails nicht.«

»Als wenn dich das kümmern würde.«

»Sie beschweren sich über mich.«

»Wundervoll!«

»Jede Nacht in der Kneipe zu verbringen, ist nicht gut für die Gesundheit.«

Darauf gab es keine Antwort, nur ein süffisantes Grinsen.

»Dazu noch der viele Alkohol, der bekommt mir gar nicht.«

»Ich breche gleich in Tränen aus. Ich denke eher, du brauchst mein Geld nicht mehr.«

Unter Schröders lauerndem Blick griff Dukegatt nach einem Piratendolch aus Taiwankunststoff, der neben anderen Weichplastikwaffen in einem knittrigen Karton auf dem Tresen lag. Touristisch gesehen ein Schmuckstück.

Den Wirt beeindruckte die indirekte Drohgebärde kein bisschen. »Du hast es dir anderweitig beschafft.« Seine Stimme klang gefährlich.

Dukegatt machte einen Rückzieher und legte den Dolch zurück. »Ich bin krank«, sagte er.

»Wahrscheinlich ›Cimbria‹-Pocken«, meinte Schröder. Sein scheinheiliges Lächeln beunruhigte Dukegatt.

»Ach ja?«

»Ja! Sicher springst du neuerdings auch nicht mehr ins Hafenbecken. Da könnte der eine oder andere schon glauben, dass du gesundheitlich nicht ganz auf der Höhe bist.« Lauernd betrachtete er Dukegatt.

Der schniefte wie aufs Stichwort und hustete gekünstelt. »Viel zu erkältet«, bestätigte er, um gleich darauf »Was soll das?« zu krächzen. Trotz seiner leicht untersetzten Figur und seiner fünfzig Jahre konnte Knut Schröder nämlich flink sein. Er hatte Dukegatt mit beiden Händen am Pullover gepackt und zog ihn nun über den Verkaufstresen zu sich heran. Die taiwanesischen Geheimwaffen purzelten zu Boden. Die Nasen der beiden Kontrahenten kamen sich gefährlich nahe.

»Verarsch mich nicht«, zischte Schröder und ließ genauso plötzlich von ihm ab, wie er ihn sich gepackt hatte. Dukegatt polterte mit dem Rücken gegen ein wenig vertrauenerweckendes Regal, das leicht ins Schwanken geriet. Er hatte Mühe, die Ware – Dinge, die die Welt nicht braucht – wieder ins Gleichgewicht zu bringen.

»Ich bin wirklich krank«, beharrte Dukegatt, doch er hätte wissen müssen, dass er Schröder nicht täuschen konnte.

»Pah! Weder Körper noch Geist. Anderen kannst du vormachen, du wärst verrückt, mich täuschst du nicht. Dass du nicht mehr ins Hafenbecken springst, kann nur eines bedeuten: Du hast gefunden, wonach du gesucht hast.«

Dukegatt blieb nur noch, ein unschuldiges Gesicht aufzusetzen. Er war schauspielerisch etwas besser drauf als sein Gegenüber, doch es reichte nicht.

»Lass das blöde Grimassenschneiden, Pieter. Ich will bloß eins wissen: Hast du die antiken Nippesfiguren bei deinen Tauch- und Schwimmversuchen im Hafen von meinem Schiff geklaut oder erst später im Keller des ›Piratennest‹?«

»Keller?« Dukegatt glotzte, und Schröder nickte.

»Brauchst nicht zu antworten. Ich sehe es dir an. Vom Keller weißt du nichts.«

Ehe Dukegatt seine Unschuld beteuern konnte, klimperte das Windspiel an der Ladentür.

»Ah, guten Tag, Herr Kommissar!« Er eilte nach vorn.

Wer hätte je gedacht, dass Pieter Dukegatt einmal froh sein würde, einen motivierten und unbestechlichen Polizisten in seiner Nähe zu haben?

»Womit kann ich dienen?«

Bakker dachte, dass er das gar nicht genau wusste. Er hatte aus einem spontanen Impuls heraus den Laden betreten.

»Ich brauche ein Geschenk«, flunkerte er. »Ich schau mich ein wenig um, wenn ich darf.«

»Sie doch immer, Herr Kommissar. Schauen Sie nur, Herr Kommissar.«

Bakker tat, als bemerkte er nicht, dass Dukegatt seinen polizeilichen Titel auf diese Weise laut und deutlich dem hinteren Teil seines Ladens mitteilte, und sah sich um.

»Wenn Sie alles gesehen haben, Herr Kommissar, kommen Sie doch ins Lager, da habe ich ganz frische Ware, eben erst reingekommen.«

Bakker erkannte den lockenden Tonfall und schlussfolgerte richtig, dass dort hinten im Lager jemand war, den der Geschäftsinhaber mit seiner Hilfe loswerden wollte. Er tat ihm den Gefallen und trat durch den unter einem Hinweisschild »Privat« hängenden Perlenvorhang. Schon stand Bakker vor den ersten Lagerregalen. Interessiert, weil dies von ihm erwartet wurde, schaute er sich um. Hier und da griff er nach einem Artikel, den er wieder zurückstellte, bis er neben windschiefen Kaffeebechern in Leuchtturmform etwas Interessantes entdeckte. Dukegatts Trick, seine Geheimnisse vor aller Augen zu verstecken, war fehlgeschlagen.

»Na, was haben wir denn da! Das ist aber ein hübsches Stück«, teilte Bakker sich selbst und den anderen mit.

War das ein betroffenes Schweigen? Knisterte die Luft? Braute sich etwas zusammen? Bakker nickte zufrieden. Er hatte genau das Richtige gesagt.

»Ach, hallo, Herr Kommissar.« Knut Schröder, betont gelangweilt, trat hinter einem Pappkartonstapel hervor. Bakker hatte sich noch keinen Haftbefehl für ihn ausstellen lassen, weil sein Plan nicht ganz ausgereift war. Er konnte ihn somit nicht sofort verhaften, was Schröder vermutlich als Sieg über die Polizei betrachtete, so zufrieden, wie er grinste. Dennoch meinte Bakker, ein kurzes Zucken in Schröders Augenwinkel wahrzunehmen, ehe dieser sich wieder unter Kontrolle hatte.

Demonstrativ uninteressiert nahm ihm der Wirt vorsichtig die zierliche, handgroße Porzellanfigur ab, nach der er gegriffen hatte. »So ein alter Kram passt doch überhaupt nicht zu so einem modernen Menschen, wie Sie einer sind, Herr Kommissar. Darf ich?« An Dukegatt gewandt, mit einer Prise Drohung in der Stimme, als wäre ihm die Anwesenheit der Polizei schnurzpiepegal, ergänzte er: »Antiquitäten haben zwischen Souvenirschrott nichts zu suchen.« Er machte nicht einmal mehr den Versuch, seinen triumphierenden Gesichtsausdruck zu verbergen.

»Antiquitäten?«, fragte Dukegatt. Schauspielerisch gekonnt drückte er mit diesem einen Wort vieles aus: Ekel, als hätte so etwas nichts in seinem Laden zu suchen, Überraschung, als hätte er das Stück noch nie gesehen, und Unschuld, um den Kommissar nicht noch misstrauischer zu machen. Mit spitzen Fingern schnappte er sich die Figur. »Das ist billiger Tand – Eineurokram. Krieg ich kartonweise aus Taiwan.«

Kartonweise schon, aber nicht aus Taiwan, dachte Schröder grollend.

Johann Bakker hatte in seinem Leben schon haufenweise Unschuldsmienen zu Gesicht bekommen, doch die von Pieter Dukegatt war oscarreif. Was ihn nicht im Mindesten beeindruckte. Mit ebenso spitzen Fingern wie eben Dukegatt nahm er das Figürchen wieder an sich und betrachtete es von allen Seiten. Schröder und Dukegatt beteten jetzt vermutlich im Stillen, dass die Figur keine Seepocke auf dem Po hatte.

Hätten sie gewusst, dass der Kommissar sie längst durchschaut hatte, sie hätten ihr Theater eingestellt.

»Das ist nichts für Sie.« Dukegatt griff danach, doch Bakker wandte sich ab. »Ein Mann Ihres Formates stellt sich doch keinen Touristenschrott in die Vitrine«, sagte Dukegatt schmeichelnd. »Das Zeug kommt aus China.«

Stimmt, da sagst du ausnahmsweise mal die Wahrheit, dachten jetzt Wirt und Kommissar gleichzeitig. Aber nicht erst gestern oder vergangenen Monat, sondern schon vor über hundert Jahren.

Schröder drängte sich an Dukegatt vorbei und versuchte ebenfalls, dem Kommissar die Figur wieder aus den Händen zu nehmen.

»Lassen Sie das.«

Resigniert zuckte Schröder mit den Schultern und gab auf. »Ich muss gehen«, sagte er und verabschiedete sich von Bakker. Dukegatt bekam einen warnenden Blick, gepaart mit der Drohung: »Wir sehen uns später.«

Bakker ließ sich seinen Sieg nicht anmerken. »Auch wenn Sie meinen, sie würde nicht zu mir passen, nehme ich sie doch«, konnte er sich nicht verkneifen zu sagen und stellte das wertvolle Figürchen vorn im Laden auf den Tresen. Das tut weh, dachte er und frohlockte innerlich. Er hatte sich nicht umsonst im Internet schlaugemacht. Allein diese kleine Puppe war gut und gerne ihre achttausend Euro wert.

»Entschuldigung, Herr Kommissar, aber die habe ich bereits einer anderen Kundin versprochen.«

Bakker schaute Dukegatt ernst in die Augen. Schweigend starrten sie sich an, bis Dukegatt aufgab.

»Okay, Herr Kommissar, weil Sie es sind.«

»Was bin ich Ihnen schuldig?« Er zückte sein Portemonnaie.

»Fünf Euro.«

»Ich denke, es ist Eineurokram aus Taiwan.«

»Na gut, zwei fünfzig.« Widerwillig wickelte Dukegatt die Kostbarkeit in Zeitungspapier ein. »Damit auch nichts kaputtgeht«, meinte er, und sein Herz blutete.

»Sie ist bei mir in guten Händen«, versicherte der Kommissar und legte einen Euro auf den Tresen.

Als Bakker auf die Straße hinaustrat, schaute Dukegatt ihm nachdenklich hinterher und rechnete sich aus, dass die ihm verbliebenen neun Figürchen sowie die Goldmünzen für eine finanziell gesicherte Zukunft reichen würden. Dieser Gedanke verscheuchte seine schlechte Stimmung darüber, den Kommissar nicht nur mit einer wertvollen Figur ziehen lassen zu müssen, sondern auch noch beim Feilschen versagt zu haben. Noch vor wenigen Monaten hatte er nicht gewusst, wie er die kommende Pleite abwenden sollte, doch nun konnte er dem Besuch des Gerichtsvollziehers gelassen entgegensehen.

Eine fröhliche Melodie pfeifend, sammelte er seine Figürchen ein. Seine Annahme, im Lager, wo außer ihm normalerweise keiner hinkam, seien sie zwischen dem ganzen Gerümpel sicher aufgehoben, war falsch gewesen. Er musste ein besseres Versteck finden.

***

Ein Rätsel nach dem anderen löste sich in Wohlgefallen auf. Bakker kannte nun den Grund, weswegen Dukegatt tagtäglich ins Hafenbecken sprang. Er verspürte das Bedürfnis, sich frischen Wind um die Nase wehen zu lassen, und umwanderte beschwingten Schrittes das Hafenbecken. Ein Dieb, der einen anderen Dieb bestahl, das war doch was Erheiterndes. Das Beweismaterial hatte er für einen Euro erworben, was vermutlich ein Fehler gewesen war. Ehe er einen Durchsuchungsbeschluss für Dukegatts Laden bekam, war garantiert jeder weitere Beweis für den Besitz fremden Eigentums von dort verschwunden. Der Gedanke trübte seine gute Stimmung ein wenig. Nicht mehr ganz so beschwingten Schrittes erreichte er den rot-weiß gestreiften Leuchtturm an der Hafenausfahrt und schaute über das Wasser. Sein Blick folgte einer Silbermöwe. Es kam ihm vor, als würde sie mit ihrem Geschrei die einlaufende Fähre verspotten.

Er hob den Kopf in den Nacken und blickte am Leuchtturm empor. Er sollte sich die Insel einmal von oben anschauen. Außer dem Ortskern und einem Teil des Deiches hatte er noch nichts gesehen. Nicht einmal einen ausgiebigen Strandspaziergang hatte er gemacht, nur am ersten Tag einen Blick aus dem Streifenwagenfenster hinaus auf die Promenade im Norden und die verwaisten Badestrände geworfen.

Die Leuchtturmtür war unverschlossen, der Wärter hockte an einem winzigen Schalter und löste Kreuzworträtsel. Im Sommer verkauft er Eintrittskarten. Er nickte Bakker grüßend zu und winkte in Richtung der Treppe. Bakker machte das internationale Zeichen für Bezahlen, aber der Mann schüttelte den Kopf und widmete sich wieder seinem Rätsel. Viele Amerooger kommen mit zehn Worten am Tag aus. Erstaunlich, aber wahr.

Oben angekommen, umrundete Johann Bakker den Turm auf der Aussichtsplattform und stellte fest, dass zwischen Dünentälern vereinzelt sogar kleine Wälder zu sehen waren. Sein Blick streifte kurz das Festland, und er merkte nicht einmal, dass er keine Sehnsucht danach verspürte. Er grinste über den schwachen gelben Strich, der die Plattform in zwei Hälften teilte. Er betrachtete die Fähre, die nur wenige Leute an Land gesetzt hatte und bereits wieder den Hafen verließ. Ihr Ausfahrtsignal ließ ihn zum ersten Mal nicht zusammenzucken.

Als die Wellen im Hafenbecken verschwunden waren, versuchte er, unter der nun ruhigen Wasseroberfläche einen dunklen Fleck auszumachen, der ihm den Weg in die unterirdischen Tunnel unter dem »Piratennest« verriet, musste aber aufgeben. Von hier oben konnte er nichts entdecken.

Weil es nichts zu entdecken *gab*.

Bakker schlug sich mit der flachen Hand gegen die Stirn. Dukegatt war derjenige, der Schröder den Peilsender untergejubelt hatte, um die Koordinaten des Wracks zu bekommen. Der Einzelhändler hatte nicht nach irgendeinem Tunneleingang gesucht, sondern die Porzellanpüppchen selbst gehoben.

Er überlegte, wie er die Angelegenheit in seinem Bericht über Pieter Dukegatt am besten formulieren könnte. »Der Mann mimt den Idioten, um vor den Augen der Polizei tagtäglich ins Hafenwasser springen und die Schätze der ›Cimbria‹ bergen zu können.« Musste er sich nur noch überlegen, wie er Dukegatt überführen sollte. Dafür blieb aber noch genug Zeit, erst musste er sich um Schröder kümmern.

Es wurde Zeit, ihn dingfest zu machen.

»Storch«, wies er seinen Untergebenen nach seiner Rückkehr in die Dienststelle im Vorbeigehen an, »in fünf Minuten will ich alle in meinem Büro sehen.«

Kurz darauf stand die Amerooger Polizeiriege stramm in einer Reihe vor Bakkers Schreibtisch und befürchtete, dass der für sie so friedlich angefangene Arbeitstag miserabel enden würde.

Bakker erklärte die Sachlage. Keinem seiner Mitarbeiter konnte er ansehen, ob ihnen der eine oder andere Aspekt bekannt vorkam, sie überrascht oder gar besorgt waren.

»Storch, ich brauche die Baupläne des ›Piratennest‹.«

»Wofür?«

»Damit alle einen Überblick haben und ich euch die ungefähre Position des Schatzlagers zeigen kann.«

»Das wird schwierig.«

»Das will ich nicht hören«, fuhr Bakker ihn an.

»So was dauert.«

»Erzählen Sie mir nichts, das Bauamt ist keine zweihundert Meter von hier entfernt.«

»Ich sage nur eins: Behördenkram. Ich weiß, wovon ich spreche.«

»Dann gehen Sie eben den kleinen Dienstweg, Sie wissen schon.«

Storch wusste nicht, man konnte es ihm ansehen.

»Los jetzt.«

Storch rührte sich nicht. »Ähm«, machte er. »Die haben bestimmt keine Unterlagen auf der Insel.«

»Wer dann?«

»Die Kreisverwaltung in Groningen oder in Emden. Kommt drauf an, wo das Grundstück liegt, Sie wissen schon.« Er deutete zum Hauptbüro und meinte die verblassende Grenzlinie.

»Deutschland oder Niederlande«, half Engelchen nach.

»Und wozu gehört das ›Piratennest‹?«

»Zu beidem.«

»Erzählen Sie mir nix, das ist einwandfrei deutsches Gebiet.«

»Oberirdisch ja, aber …«

Bakker verlor ein wenig die Contenance. »Ist mir scheißegal«, rief er verärgert. »Sehen Sie zu, dass Sie die Unterlagen bekommen.«

»Ich geh ins Museum«, murmelte Bengelchen. »Wenn es überhaupt Pläne geben sollte, dann liegen die in deren Schubladen.«

»Dijkstra, wieso sind Sie so grün um die Nase?«

Der junge, recht leichtgläubige Polizist hatte Magenschmerzen. Die Pleite mit den beiden vermeintlichen Mördern hatte er mittlerweile weggesteckt, selbst das höhnische Lachen seiner einheimischen Kollegen, als sie ihn über Katzen-Karl aufgeklärt hatten, wurde in seinem Kopf immer leiser. Nach den Erläuterungen seines Vorgesetzten stand er jedoch erneut vor einer unangenehmen

Situation. Wie konnte Bakker nur so gemein sein und eine Razzia planen, bei der ausnahmslos alle im »Piratennest« verhaftet werden sollten? Mit keinem Wort hatte er verlauten lassen, dass zumindest eine Person nur zum Schein festgenommen werden sollte, weil sie ehrbar und ihre Motive rechtens waren.

Er beantwortete sich seine Frage selbst: Klara war nicht das, was sie vorgegeben hatte zu sein, und er war auf sie reingefallen. Er hätte seinen Vorgesetzten einweihen sollen. Was hatte er sich nur dabei gedacht? Aber Klaras Geschichten waren so einleuchtend und verlockend gewesen. Jetzt verstand er auch, weshalb er ihr hatte schwören müssen, dem Kommissar nichts von ihrer Zusammenarbeit zu erzählen. Ihr Gerede von wegen »Wir beide dienen dem Staat und der Gerechtigkeit«? Alles gelogen.

»Dijkstra, sind Sie krank?«, wurde er erneut gefragt.

Es war Zeit für ihn, zuzugeben, dass er polizeiliche Interna an Klara weitergegeben hatte. Er erstattete seinem Chef Bericht. »Es tut mir alles sehr leid«, schloss er. »Klara hat mich als Spitzel missbraucht. Sie hat gesagt, sie würde für Interpol arbeiten. Ich habe mich vollkommen in ihr geirrt.«

Doch nicht nur Dijkstra hatte sich geirrt. Bakker überlief es heiß und kalt. Kein verdeckt arbeitender Staatsbeamter – egal, ob Bundeskriminalamt, Steuerfahndung, Drogendezernat, Amt für Denkmalschutz oder sonst jemand – würde einen einfachen, unterbelichteten Polizisten einweihen und mit ihm zusammenarbeiten, ohne dass dessen Vorgesetzter Bescheid wusste. Er dankte dem Schicksal dafür, dass er sich ihr noch nicht offenbart hatte. Welch eine Blamage wäre das gewesen! Wenn Klara allerdings nicht undercover auf der Insel war, blieb nur eine Schlussfolgerung: Sie steckte mit Schröder unter einer Decke – oder schlimmer noch, sie wusste schon lange von der »Cimbria« und arbeitete auf eigene Faust.

»Männer«, sagte er resolut, »das Rattenloch werden wir ausheben. Ich erkläre euch, wie.«

»Aber nicht in Uniform«, protestierte Heijen, nachdem Bakker seinen Plan dargelegt hatte.

»Unmöglich«, bestätigte ein anderer.

»Das geht gar nicht«, stimmten die übrigen Kollegen zu. »Wenn wir in Uniform anrücken, wird der Admiral alle gewarnt haben, ehe wir auch nur einen Fuß ins Haus gesetzt haben. Dann können wir die Blitzrazzia vergessen.«

»Oh nein«, erklärte der Kommissar. »Ich werde mich nicht verkleiden.«

»Wäre aber besser.«

»Die kennen unsere Gesichter doch sowieso.«

»Stimmt, aber wenn wir in Kostümen ...«

»... glaubt der Admiral an einen Betriebsausflug? Ha, dass ich nicht lache.«

»Ähm, Chef ...« Engelchen hob den Zeigefinger, und Bakker konnte an den Gesichtern seiner Untergebenen erkennen, dass so ein Betriebsausflug nicht der erste wäre.

»Wir haben nicht genügend Kostüme«, gab Bakker zu bedenken.

Seine Mitarbeiter eilten an ihre Schreibtische, zogen ihre Schubladen auf und förderten haufenweise antike Klamotten zutage.

Schön, dachte Bakker und holte sich den muffigen Gehrock aus dem Aufenthaltsraum.

»Alle fertig?«, kommandierte er wenige Minuten später und betrachtete verdrossen die Aufstellung. Gelangte ein Foto von seiner derzeitigen Einsatztruppe in die Zeitung, konnte er Schnee schippen in Sibirien, da war er sicher.

»Ihre Kopfbedeckung, Chef.« Engelchen reichte ihm eine gepuderte Perücke.

»Nur über meine Leiche.«

»Wartet auf mich.« Storch war rechtzeitig, aber leider ohne Baupläne aus dem Museum zurückgekehrt und hatte sich eilig umgezogen. Über seinem geschorenen Schädel trug er falsches Haar, ein Auge war mit einer Stoffklappe verdeckt. Diensteifrig schritt er voran und war der Erste, der das »Piratennest« betrat.

»Hallo, Hauptwachtmeister Storch. Schickes Kostüm, hättest zwei Augenklappen nehmen sollen.«

Storch kniff der hübschen Piratenbraut an der Kasse zärtlich in die Wange. »Dann könnte ich ja gar nichts von deinem schönen Busen sehen.«

»He, weiter da vorn«, rief jemand vom Ende der Schlange. »Du hältst den ganzen Laden auf.«

Die Inselpolizisten konnten es kaum erwarten, mit der Razzia zu beginnen. Jetzt mussten sie sich nur noch im ganzen Haus verteilen und zuschlagen, während ein kleines Grüppchen um Kommissar Bakker in die unterirdischen Gewölbe eindringen und die Schätze der »Cimbria« sicherstellen würde.

Doch nicht einmal auf den glimpflichen Ausgang einer popeligen Razzia kann man sich in diesem Teil der Nordsee verlassen. Noch ehe sie begann, wurde alles im Keim erstickt. Knut Schröder kam ihnen im Eilschritt und mit hocherfreutem Gesichtsausdruck entgegen.

»Wo ist sein appes Bein?«, fragte einer blöd.

»Da, wo Storchs zues Auge ist«, erwiderte ein anderer.

»Ein Glück, dass Sie so schnell gekommen sind.« Knut Schröder schüttelte jedem Polizisten überschwänglich die Hand.

»Deine Schuld«, beschied einer der Kollegen Storch leise. »Hättest nicht so lange mit dem Mädchen flirten sollen.«

»Kommen Sie, meine Herren, mir nach, vielleicht erwischen wir sie noch.« Seine Armbewegung schloss alle Polizisten ein.

»Hat er uns gerufen?«

»Nicht dass ich wüsste.«

»Der verarscht uns.«

»Du glaubst, der schauspielert?«

»Blödmann. Ich glaube nicht, ich weiß das.«

Doch er täuschte sich.

Es war keine fünf Minuten her, dass Knut Schröder die Schattenseite der kriminellen Auswirkungen dieser Welt am eigenen Leibe zu spüren bekommen hatte. Innerlich schwankend zwischen am Boden zerstört, vor Wut kochend und Angst vor dem Imageverlust in seiner Eigenschaft als Oberganove der Insel, war er in den Hauptschankraum gestürmt. Beim Anblick der eintreffenden Polizei hatte der Teil seines Gehirnes ausgesetzt, der für die allgemeine Bauernschläue zuständig war, und unter Vernebelung seiner Gedanken war er den staatlichen Freunden und Helfern entgegengestürmt, im irrigem Glauben, so Gerechtigkeit zu erlangen. *Seine* Gerechtigkeit, wohlgemerkt.

Ohne dass er in diesem Moment in der Lage gewesen wäre, die Konsequenzen abzuwägen, sprudelten die Worte nur so aus ihm heraus: »Herr Kommissar, man hat mich bestohlen«, erklärte er.

Der will uns nur aufhalten, um Zeit zu gewinnen, war das Erste, was Bakker dachte, und sein Puls beschleunigte sich. Das Ganze hier wuchs sich zu einer richtig großen Sache aus.

»Alle Mann ausschwärmen«, befahl er seinen Männern. »Das Haus durchsuchen.« Storch und Heijen hielt er zurück. »Ihr nicht. Nun erzählen Sie mal von Anfang an«, forderte er Schröder auf.

Dessen Verstand befand sich immer noch in unbekannten Gewässern, und so fand sein Zorn über den dreisten Diebstahl keine Grenzen. »Alles, was richtig wertvoll ist, ist weg. Und ich meine nicht nur ein paar popelige kleine Porzellanpüppchen«, schrie er entrüstet.

Der zufriedene Gesichtsausdruck des Kriminalhauptkommissars hätte ihn warnen sollen, doch jetzt war es ohnehin zu spät. »Dieses Miststück von Klara …«

»… hat den Schatz gestohlen, den Sie gestohlen haben?«, fragte Storch. Es sah aus, als erreichte sein zufriedenes Grinsen seine abstehenden Ohren.

»Storch, Sie nehmen Schröder mit aufs Revier und nehmen seine Aussage auf«, befahl Bakker.

»Hey«, rief Schröder und wehrte Storchs festen Griff am Arm ab. Endlich hatte er kapiert. »Ich werde nichts von alldem zu Protokoll geben.« Er hob drohend die Faust. »Im Gegenteil, ich werde behaupten, Sie hätten ohne Durchsuchungsbeschluss mein Etablissement stürmen wollen.«

Er drängte sich an Bakker vorbei, um hinter die Theke zu gelangen. »Den Schatz hat es nie gegeben. Es gibt keine schriftlichen Aufzeichnungen, keine Bergungslisten oder gar Fotografien. Oder haben Sie so etwas, Herr Kommissar?« Er öffnete eine Glasvitrine, holte einen Cognacschwenker heraus und schenkte ihn voll. Mit einem Zug leerte er das Glas. »Mein Geständnis von eben ist unter erheblichem Alkoholeinfluss entstanden.« Er schenkte nach und trank. »Ich wusste nicht mehr, was ich sage.«

Schröder griff erneut nach der Flasche und sah Bakker herausfordernd an. »Auch einen Schluck?«

»Storch, Heijen, ab ins geheime Lager. Alles, was nur im Entferntesten antik aussieht, wird beschlagnahmt.«

»Aber hier ist alles antik.«

»Haltet nach Dingen Ausschau, an denen Seepocken kleben.«

»Chef, der Geheimgang? Wo …«

Bakker erklärte, wo und wie. »Am Spiegel auf Bauchhöhe drei Steine nach links abzählen. Vier nach oben, zwei quer, dann drücken, und jetzt raus hier.«

»Respekt, Herr Hauptkommissar.«

»Kriminalhauptkommissar.«

»Und der wollen Sie sicher bleiben.«

»Wenn möglich.«

»Ich sage Ihnen, wie.«

***

Während Schröder Bakker über dessen Karrierechancen in Kenntnis setzte, befand sich Klara in einem Kleintransporter, angefüllt mit Kisten und Kartons voller antikem Tischgeschirr und silbernem Besteck, alten, mit Seepocken besetzten Champagnerflaschen und wertvollen Porzellanfigürchen, auf dem Weg nach Amsterdam. Unter den Augen des Amerooger Polizeidienststellenleiters – er stand oben auf der Leuchtturmplattform und beobachtete das Ablegen der Fähre – hatte sie die Insel verlassen.

Ihre Beute war groß, alles, was Schröder und seine Kumpane von der »Cimbria« illegal hatten bergen können. Nur eines fehlte: die Goldmünzen.

Je weiter sie sich von der Küste entfernt hatte, umso wehmütiger war sie geworden. Sie dachte an das, was sie zurückließ, und verspürte Trauer darüber, Ameroog nie wieder betreten zu können. Irgendwie passte sie dorthin, und wenn sie ganz ehrlich mit sich war, hatte sie den Job als Sängerin und Tänzerin gar nicht so schlecht gefunden.

Stunden später, beim Autobahnschild »Amsterdam 30 km«, war ihre Melancholie verschwunden. Für die kommende Zeit hatte sie finanziell ausgesorgt. Sie kannte genügend private Sammler, die ihr ein kleines Vermögen für den Inhalt dieses Kleintransporters hinblättern würden. Nur wer jetzt die Münzen zählte, würde sie wohl niemals erfahren.

***

Und wie ging es zur selben Zeit unserem niederländischen Inselpfarrer? Nicht so gut. Nachdem seine eifrigste Kirchenbesucherin in der Nacht ihre Beichte abgelegt und er die Konsequenzen daraus akzeptiert hatte, stand sie nun schon wieder vor ihm, um erneut Abbitte zu tun. Sie hatte sich am helllichten Tag in die Höhle des Löwen begeben, um im »Piratennest« bei Knut Schröder ihre Jetons einzulösen. Dieser habe sie jedoch nur ausgelacht und auf die polizeilichen Protokolle verwiesen, berichtete sie, in denen ihre Mitverhafteten an Eides statt angegeben hatten, es sei kein echtes Spiel um Geld gewesen. Er habe ihr geraten, dies in Zukunft ebenfalls zu behaupten. Es würde nicht nur ihm, sondern auch ihr helfen, sich einer Anklage wegen illegalen Glücksspiels zu entziehen.

Da saßen sie nun beide mit hängenden Köpfen. Kein Geld – keine neue Orgel. Gottes Wege sind unergründlich.

***

Frau Oldorp stieß einen kleinen Seufzer aus. Es war später Vormittag, und die Sonne hatte beschlossen, sich hinter einer dicken Wolke zu verkriechen. Das Meer zu ihrer Rechten wechselte nach dem Verschwinden des Lichts seine Farbe. Dunkelblau bis grau bauten sich durch die Macht des Windes unaufhaltsam hohe Wellen auf. Schon waren weiße Schaumkronen auf ihnen zu sehen, was wenigstens sechs Windstärken entsprach. Die Oldorp liebte das Meer, doch sie wusste auch, dass man ihm nicht trauen konnte. Besorgt warf sie einen Blick auf eine kleine Segeljacht, die es wagte, jetzt noch hinauszufahren.

Das Meer ist tückisch und unzuverlässig wie Knut Schröder. Doch wie heißt es so schön: »Des einen Leid ist des anderen Freud.«

Nach einem winzigen Moment des Zögerns machte sich Frau Oldorp auf den Weg und stand bald darauf vor Helenas Haus.

Wenn man ganz genau hinschaute, begann es schon leicht zu verfallen und brauchte an einigen Stellen dringend einen neuen Farbanstrich. Der Garten war gepflegt. Die Eiserne Lady schien kein überflüssiges Geld zu haben, oder sie steckte es in andere Dinge. Frau Oldorp öffnete die Pforte und eilte zur Haustür. Von ihrer eigenen Küche aus konnte sie direkt auf dieses Haus blicken, und doch war sie noch nie hier gewesen. Sie betätigte den Türklopfer und war überrascht, Helena selbst die Tür öffnen zu sehen. Insgeheim hatte sie einen Butler erwartet, was völliger Quatsch war. Von so einem Angestellten hätte nicht nur sie, sondern auch die ganze Insel gewusst. Es wäre ausgiebig in ihrem Freundeskreis durchdiskutiert worden.

Gastfreundschaft war Inseltradition, gegen die zu verstoßen Helena nur für Sekunden in den Sinn kam. Stumm bat sie ihren ungebetenen Gast herein.

Frau Oldorp betrat das Wohnzimmer und begutachtete mit offenem Mund die Einrichtung. Das Zimmer muss der Stolz der zwanziger Jahre gewesen sein, dachte sie. Es hatte jahrzehntelang jeder Art von Renovierung widerstanden. Mit einer huldvollen Handbewegung bot die Gastgeberin ihr einen güldenen Sessel an.

»Was verschafft mir die Ehre?«, wollte Helena wissen.

Frau Oldorp erzählte es ihr.

Helena machte ein Gesicht, als glaubte sie, Frau Oldorp habe bei dem aufziehenden Sturm etwas gegen den Kopf bekommen. Eine leichte Gehirnerschütterung. Nur so war ihr Gefasel zu erklären.

Die Oldorp griff in ihre Rocktasche und legte ein kleines glänzendes Etwas auf die filigrane Spitzentischdecke.

Bedeutungsvolles, ja, zukunftsweisendes Schweigen folgte.

Der Eisernen Lady wurde ganz heiß, ihre Wangen glühten, und steigender Blutdruck ließ ihre zugreifende Hand ein wenig zittern. Sie betrachtete die Münze genau, ehe sie sie ehrfurchtsvoll zurücklegte.

»Wenn ich Sie richtig verstanden habe, Frau Oldorp, ist das hier einer von zig Goldtalern aus dem ›Piratennest‹, die vor hundert Jahren verloren gegangen und jetzt bei Knut Schröder wieder aufgetaucht sind«, fasste sie knapp zusammen, als sie wieder in der Lage war zu sprechen.

»Ach, nein, so habe ich das nicht gesagt.« Frau Oldorp, Nachfahrin einer bösartigen Bande von Piraten, selbst nachtragend wie ein Elefant und mit einem ebensolchen Gedächtnis gesegnet, kicherte wie ein Teenager. »Dass sie verloren gegangen sind, meine ich. Sie sind versunken.« Ihre Worte klangen verworren, das wusste sie selbst. Helena vermutete sicher, dass sie schon am frühen Vormittag Tee mit »Geschmack« getrunken hatte, doch das winzige Goldstück auf ihrer Tischdecke verriet das Gegenteil.

»Versunken?«

»Damit meine ich nicht die Goldstücke – nicht allein jedenfalls. Es war schon ein wenig Schiff drumherum.«

Die Eiserne Lady schnüffelte. Da war kein Hauch von Alkohol. »Schiff drumherum? Im ›Piratennest‹?«

»Ich glaube, sie sind alle dort hinabgetaucht.«

»Wer, um Himmels willen?«

»Das ist Jahrzehnte her und würde Sie jetzt nur noch mehr verwirren.« Frau Oldorp verdrehte von Helena unbemerkt die Augen. »Ihre königliche Hoheit«, wie sie die Eiserne Lady im Stillen nannte, war wohl doch nicht so intelligent, wie sie immer tat. Also würde sie lieber darauf verzichten, ihr zu erklären, wer schon alles vor ihr versucht hatte, an diesen Schatz heranzukommen.

Da war erst einmal Schröder selbst, der seine engsten Mitarbeiter heimlich von seiner Jacht aus nach dem Wrack tauchen ließ, woraufhin er die Schätze in seinem Kellergewölbe versteckte. Dann der knurrige Einzelhändler, zugegeben, ein Cousin von ihr, aber nur zweiten Grades. Dukegatt hatte es geschafft, vor Schröder ein paar Goldstücke im Wrack zu finden. Der Blödmann hatte aber nur den verstreuten »Abfall«, das »Kleingeld«, entdeckt. Ein kleines Zubrot für den pleitegegangenen Dukegatt, mehr nicht. Der eigentliche Goldschatz war schon vor Jahrzehnten, lange vor Schröders Ära, geborgen und im »Piratennest« versteckt worden.

Fast hätte sie die Sängerin Klara übersehen, obwohl das bei so einer schönen Frau ja kaum möglich war. Konnte aber schon mal vorkommen, wenn man über keinen mit Testosteron durchfluteten Körper verfügte. Das entschuldigte jedenfalls einiges. Dass Klara in diesem Spielchen mitspielte, war ihr jedoch noch rechtzeitig genug klar geworden. Am Ende war es ein Leichtes gewesen, sie wegzulocken. Frau Oldorp hatte ihr nur eine Nachricht von dem dämlichen jungen Polizisten zukommen lassen müssen, dass man ihr auf die Spur gekommen war, um sie zur gegebenen Zeit komplett von der Insel zu vertreiben.

Dass Klara doch nicht so dämlich war und den Rest der Beute mitgenommen hatte, wusste Frau Oldorp noch nicht. Es wäre ihr aber auch egal gewesen, denn darauf hatte sie es nie abgesehen gehabt.

Für sie war es eine Kleinigkeit gewesen, den geheimen Ort zu finden. Es befanden sich alte Karten und Dokumente ihrer Vorfahren in ihrem Kleiderschrank unter den gebügelten Handtüchern, und sie schalt sich im Nachhinein eine Idiotin, sich erst durch die Vorkommnisse der letzten Tage ernsthaft damit befasst zu haben. So konnte sie den vergessenen Schatzraum tief unter den Dünen lokalisieren. Sie hatte die kleine Truhe mit den Münzen an sich genommen und war ungesehen entkommen.

Zu Hause jedoch hatte sie mit sich gehadert. Zuerst hatte sie die Goldmünzen für sich behalten wollen, doch was sollte sie damit anfangen? Ihr Leben, wie sie es die vergangenen siebzig Jahre gelebt hatte, würde sie jetzt nicht mehr ändern wollen. Sie hatte ja alles. Eine angenehme kleine Rente, Freundinnen, mit denen sie nach Herzenslust klatschen und über andere Leute herziehen konnte, ab und an eine hübsche Tasse Tee mit »Geschmack« sowie dieses oder jenes kleine Abenteuer. Wie die hübsche Schlägerei unter Damen neulich Abend. Und jetzt noch die innere Genugtuung, als Letzte ihrer Familie immer noch in der Lage zu sein, der alten Tradition zu folgen.

Das alles konnte sie der Eisernen Lady schlecht sagen, die Arme war so schon mit alldem überfordert, was sie ihr berichtete. Es brachte ihr altes Herz angenehm zum Hüpfen, mit anzusehen, wie es ihrer Erzfeindin zu schaffen machte, diesen ungeheuren Goldschatz ausgerechnet von ihr überlassen zu bekommen.

»Und Sie wollen wirklich alles mir geben?«

»Der Kirche – für eine neue Orgel.«

Helenas Misstrauen konnte man ihr ansehen. Frau Oldorp hatte Verständnis. Noch vor wenigen Tagen wäre es ihr selbst im Traum nicht eingefallen, der alten Schachtel ein kleines Vermögen zu übergeben. Doch inzwischen stand ihr Entschluss fest. Hauptsächlich wegen dieses Gottesdienstes, zu dem sie zugegebenermaßen gezwungen worden war. Die mahnenden Augen der Eisernen Lady, die vor dem Pfarrer einige einleitende Worte von der Kanzel herab gesprochen hatte, und ihr tadelnder Blick, der sogar dem Teufel einen Schrecken einjagen konnte, waren mit ausschlaggebend gewesen und hatten sie seither nicht losgelassen.

Außerdem war es doch eine wunderbare Sache, die berechtigte Hoffnung auf den Einzug ins Paradies mit Hilfe eines Ablasses untermauern und gewissermaßen garantieren zu können.

Nach der eingehenden Predigt – der Pfarrer wäre überrascht gewesen, hätte er geahnt, dass wenigstens eine Person seinen Worten gelauscht hatte – hatte sie es sicher gewusst: Sie, Frau Oldorp, würde dafür sorgen, dass ihre Inselkirche nicht nur eine kleine, nein, eine üppige Orgel erhalten würde. Mit einem winzigen Messingschildchen daran, so hoffte sie, das ihren Namen trug.

Zwölf

Engelchen und Bengelchen tauschten einen vielsagenden Blick, als Kommissar Bakker am kommenden Morgen kommentarlos an ihnen vorbeirauschte und in seinem Büro verschwand. Nachdem sie ihre Enttäuschung über die fehlgeschlagene Razzia und das Kleinbeigeben ihres Vorgesetzten verdaut hatten, waren die beiden Inselpolizisten sich einig, dass er auf dem besten Weg war, sich den Inselgepflogenheiten anzupassen. Bakker würde noch viel lernen müssen, doch bei diesem Mann bestand Hoffnung, da waren sich der Holländer und der Deutsche einig.

***

Bakker lief ruhelos in seinem Büro auf und ab. Er blieb vor dem Fenster stehen und starrte auf den Hafen. Die wenigen Schiffchen, die in dieser Jahreszeit noch am Kai vor sich hindümpelten, boten einen trostlosen Anblick. Ein grauer Tag, passend zu Bakkers Gemüt. Einen winzigen Augenblick lang schaute die Sonne hinter einer Wolke hervor, und Bakkers Mund verzog sich zu einem Lächeln. Könnte es sein, dass bei allen Fehlschlägen doch noch ein kleiner Erfolg zu verzeichnen war?

Sogleich wurde es draußen wieder finster wie seine Gedanken, trostlos und grau.

Er machte sich Vorwürfe, dass er auf die Worte seines Vorgesetzten, es befände sich ein Agent auf der Insel, vertraut hatte. Er schimpfte sich einen Idioten, geglaubt zu haben, dass dieser verdeckte Ermittler Klara sein könnte. Er haderte mit sich, weil er nicht genügend Menschenkenntnis zu besitzen schien, um diese Frau zu durchschauen.

Als ob das jemals irgendein Mann könnte!

Na, wenigstens hatte sie Schröder auch reingelegt. Apropos Schröder, der Mann hatte es ihm unter vier Augen klipp und klar erklärt: Bakker würde nichts von dem, was er herausgefunden hatte, beweisen können. Und solange sich kein Geschädigter meldete, musste er die Angelegenheit unter den Tisch fallen lassen.

Er grollte ein wenig dem Einzelhändler Pieter Dukegatt, den er neben Schröder in Zukunft ebenfalls im Auge behalten wollte. Dennoch flog ein belustigtes Grinsen über Bakkers Gesicht beim Gedanken an Dukegatts Ärger, als er die Figur für einen Euro hatte verkaufen müssen. Oje, die Figur. Was machte er jetzt damit?

Er riss das Poster mit dem Küstenverlauf, den Nordseeinseln und dem dämlichen Spruch von der Wand. Hier würde er ein winziges Regal anbringen. Bis dahin würde er sie auf der Fensterbank in seinem Büro stehen lassen, als allgegenwärtige Mahnung, nicht so vertrauensselig zu sein.

Es hatte keinen Sinn, sich weiter trübe Gedanken zu machen. Die Gelegenheit würde kommen, Schröder etwas nachzuweisen. Doch diesen Fall hatte er in die Grütze gefahren. Keine Chance für ihn, einen großen kriminalistischen Triumph bei seinem Vorgesetzten anzumelden. Was war das schon, erklären zu können, warum die Insulaner nur an bestimmten Tagen kriminell wurden? Und dass er den Grund dafür kannte, warum die Beutelschneider im »Piratennest« tätig waren, ohne dass irgendeines ihrer Opfer jemals Anzeige erstattet hätte, interessierte jetzt auch nicht mehr, schließlich hatte er die erwischten Glücksspieler alle wieder auf freien Fuß gesetzt.

Ein wirklich grauer Tag.

Erfüllt von Selbstmitleid griff er zum Telefonhörer. Zeit für den allwöchentlichen Lagebericht.

Noch während die telefonische Verbindung zum Festland hergestellt wurde, fiel Bakker wieder ein, wer ihm den Floh mit dem Interpol-Menschen ins Ohr gesetzt hatte, und seine deprimierte Stimmung wurde von Ärger überlagert. Wenn sein Vorgesetzter ihn schon für einen Idioten hielt, würde er ihm den Gefallen tun und ihm die Wahrheit erzählen.

Martin Dahl lauschte dem Wochenbericht, wobei er sich im Stillen fragte, ob Bakker bereits vom gleichen Virus infiziert worden war wie seine Vorgänger. Durchgedreht, total verrückt. Für ihn klang das alles sehr weit hergeholt und vollkommen unglaubwürdig. Er bezweifelte sogar, dass er die Geschichte schriftlich haben wollte. Solche Papiere schlummerten schließlich jahrzehntelang in den Unterlagen und warfen auch kein allzu gutes Licht auf ihn selbst, da Bakker außerdem behauptete, er selbst hätte ihm bei dem Versetzungsgespräch vor wenigen Wochen versichert, auf der Insel sei ein verdeckt arbeitender Interpol-Agent bereits in den Fall eingeweiht.

Um ehrlich zu sein, wusste er nicht mehr das Geringste darüber, es konnte jedoch sein, dass er an dem Tag einiges durcheinandergebracht hatte, schließlich arbeitete man als Vorgesetzter eines ganzen Bezirkes an mehreren Fällen gleichzeitig. Schon möglich, dass er da was verwechselt hatte. Doch das musste er Bakker ja nicht auf die Nase binden.

Mit halbem Ohr lauschte er weiter Bakkers Bericht, und ihm gruselte. Es war anzunehmen, dass der Dienststellenleiter nicht bei Trost war. Eine sehr weise Entscheidung von ihm, ihn in die Verbannung zu schicken. Aber ob Ameroog dafür wirklich der ideale Standort war? Für den Bruchteil einer Sekunde überkam ihn der Hauch eines schlechten Gewissens. Bakkers Vorgänger hatten geschworen, in ihrem Leben nie wieder einen Fuß auf die Insel zu setzen. Na ja, dachte er, irgendjemanden muss ich ja schicken, und der winzige Hauch von schlechtem Gewissen verflüchtigte sich.

Bakker fühlt sich trotz seiner beginnenden Verwirrung anscheinend recht wohl bei den Insulanern, redete er sich ein. Schließlich hat er in diesem Gespräch noch nicht ein Mal das Wort »Versetzung« fallen lassen. Er beschloss, Gnade vor Recht ergehen und den Mann einfach machen zu lassen.

Nach diesem für beide Seiten unerquicklichen Telefonat legte Dahl den Hörer auf die Gabel. Seine Bürotür öffnete sich, und einer seiner Mitarbeiter steckte den Kopf herein.

»Ich wollte nur sagen, dass die Kollegin, die verdeckt auf Ameroog arbeiten soll, morgen früh mit dem ersten Schiff übersetzt.«

»Ach«, meinte Dahl lahm.

»Ja, der Einsatz hat sich verzögert.«

»Hat er das? Und warum sagen Sie mir das erst jetzt?«

»Sie baten darum, dass ich Ihnen Bescheid gebe, wenn es so

weit ist – der Einsatz, meine ich. Und ich sollte Sie daran erinnern, dass Sie den neuen Leiter der Inselpolizei über die Ankunft informieren.«

Das hat sich ja wohl erledigt, dachte Dahl ohne jeden Anflug eines schlechten Gewissens und lächelte dümmlich.

MALEN UND MORDEN
AN DER NORDSEE

Klappenbroschur, 256 Seiten
ISBN 978-3-95451-542-4

WER WIND SÄT,
WIRD TOD ERNTEN...

Klappenbroschur, 208 Seiten
ISBN 978-3-95451-280-5

SO SCHMECKT DER URLAUB!

Klappenbroschur, 288 Seiten
ISBN 978-3-95451-543-1

STRAFVERSETZT NACH AMEROOG

Klappenbroschur, 192 Seiten
ISBN 978-3-95451-541-7

Ocke Aukes

KLAASOHM

Insel Krimi

Broschur, 192 Seiten

ISBN 978-3-95451-056-6

»Ocke Aukes weiß, wie die Insulaner auf Deutschlands nordwestlichstem Eiland ticken. Es ist, als wäre man mittendrin im Inselgeschehen. Ein klasse Krimi für den Strandkorb im heißen Sommer ebenso wie für düstere, kalte Winterabende – lesen Sie ihn am besten gleich jetzt!« Borkumer Echo

www.emons-verlag.de